सिंदबाद की 7 साहसिक यात्राओं से सीखें

डर नाम की कोई चीज़ नहीं

अपने मस्तिष्क में विकास के नए रास्ते कैसे बनाएँ

आपकी साहसिक यात्रा में मरने से पहले मत मरो

सिंदबाद की 7 साहसिक यात्राओं से सीखें

डर नाम की कोई चीज़ नहीं

by **Sirshree** Tejparkhi

प्रथम आवृत्ति : मई २०१८
प्रकाशक : वॉव पब्लिशिंग्ज़ प्रा. लि., पुणे

© Tejgyan Global Foundation
All Rights Reserved 2018.
Tejgyan Global Foundation is a charitable organization
with its headquarters in Pune, India.

© सर्वाधिकार सुरक्षित
वॉव पब्लिशिंग्ज़ प्रा. लि. द्वारा प्रकाशित यह पुस्तक इस शर्त पर विक्रय की जा रही है कि प्रकाशक की लिखित पूर्वानुमति के बिना इसे व्यावसायिक अथवा अन्य किसी भी रूप में उपयोग नहीं किया जा सकता। इसे पुनः प्रकाशित कर बेचा या किराए पर नहीं दिया जा सकता तथा जिल्दबंद या खुले किसी भी अन्य रूप में पाठकों के मध्य इसका परिचालन नहीं किया जा सकता। ये सभी शर्तें पुस्तक के खरीददार पर भी लागू होंगी। इस संदर्भ में सभी प्रकाशनाधिकार सुरक्षित हैं। इस पुस्तक का आंशिक रूप में पुनः प्रकाशन या पुनः प्रकाशनार्थ अपने रिकॉर्ड में सुरक्षित रखने, इसे पुनः प्रस्तुत करने की प्रति अपनाने, इसका अनूदित रूप तैयार करने अथवा इलेक्ट्रॉनिक, मैकेनिकल, फोटोकॉपी और रिकॉर्डिंग आदि किसी भी पद्धति से इसका उपयोग करने हेतु समस्त प्रकाशनाधिकार रखनेवाले अधिकारी तथा पुस्तक के प्रकाशक की पूर्वानुमति लेना अनिवार्य है।

Sindbad Ki 7 Sahsik Yatraon Se Seekhen

Darr Naam Ki Koyi Cheez Nahin

विषय सूची

साहसभरी राह का नारा.. 07
डर नाम की कोई चीज़ नहीं

| खण्ड १ | **कायरता से मुक्ति** | 13 |
| | साहस से दोस्ती | |

अध्याय १   **मरे हुए शेर से बेहतर है ज़िंदा कुत्ता**.................... 13

अध्याय २   **आपकी साहसी यात्रा**.. 20
मस्तिष्क के रास्ते

अध्याय ३   **कायरता से मुक्ति के उपाय**.................................. 28
फेथ फ्रेम

| खण्ड २ | **तुष्टि और बराबरी से मुक्ति** | 36 |
| | मौलिकता से युक्ति | |

अध्याय १   **सिंदबाद जहाज़ी की दूसरी समुद्री यात्रा**................ 36

अध्याय २   **आपकी दूसरी साहसी यात्रा**................................ 41
पथरीला रास्ता

अध्याय ३   **तुष्टि से मुक्ति के उपाय**..................................... 44
मौलिकता की पहचान (भाग १)

अध्याय ४   **बराबरी से मुक्ति के उपाय**................................. 50
मौलिकता की पहचान (भाग २)

खण्ड ३	**बिखराव और मुड़ती से मुक्ति**	57
	एकाग्रता और सजगता से युक्ति	

अध्याय १	सिंदबाद जहाज़ी की तीसरी समुद्री यात्रा..................	57
अध्याय २	आपकी तीसरी साहसी यात्रा....................................	63
	पुल से ज़िग-ज़ैग रास्ता	
अध्याय ३	बिखराव और मुड़ती से मुक्ति के उपाय..................	69
	एकाग्रता का मार्ग	

खण्ड ४	**ज़्यादा-कम के भ्रम और घालमेल (बेतरतीब) से मुक्ति**	77
	ज्ञान से युक्ति	

अध्याय १	सिंदबाद जहाज़ी की चौथी समुद्री यात्रा..................	77
अध्याय २	आपकी चौथी साहसी यात्रा....................................	85
	ज्ञान मार्ग युक्ति	
अध्याय ३	ज़्यादा-कम के भ्रम और घालमेल से मुक्ति के उपाय...........	89
	आदत का सही उपयोग	

खण्ड ५	**कूट लेखन और अनबन से मुक्ति**	93
	गुरु की शिक्षाओं और भक्ति से युक्ति	

अध्याय १	सिंदबाद जहाज़ी की पाँचवीं समुद्री यात्रा..................	93
अध्याय २	आपकी पाँचवीं साहसी यात्रा....................................	98
	रेतीला और बर्फीला रास्ता	
अध्याय ३	कूट लेखन और अनबन से मुक्ति के उपाय..................	101
	कलर मैट्रिक्स ध्यान	

खण्ड ६	फर्स्ट एनकाउंटर के प्रभाव और शक्तिहीनता से मुक्ति ऊर्जा से युक्ति	107
अध्याय १	सिंदबाद जहाज़ी की छठवीं समुद्री यात्रा..........................	107
अध्याय २	आपकी छठवीं साहसी यात्रा.. उम्मीद का दीया	112
अध्याय ३	फर्स्ट एनकाउंटर के प्रभाव से मुक्ति................................ पहला सामना–गुरु समान	116
अध्याय ४	शक्तिहीनता से मुक्ति.. ऊर्जा से युक्ति	121
खण्ड ७	बंद पर्स, दुःखद भावना तथा ध्यान के बँटवारे से मुक्ति गुरुतत्त्व और लक्ष्य से युक्ति	127
अध्याय १	सिंदबाद जहाज़ी की सातवीं समुद्री यात्रा........................	127
अध्याय २	आपकी सातवीं साहसी यात्रा.. तेजआनंद की झोली	133
अध्याय ३	बंद पर्स और दुःखद भावनाओं से मुक्ति........................... प्रेम ड्राइव से युक्ति	136
अध्याय ४	ध्यान के बँटवारे से मुक्ति.. विचारों का कोलेस्ट्रॉल	144
परिशिष्ट १		**149**
	मुक्ति – 1.. परिवर्धन (ज़ूम) पैटर्न से मुक्ति दूरस्थ-रंगहीन दृष्टिकोण	149

मुक्ति – 2.. 153
बददया से मुक्ति
रोशनी के तीर

मुक्ति – 3.. 158
त्रिगुणी सत्य से मुक्ति
कायम सत्य से युक्ति

परिशिष्ट २ — 162

तेजज्ञान परिचय...162-176

साहसभरी राह का नारा

डर नाम की कोई चीज़ नहीं

'**मरने से पहले मत मरो**' पुस्तक की इस पंचलाइन को पढ़कर आपको क्या लगा? यही कि मरने से पहले भी मरा जाता है। सवाल है कि ऐसी क्या चीज़ है, जो मरने से पहले ही हमें मार डालती है? वह है **डर**। लेकिन पुस्तक का शीर्षक तो है- '**डर नाम की कोई चीज़ नहीं**'। फिर जो है नहीं, उसमें इतनी शक्ति कैसे आ गई, जो वह इंसान को मार दे? बात साफ है कि जो चीज़ है नहीं, आप उसे सच मानकर एनर्जी दिए जा रहे हैं। और **जिस चीज़ को ध्यान की ऊर्जा दी जाती है, वह जी उठती है।** मतलब आपमें इतनी शक्ति है कि 'जो है नहीं' उसे आप पैदा कर सकते हैं और 'जो है' उसे मार भी सकते हैं। इशारा इस बात की ओर है कि कुदरत ने इंसान को साहस की अद्भुत शक्ति से नवाज़ा है लेकिन डर, जो 'है नहीं' पर वह ध्यान की दौलत लुटा रहा है.. उसे जीवित रख रहा है।

क्या आपने सिंदबाद जहाज़ी की सात साहसी समुद्री यात्राओं के बारे में सुना या पढ़ा है? भयंकर विपत्तियों से भरे इन यात्राओं में, अपनी जान को जोखिम में डालकर सिंदबाद ने अनेक चुनौतियों का बखूबी सामना किया। इन साहसिक कार्यों के दौरान बहुमूल्य हीरे-जवाहरात प्राप्त करके वह अरबपति बन गया। बेशुमार दौलत कमाने के साथ-साथ साहस और हिम्मत की अंदरूनी दौलत हासिल कर, उसने साबित किया कि '**डर नाम की कोई चीज़ नहीं**'। एक जगह बैठे-बैठे यह दौलत हासिल नहीं की जा सकती। इसके लिए मैदान में उतरना पड़ता है।

प्रस्तुत पुस्तक में सिंदबाद की सात समुद्री यात्राओं के माध्यम से आपको **निर्भयता** से परिचित करवाया जा रहा है।

यह पुस्तक आपको मन की सतह से मन की तह तक ले जाएगी। आपके अंदर मन की तह में चेतना की असीम दौलत उपलब्ध है। जिसमें असंख्य हीरे-मोती-माणिक पड़े हैं। आपको उन्हें कमाना है। इसके लिए आपको भीतर के समुद्र में उतरना होगा, ऊँची-ऊँची लहरों के संग जूझना होगा, ज्वार-भाटा की स्थिति को समझना होगा, समुद्र की अतल गहराई में गोता लगाना होगा। फिर सागर आपका अपना होगा, उसमें होनेवाली उथल-पुथल का सामना तो आप कर ही पाएँगे बल्कि इस दौरान समुद्र मंथन की प्रक्रिया में आप सागरपति बन जाएँगे। हर लहर आपको कोई संदेश देगी, नवचेतना की दौलत से समृद्ध करेगी।

अब आपसे सवाल है- क्या आप सिंदबाद की तरह एक नई राह पर चलने के लिए तैयार हैं? यदि हाँ तो आइए, चल पड़िए सत्राह पर...। **सत्राह अर्थात ऐसी राह, जिसमें पुरानी सारी राहें विलीन हो जाएँ, पुरानी आदतें बह जाएँ, एक नए तरीके से सोचने की आदत को विकसित किया जाए।**

इंसान की यह कमज़ोरी है कि वह चाहते हुए भी पुरानी वृत्तियों और संस्कारों से बाहर नहीं निकल पाता है। उसके मस्तिष्क में पहले ही ऐसे रास्ते बन चुके हैं, जो उसे बदलने नहीं देते। ये हैं पुराने रास्ते। इंसान के शरीर की कार्य प्रणाली ही ऐसी है कि उसे अब तक जो भी सुरक्षा मिली है, वह उसे बनाए रखना चाहता है। अपने जीवन के अनुभवों से इंसान के मस्तिष्क में जो भी सुरक्षित रास्ते बन जाते हैं, वह उन्हें छोड़ना नहीं चाहता। जब उसे कोई नया विचार आता है या वह स्वयं में कोई नई आदत डालने का प्रयास करता है तो मन तुरंत विरोध करता है।

आपके भीतर दूर-दूर तक मन का सागर फैला है। इसकी गहराई में एक खज़ाना छिपा हुआ है। जब तक मन बंद है यानी सिकुड़ा हुआ है तब तक आपको इस खज़ाने (मन की तमाम शक्तियों) का एहसास नहीं होता। खुले मन से ही कोई आश्चर्यजनक कार्य हो सकता है। खुला हुआ मन ही नई कल्पनाओं (तरकीबों) के बारे में ग्रहणशील होता है। अगर आपका मन अलग और सकारात्मक प्रतिसाद देने के लिए खुला नहीं है, अगर उसमें लचीलापन नहीं है तो समझें आपको ज़रूरत है- **विचारों का ब्लड टेस्ट कराने की।**

जी हाँ!! विचारों का ब्लड टेस्ट। जिसे पढ़कर आश्चर्य हुआ होगा कि यह कैसे हो सकता है? मगर आज यह बात समझें कि विचारों का भी ब्लड टेस्ट करवाना आवश्यक है। वरना विचारों में कोई खराबी आ जाए तो वे आपकी शुद्ध, सरल, सहज अवस्था को तहस-नहस कर, आपको कुछ भी नया करने से रोकते हैं।

कहने का अर्थ विचारों में यदि द्वेष, ईर्ष्या, नफरत, वासना, डर, लोभ या अहंकार का वाइरस (विषाणु) घुस जाए तो विचारों का रक्त दूषित हो जाता है। जिसका सीधा असर आपके मानसिक स्वास्थ्य पर पड़ता है। क्योंकि जिस तरह रक्त आपके शरीर में प्रवाहित होता है, उसी तरह विचार भी आपके शरीर के हर हिस्से पर अपना प्रभाव डालते हैं। हालाँकि रक्त तो सिर्फ आपके शारीरिक अंगों में बहता है मगर विचारों की तरंगें आपके शरीर, मन और मस्तिष्क में बहती हैं। इसलिए अपने विचाररूपी रक्त को नकारात्मक संसर्ग से बचाना अति आवश्यक है। अगर आप यह रक्त शुद्ध रख पाए तो आप अपनी उच्चतम संभावना को प्राप्त कर सकते हैं। वरना नकारात्मक विचारों और विकारों की मिलावट न सिर्फ आपका शारीरिक और मानसिक स्वास्थ्य दूषित करती है बल्कि नए रास्तों पर चलने में रुकावट भी डालती है।

कुदरत का सुरक्षा कवच

पुराने रास्तों पर चलना, कुदरत द्वारा बनाया गया सुरक्षा कवच है। शरीर को सुरक्षित रखने के लिए कुदरत ने ये सुरक्षा कवच बनाया है। इस वजह से इंसान नई आदत नहीं अपनाना चाहता। जब तक इंसान के अंदर यह विश्वास नहीं जागता कि नए रास्ते भी सुरक्षित हो सकते हैं और ज़िंदगी के अंत तक बनाए जा सकते हैं, वह पुरानी लीक (रास्ते) पर ही चलना चाहता है।

सिर्फ इंसान के अंदर ही यह ताकत है कि वह उच्चतम संभावना की तरफ जा सकता है। लेकिन सुरक्षा मिलने के साथ वह कट्टर (रिजिड) हो जाता है और अपनी वृत्तियों को छोड़ना नहीं चाहता है। अब आपको इस तथाकथित सुरक्षा कवच को तोड़ना है। नई आदतें डालकर एक नई ताकत जगानी है। ऐसा करते हुए पुराने रास्ते से आवाज़ आएगी, 'क्या ज़रूरत है यह सब करने की... अच्छा-खासा जीवन चल रहा है... करना ही है तो कल कर लेना...!' यह सब इतना स्वचलित होता है कि इंसान को पता ही नहीं चलता- यह पुरानी राह (डर) की पुकार है। जिस रास्ते पर आप बार-बार आते-जाते हैं, वह रास्ता पक्का हो जाता है। फिर उसी राह पर चलना आपको अच्छा और सुकूनभरा लगता है।

जिसे पता चला है कि इंसान की एक उच्चतम विकसित अवस्था है, जहाँ पहुँचने के लिए नए रास्ते बनने चाहिए, वह प्रयोग करता है। बार-बार अभ्यास के साथ जो नया रास्ता बनता है, वह मुक्ति का रास्ता है। जिसे तलाशने का काम बाहर नहीं बल्कि अंदर करना है क्योंकि **भीतर सब उपलब्ध है ही सिर्फ अज्ञान की झाड़ियों के पीछे रास्ता छिप गया है।**

आपने कहते हुए सुना होगा 'रोड लेस ट्रॅवल्ड' अर्थात ऐसे रास्ते, जिन पर लोग बहुत कम चले हैं। कम चलने की वजह से उन रास्तों पर कँटीली झाड़ियाँ उग आती हैं और रास्ता दिखना बंद हो जाता है। मगर आप जानते हैं कि वहाँ रास्ता है और आपको उससे होकर गुज़रना है। जो शुरुआत करते हैं, उन्हें तकलीफ होती है और बहुत होश में भी रहना पड़ता है। लेकिन नियमित रूप से लंबे समय तक उस रास्ते पर चलते-चलते झाड़ियाँ छँट जाती हैं और रास्ता प्रकट हो जाता है। ठीक इसी तरह आपको अपने अंदर ऐसे रास्ते बनाने हैं, तलाशने हैं।

पहले पहल इंसान नया रास्ता स्वीकार नहीं करता, स्वयं को नए रास्ते पर चलने की अनुमति नहीं देता, साथ ही अपनी पुरानी सोच को पहचान भी नहीं पाता। आज यह पढ़कर आप प्रशिक्षित हो रहे हैं, हर वक्त जाग्रत रहकर अपने विचारों को पहचानना सीख रहे हैं।

आइए, अब देखते हैं कुछ ऐसे विचार जो कायरता की पुरानी राह से आते हैं।

१. इतनी भी जल्दी क्या है, काम तो होता रहेगा।

२. इतना सारा काम अकेले मुझसे नहीं होगा।

३. मुझे कोई जोखिम नहीं उठानी है, कहीं असफल न हो जाऊँ।

४. रोज़-रोज़ कसरत कौन करे। कहीं शरीर थककर कमज़ोर न हो जाए।

५. प्रतियोगिताओं में भाग लेकर स्टेज पर जाना मेरे बस की बात नहीं है।

६. किस्मत में जो होना होगा वह होकर रहेगा, सो मेहनत क्यों करें?

७. मसलों को सुलझाने में मुझे कोई पहल नहीं करनी।

८. लीक से हटकर मुझे कोई काम नहीं करना।

९. हम तो ऐसे ही हैं, अपने आपको बदल नहीं सकते।

१०. अच्छाई का तो ज़माना ही नहीं रहा।

अब आपको पुरानी राह से आनेवाली इस तरह की आवाज़ों को पहचानना है। साथ ही आपको अपना रास्ता खुद चुनकर, उस पर चलना है। एक बात का ध्यान रखें- **'दूसरों का चुनाव देखकर अपना चुनाव न बदलें।'** कई बार हम दूसरों की गलतियाँ देखकर अपना रास्ता छोड़ देते हैं। दूसरों का चुनाव देखकर अपना चुनाव बदल देते हैं। आपको पहले पक्का होना चाहिए कि **'सत्‌राह आपकी चुनी हुई'** राह है।

सिंदबाद की तरह आपको भी नए रास्ते को चुनकर साहसिक यात्राएँ करनी हैं। साहसभरी राह का नारा लगते हुए यह साबित करना है कि डर नाम की कोई चीज़ नहीं। मगर बाहर नहीं, मस्तिष्क के अंदर। **भीतर सत्राह बनेगी तो बाहर खुद-ब-खुद नई राह दिखाई देगी।**

तो चलिए हो लीजिए, निडरता और विश्वास को लेकर सिंदबाद जहाजी के साथ सत्राही क्षितिज (Horizon) की ओर!

...सरश्री

यह पुस्तक समर्पित है
उन जिगरबाज़ों को,
जो डर के बोझ तले दबे नहीं
बल्कि उन्होंने दुनिया को बोझ
तले छिपी मौज का बोध कराया।

❋ पुस्तक का लाभ ऐसे लें ❋

प्रस्तुत पुस्तक सिंदबाद जहाज़ी की कहानी के माध्यम से आपके भीतर साहस और हौसले के बीज को अंकुरित करने के लिए लिखी गई है। तो क्यों न इसे अमल में लाकर उन बीजों को सींचा जाए ताकि आपके मन की तह में साहस की फसल लहलहा सके। पुस्तक का अधिकतम लाभ लेने के लिए कृपया नीचे लिखे निर्देशों का पालन करें।

१. प्रत्येक खंड के पहले अध्याय में सिंदबाद की एक यात्रा की कहानी लिखी गई है। दूसरे अध्याय में उस कहानी में छिपा आध्यात्मिक अर्थ खोला गया है। अतः पहले अध्याय की कहानी को ध्यान से पढ़ें ताकि आप कहानी में पिरोए गए प्रसंगों के अर्थ ठीक से समझ पाएँ।

२. इन प्रसंगों में छिपे अर्थ पढ़कर आपको अनायास ही अपने जीवन प्रसंगों के अर्थ भी समझ आएँगे। यही इस पुस्तक की खूबसूरती है।

३. प्रत्येक खंड के तीसरे अध्याय में मानव मन के विकारों के बारे में विस्तार से लिखा गया है। आपको पहचानना है कि आपको किन विकारों पर कार्य करना है?

४. आगे इन विकारों से मुक्ति प्राप्त करने की युक्ति दी गई है, जिसे अपनाकर आप सभी विकारों से मुक्त हो सकते हैं।

५. इस पुस्तक का सबसे महत्वपूर्ण और रचनात्मक पहलू यह है कि इसमें प्रतीक विद्या सिखाई गई है। प्रत्येक मुक्ति के लिए चित्र के रूप में एक प्रतीक चिन्ह दिया गया है। इस चिन्ह पर ध्यान कर, मन की नई प्रोग्रामिंग करनी है।

६. हर खंड के अंत में एक ध्यान विधि दी गई है, जो आपको मुक्ति की युक्ति दिलाएगी।

खण्ड 1

कायरता से मुक्ति

साहस से दोस्ती

अध्याय 1

मरे हुए शेर से बेहतर है ज़िंदा कुत्ता

खलीफा हारुन-अल-रशीद के समय में बगदाद शहर में एक हमाल रहता था, जिसका नाम हिंद-बाद था। बोझ ढोकर वह अपनी रोजी-रोटी कमाता था। कड़ी धूप हो या बारिश, उसका काम कभी रुकता नहीं था। एक दिन जब बहुत गरमी पड़ रही थी, वह भारी बोझ उठाकर शहर के एक भाग से दूसरे भाग की ओर जा रहा था। सामान का वजन बहुत ज़्यादा था सो उसने सोचा, क्यों न आज नया रास्ता चुना जाए। हो सकता है, वह आसान हो। यह सोचकर उसने रोज़ का रास्ता छोड़, एक नए रास्ते का चुनाव किया। और चल पड़ा अपनी मंज़िल की ओर...।

नए रास्ते से कई छोटी-मोटी गलियों से गुज़रते हुए, वह आगे बढ़ता जा रहा था। कुछ समय बाद ज़रा सुस्ताने के लिए वह किसी व्यापारी की कोठी के सामने रुक गया। जैसे ही वह रुका, उसे भीतर से मधुर संगीत लहरी सुनाई दी। सुस्ताते हुए उसने जैसे ही लंबी साँस

ली तो हवा के झोंके के साथ उसे भीनी-भीनी खुशबू आने लगी। अब वह इधर-उधर ताक-झाँक करने लगा। तभी उसे सामने एक बड़ा सा प्रवेश द्वार दिखाई दिया, जिसमें से लोग रंगीन, आकर्षक परिधान धारण किए आ-जा रहे थे। उसकी उत्सुकता और बढ़ गई सो उसने दरवाज़े के भीतर झाँककर देखा। भीतर उसे एक भव्य बगीचा दिखाई दिया, जहाँ सुंदर-सुंदर फूल अपनी सुगंध बिखेर रहे थे। साथ ही पेड़ों पर रंगबिरंगी पक्षी भी चहचहा रहे थे। इस तरह इतने सारे बाहरी आकर्षणों से हिंदबाद की सभी इंद्रियाँ उत्तेजित हो उठीं।

वहाँ से गुज़रते हुए एक इंसान से हिंदबाद ने पूछा, 'यह किसकी कोठी है? इसका मालिक कौन है? और यहाँ क्या चल रहा है?' उस इंसान ने जवाब में कहा, 'आश्चर्य है... तुम यहाँ के निवासी होते हुए भी तुम्हें मालूम नहीं!! यह बगदाद के सबसे प्रसिद्ध और अमीर इंसान की कोठी है।' उत्सुकतावश हिंदबाद ने पूछा, 'कौन है वह, क्या नाम है उसका?' इंसान ने जवाब दिया, 'उसका नाम है, ''सिंदबाद जहाज़ी'', जो लाखों नहीं बल्कि करोड़ों की संपत्ति का मालिक है।'

नाम सुनते ही हिंदबाद ने अपनी दोनों बाहें आकाश की ओर उठाई और ईश्वर को कोसते हुए कहने लगा, 'हे संसार को बनानेवाले और पालनेवाले, यह कैसा अन्याय है? क्या फर्क है हम दोनों में? उसका नाम सिंदबाद और मेरा नाम हिंदबाद!! सिर्फ स और ह का ही फर्क है लेकिन किस्मत में तो ज़मीन-आसमान का फर्क कर दिया तूने!! एक अमीर तो दूसरा फकीर!! हे ईश्वर... ऐसा अन्याय क्यों? मैं कितना सताया हुआ गरीब, बेबस इंसान हूँ। अपना गुज़ारा करने के लिए बोझ ढोता हूँ और वह पकवान खा रहा है। तरह-तरह की खुशबुओं से उसकी कोठी महक रही है। जीवन के सारे ऐशो-आराम उसके कदमों तले हैं और एक मैं हूँ जो रात-दिन जी तोड़ मेहनत करके किसी प्रकार अपने बीवी-बच्चों का पेट पालता हूँ। हे ईश्वर... तुमने यह गलत किया... क्यों किया ऐसा तुमने मेरे साथ...? खैर... मैं क्या शिकायत करूँ, मेरे ही कर्मों का फल होगा, जो मेरी किस्मत फूटी है। सिंदबाद ने ज़रूर कुछ पुण्य किए होंगे इसलिए उसकी किस्मत चमकी है।'

कुछ इस तरह की बड़बड़ करते हुए हिंदबाद जैसे ही अपना सामान उठाकर जाने लगा, वैसे ही अचानक अंदर से एक सेवक ने आकर उसे कहा, 'आपको मालिक ने बुलाया है, कृपया अंदर चलें।' यह सुनते ही हिंदबाद चौंक गया। डर गया कि 'मैं हाथ उठा-उठाकर ईश्वर से जो शिकायत कर रहा था, कहीं भीतर बैठे सिंदबाद ने सुन तो नहीं लिया? अब मुझे ज़रूर सज़ा मिलेगी।' हिंदबाद ने डरते हुए कहा, 'मैं नहीं आऊँगा... मुझे ये सामान कहीं पहुँचाना है... मुझे समय नहीं है...

मुझे देर हो रही है...' आदि।

तब सेवक ने कहा, 'सामान को हम देख लेंगे, आप पहले भीतर चलिए।' हिंदबाद ने बहुत आनाकानी की मगर उसकी एक न चली।

सेवक हिंदबाद को एक बड़े से दालान में ले गया, जहाँ बहुत से लोग भोजन करने बैठे थे। नाना प्रकार के व्यंजनों से मेज सजी थी और इन सबके बीच एक शानदार अमीर इंसान बैठा था। उसके पीछे सेवकों का पूरा समूह हाथ बाँधे खड़ा था। हिंदबाद ऐसा ऐश्वर्य देखकर घबरा गया। उसने झुककर अमीर को सलाम किया। सिंदबाद ने उसके फटे और मैले कपड़ों पर ध्यान न देते हुए प्रसन्नतापूर्वक उसके सलाम का जवाब दिया और उसे अपनी दाहिनी ओर बैठाकर, उसके सम्मुख स्वादिष्ट भोजन और मदिरा पेश की।

अब सिंदबाद ने सम्मानपूर्वक हिंदबाद से पूछा, 'अरबी में तुम्हारा नाम क्या है? मैं और यहाँ उपस्थित लोग तुम्हारी उपस्थिति से अति प्रसन्न हैं। अब मैं चाहता हूँ कि तुम्हारे मुँह से फिर से वही बातें सुनूँ, जो तुमने गली में बैठे हुए कही थीं।' हिंदबाद कोठी के बाहर जहाँ बैठा था, वह भाग सिंदबाद के कमरे से लगा हुआ था और खुली खिड़की से उसने वह सब सुन लिया था, जो हिंदबाद ने क्रोध की दशा में कहा था।

हिंदबाद ने शर्म से सिर झुका लिया और कहा, 'सरकार उस समय मैं थकान और गरमी के कारण आपे में नहीं था। मेरे मुँह से ऐसी दशा में कुछ अनुचित बातें निकल गईं। इस सभा में उन्हें दोहराने की गुस्ताखी मैं नहीं करना चाहता। आप कृपया मेरी इस उद्दंडता को क्षमा करें।

सिंदबाद ने कहा, 'भाई मैं कोई अत्याचारी नहीं हूँ, जो किसी की कोई हानि करूँ। मुझे तुम्हारी बातों पर क्रोध नहीं बल्कि दया आ रही है और अब तुम्हारी दशा देखकर दुःख हो रहा है। घबराओ मत, मैं तुम्हें किसी तरह की सज़ा नहीं देना चाहता। मैं तो तुम्हें सिर्फ तुम्हारे सवाल का जवाब देना चाहता हूँ। मेरे भाई, तुमने गली में बैठकर जो भी कहा, उससे तुम्हारा अज्ञान ही प्रकट होता है। तुम समझते हो कि यह धन-दौलत और ऐशो-आराम मुझे बगैर कुछ किए-धरे ही मिल गया है तो ऐसी बात नहीं है।

तुम ईश्वर से जो शिकायत कर रहे थे कि तुम पर अन्याय हुआ है, किस्मत की वजह से सिंदबाद इतना अमीर आदमी बन गया है तो ऐसा नहीं है। तुम्हें लगता होगा कि यह अवस्था मुझे परोसकर मिल गई है मगर तुम नहीं जानते कि मेरा जीवन

किन-किन भयानक घटनाओं से होकर गुज़रा है। दुनिया में लगभग जितने दुःख होंगे, वह सब मैं सह चुका हूँ। तुम कहो तो मैं बताऊँ ताकि तुम्हें तुम्हारे सवालों के जवाब मिल सके।' सिंदबाद के मुँह से ये सब सुनकर हिंदबाद चकित रह गया। उसने कहा, 'हाँ, ज़रूर, आपके जीवन की घटनाओं को मैं सुनना चाहूँगा।' सिंदबाद ने मेहमानों की ओर देखा तो उन्होंने भी सुनने में रुचि दिखाई।

सिंदबाद फिर अपनी कहानी सुनाते हुए बोला-

मेरा बचपन एक आलीशान महल में बीता। मेरे पिताजी एक दौलतमंद इंसान थे। पिताजी के गुज़र जाने के बाद मैंने सारी धन-दौलत खाने-पीने, ऐश करने और घूमने-फिरने में गँवा दी। एक दिन मुझे एहसास हुआ कि मैंने बहुत बड़ी गलती कर दी। मेरे पिताजी मुझे हमेशा तीन बातें बताया करते थे, जो मुझे बखूबी याद थीं-

पहली बात- मरे हुए शेर से बेहतर है ज़िंदा कुत्ता।

दूसरी बात- महल में रहने से बेहतर है कब्र में रहना।

तीसरी बात- जन्म दिन से बेहतर है मरण दिन।

इन तीनों बातों का अर्थ तो मैंने समझा नहीं था मगर ये बातें मुझे याद ज़रूर थीं।

इन तीनों बातों पर मैंने खूब मनन किया कि पिताजी वास्तव में मुझे क्या बताना चाहते थे? मैं मन ही मन अपनी दुर्दशा पर रोता रहा। अंत में जब निर्धनता मेरी सहनशक्ति के बाहर हो गई तो मैंने अपना बचा-खुचा सामान बेच डाला। इससे जो पैसे मिले, उसे लेकर मैं समुद्री व्यापारियों के पास गया और कहा कि 'मैं भी अब व्यापार के लिए निकलना चाहता हूँ।' उन्होंने मुझे व्यापार के बारे में बड़ी अच्छी सलाह दी। उसके अनुसार मैंने व्यापार के लिए वस्तुएँ मोल लीं। एक जहाज़ पर किराया देकर सामान लादा और खुद सवार हो गया। इस तरह मैं अपनी व्यापार यात्रा पर चल पड़ा।

मैं पनीले (पानी के) रास्ते से निकल पड़ा। इस रास्ते पर चलते हुए मुझे मेरे एक बड़े विकार- **कायरता से मुक्ति** मिली। इस पहली यात्रा में बहुत सी भयंकर घटनाएँ होने के बावज़ूद भी मैं ज़िंदा बचकर लौट आया और यह अनुभव मेरे दिमाग में छप गया। उसके बाद मैंने यात्राओं पर जाना ज़ारी रखा। सुरक्षित होने के बाद भी मैंने कई साहसिक यात्राएँ कीं। इन यात्राओं के अनुभव ने मुझे एहसास कराया कि डर नाम की कोई चीज़ नहीं है।

कब्र में रहना, अब मेरे लिए खेल हो गया। मुझे समझ में आने लगा कि पिताजी मुझे क्या मार्गदर्शन देना चाहते थे? साहस के साथ मृत्यु को गले लगाना, किसी उद्देश्य के साथ मृत्यु को गले लगाना, कुर्बान होना यही सीख पिताजी देना चाहते थे।

अब मैं उस जहाज़ से एक टापू से दूसरे टापू, एक समुद्र से दूसरे समुद्र और एक देश से दूसरे देश जाकर सामान खरीदने और बेचने लगा।

एक दिन हमारा जहाज़ पाल उड़ाए हुए जा रहा था। तभी हमारे सामने एक हरा-भरा सुंदर सा टापू दिखाई दिया। कप्तान ने जहाज़ के पाल उतरवा लिए और लंगर डालकर कहा, 'जिन लोगों का जी चाहे, वे इस द्वीप की सैर कर आएँ।' मैं और कई अन्य व्यापारी जो जहाज़ पर बैठे-बैठे ऊब गए थे, खाने का सामान लेकर उस टापू पर नाव द्वारा चले गए। वहाँ उतरकर हमने खाना बनाने के लिए सामान रखा और खाना बनाने की तैयारी करने लगे। जैसे ही हमने चूल्हा जलाया, धरती हिलने लगी। हम सभी घबरा गए तभी हमारे जहाज़ के मालिक ने आवाज़ लगाई, 'सभी अपनी जान बचाकर फौरन जहाज़ में आ जाओ, ये कोई टापू नहीं है, ये तो एक विशाल मछली है। काफी समय से स्थिर होने के कारण इस पर मिट्टी जम गई है और उस पर पेड़-पौधे उग आए हैं इसलिए यह एक टापू जैसी दिखाई दे रही है। लकड़ियाँ जलाते ही उसकी गरमी से मछली हिलने लगी है और यह जल्द ही समुद्र के अंदर चली जाएगी।'

जहाज़ के कप्तान की बात सुनते ही सभी यात्री अपना-अपना सामान वहीं छोड़कर भागते हुए जहाज़ में बैठ गए। लेकिन कुछ यात्री जहाज़ में नहीं बैठ पाए। वह टापू रूपी मछली अपनी जगह से हिलती हुई धीरे-धीरे समुद्र के अंदर चली गई। मैं भी जहाज़ तक नहीं पहुँच सका और समुद्र में गोते लगाने लगा। मेरे हाथ में सिर्फ एक लकड़ी थी, जिसे मैंने जलाने के लिए लाया था। बस! उसी के सहारे समुद्र में तैरने लगा। मैं जहाज़ तक पहुँच पाऊँ, इससे पहले ही जहाज़ लंगर उठाकर चल दिया।

मैं पूरे एक दिन और एक रात उस अथाह जल में तैरता रहा। थकान ने मेरी सारी शक्ति हर ली। अब मैं तैरने के लिए हाथ-पैर चलाने के लायक भी नहीं रहा। डूबने ही वाला था कि एक बड़ी समुद्री लहर ने मुझे उछालकर किनारे पर फेंक दिया। किंतु किनारा समतल नहीं था बल्कि बड़े ढलान पर था। किसी तरह गिरता-पड़ता, वृक्षों की जड़ें पकड़ता हुआ मैं ऊपर पहुँचा और मुर्दे की भाँति ज़मीन पर गिर पड़ा।

जब सूर्योदय हुआ तो भूख से मेरा बुरा हाल हो गया। इधर पैरों में चलने की

शक्ति समाप्त हो गई थी इसलिए घुटनों के बल रेंगता हुआ आगे बढ़ने लगा। सौभाग्य से कुछ ही दूरी पर मुझे मीठे पानी का झरना मिला, जिसे पीकर मेरी जान में जान आई। मैंने तलाश करके कुछ मीठे फल और खाने लायक पत्तियाँ खाकर अपना पेट भर लिया। अब मेरा शरीर कुछ ऊर्जावान और चलने-फिरने लायक हो गया।

एक दिन मैं उस टापू पर टहल रहा था तभी मुझे एक अजीबोगरीब घोड़ी दिखाई दी। जैसे ही मैंने उस घोड़ी को छुआ तो वह रोने लगी। उसी दौरान वहाँ पर एक आदमी एक सुरंग से निकला और मुझसे पूछने लगा, 'तुम कौन हो? कहाँ से आए हो और यहाँ क्यों आए हो?' सिंदबाद बोला, 'मेरे मालिक, मैं एक अजनबी हूँ, जो जहाज़ में व्यापार के लिए निकला था। एक दुर्घटना में मेरे अधिकांश साथी पानी में डूब गए, अल्लाह ने मुझे बचा लिया और मैं यहाँ पर आ गया।' यह सुनकर वह मेरा हाथ पकड़कर, मुझे ज़मीन के नीचे स्थित एक सुरंग में ले गया। वहाँ उसने मुझे भोजन करवाया। खाना खाकर मैंने उसे अपनी पूरी कहानी विस्तार से सुनाई। फिर मैंने उसे उसके बारे में पूछा कि 'वह यहाँ ज़मीन के नीचे सुरंग में क्यों रहता है और वह घोड़ी कौन थी?'

उसने बताया, 'हम इस टापू पर पहले राज किया करते थे, हम सभी बादशाह मिहिर्जान के घोड़ों की देख-रेख करनेवाले हैं और इन सभी जानवरों का ध्यान रखते हैं। हर पखवाड़े पर हम इन घोड़ियों को यहाँ पर बाँध दिया करते हैं, ये घोड़ियाँ समुद्र में रहनेवाले समुद्री घोड़ों को अपनी तरफ आकर्षित करती हैं और उनसे पैदा होनेवाले जानवर दुनिया में बहुत कम मिलते हैं, जिन्हें बेचकर हम धन कमाते हैं। मैं तुम्हें अपने राजा से मिलवाऊँगा।' उसी दौरान बहुत सारे समुद्री घोड़े समुद्र से निकले और सभी घोड़ियों को घेर लिया। अब वह मुझे अपने बादशाह से मिलाने के लिए लेकर गया।

बादशाह ने मेरा स्वागत किया। मैंने उन्हें अपनी आपबीती कह सुनाई। इस पर उन्होंने मुझे उनके बंदरगाह पर सामान उतरवाने का काम दे दिया। बादशाह की दया से मुझे वहाँ रहने की इजाज़त तो मिल गई पर मैं वहाँ पर रहना नहीं चाहता था। मैं हमेशा वहाँ के लोगों से बगदाद की दिशा पूछा करता था। लेकिन वहाँ पर न तो कोई बगदाद को जानता था और न ही बगदाद की ओर जाने का रास्ता।

एक दिन मैं उस नगर के बंदरगाह पर खड़ा था। तभी वहाँ एक जहाज़ ने लंगर डाला। उसमें से कई व्यापारी वस्तुओं की गठरियाँ लेकर उतरे। अचानक एक गठरी पर मेरी नज़र पड़ी, जिस पर मेरा नाम लिखा था। मैं जहाज़ के कप्तान के पास गया। मैंने उससे पूछा, 'यह लावारिस सी लगनेवाली गठरी किसकी है?' उसने कहा, 'हमारे

जहाज़ पर बगदाद का एक व्यापारी सिंदबाद था। एक दुर्घटना में वह समुद्र में डूब गया। यह उसी की गठरी है। अब मैंने इरादा किया है कि इस गठरी का माल बेचकर, उसका जो दाम मिलेगा, उसे सिंदबाद के परिवारवालों के पास पहुँचा दूँ।'

मैं रोते हुए उससे लिपट गया और कहने लगा, 'मेरे मालिक, जिस सिंदबाद को तुम मरा हुआ समझ रहे हो, वह मैं ही हूँ। मेरा नाम ही सिंदबाद जहाज़ी है और ये गठरी तथा इसके साथ की कुछ गठरियाँ मेरी ही हैं।' उसने कहा, 'बड़े धूर्त हो... मेरे आदमी का माल हथियाने के लिए खुद सिंदबाद बन गए...? वैसे शकल-सूरत से तो भोले लगते हो मगर यह क्या सूझी कि इतना बड़ा छल करने को तैयार हो गए? मैंने स्वयं सिंदबाद को डूबते हुए देखा है। इसके अतिरिक्त कई व्यापारी भी इसके साक्षी हैं। मैं तुम्हारी बात पर कैसे विश्वास करूँ?'

मेरा हुलिया पूरा बदल चुका था। इतने दिनों की मुसीबत और चिंता के कारण मेरी सूरत बदल गई थी। दाढ़ी बढ़ी हुई थी और धूप में काम करते हुए रंग भी काला पड़ गया था। इसलिए कप्तान ने मुझे पहचानने से इनकार कर दिया। तब मैंने जहाज़ पर घटी पुरानी सारी घटनाओं को एक-एक करके कह सुनाया और उस विशाल मछली के बारे में भी बताया। मेरी बातें सुनकर उसने ध्यानपूर्वक मुझे देखा और अन्य व्यापारियों को भी मुझे दिखाया। कुछ ही देर में सभी ने मुझे पहचान लिया और कहा कि 'वास्तव में यह सिंदबाद ही है।' सब लोग मुझे नया जीवन पाने पर बधाई और भगवान को धन्यवाद देने लगे। कप्तान ने मुझे गले लगाकर कहा, 'ईश्वर की बड़ी दया है कि तुम बच गए। अब तुम अपना माल सँभालो और इसे जिस प्रकार चाहो, बेचो।'

मैंने अपने सामान में से कुछ कीमती और बहुमूल्य वस्तुएँ बादशाह को भेंट कीं। बादशाह ने पूछा, 'तुम्हें ये मूल्यवान वस्तुएँ कहाँ मिलीं?' मैंने उन्हें पूरा हाल कह सुनाया। सुनकर वे बहुत खुश हुए और उन्होंने मुझे जाने की इजाज़त दे दी। इस तरह जहाज़ में बैठकर मैं अपने शहर बगदाद लौट आया और मेरी पहली यात्रा यहाँ समाप्त हो गई।

हिंदबाद, सिंदबाद की पहली यात्रा सुनकर चकित रह गया। वह सिंदबाद के बारे में क्या सोच रहा था और क्या निकला! उसने सिंदबाद से निवेदन किया कि वह उसकी अगली सभी यात्राएँ सुनना चाहता है। जवाब में सिंदबाद ने कहा, 'आज यहीं रुकते हैं, कल से आप सभी रोज़ आना। मैं आपको अपनी अगली यात्राओं के किस्से अवश्य सुनाऊँगा।' इतना कहकर सिंदबाद ने हिंदबाद को खर्चे के लिए चार सौ दिनारें देकर विदा किया।

अध्याय 2

आपकी साहसी यात्रा
मस्तिष्क के रास्ते

पिछले अध्याय में आपने सिंदबाद की पहली साहसिक यात्रा के बारे में पढ़ा, जिसमें उसने कायरता से मुक्ति प्राप्त की। सिंदबाद की सात साहसिक यात्राएँ प्रसिद्ध हैं, जिन्हें उसने सात रास्तों पर चलकर पूर्ण कीं। आपको भी अपने जीवन में सत्राह पर चलते हुए, साहसिक यात्राएँ करके कायरता से मुक्ति पाकर, साहस के साथ दोस्ती करनी है। सिंदबाद ने बाहरी जगत् में ये यात्राएँ कीं। लेकिन आपको भीतरी जगत् में अर्थात अपने मस्तिष्क के अंदर यात्रा करनी है।

सिंदबाद की इस साहसिक यात्रा से आपको आपकी यात्रा की ओर इशारा किया जा रहा है। **कहानी का किरदार हिंदबाद आपका अर्थात खोजी का प्रतीक है।** हिंदबाद बगदाद में रहते हुए, भारी बोझ ढोकर जीवन यापन करता था। इधर इंसान पृथ्वी पर रहते हुए इच्छा, अपेक्षा, दुविधाओं का बोझ ढोकर जीवन जीता है। जबकि वह बोझ ढोने के लिए नहीं बल्कि बोझ उतारने के लिए

पृथ्वी यात्रा पर आया है। लेकिन इंसान अकसर इस बोझ को मामूली समझकर, एक दिन उस बोझ सहित पृथ्वी से चला जाता है। जिस तरह हिंदबाद के मन में बोझ की अधिकता के कारण नया रास्ता चुनने का विचार आया, उसी तरह इंसान भी दुःखों के बोझ से उकताकर गुरु के द्वार जाता है। यह नए रास्ते का चुनाव है।

कहानी में सिंदबाद गुरु का प्रतीक है। जिसने जीवन में आनेवाले लगभग सभी दुःख झेलकर स्थितप्रज्ञ अवस्था पाई है। कुदरत के नियमों को अनुभव से जाना है। अपनी परेशानियों से थककर जब हिंदबाद ने ईश्वर के आगे गुहार लगाई तब उसकी मुलाकात सिंदबाद से हुई। इसी तरह **खोजी के मन में जब सवाल उबलने लगते हैं तब उसके जीवन में गुरु का आगमन होता है।**

सिंदबाद की कहानी सुनने के बाद हिंदबाद को अपनी गलती का एहसास हुआ कि वह व्यर्थ में ही अपनी किस्मत को कोस रहा था। उसी तरह गुरु से ज्ञान मिलने के बाद खोजी को समझ में आता है कि उसकी जो भी शिकायतें थीं, वे कितनी व्यर्थ थीं। वह जान जाता है कि उसके जीवन में जो भी चल रहा है उसका जीता जागता सबूत है, उसके अपने विचार, उसकी अपनी कल्पना, उसकी अपनी सोच। उसे सृष्टि के इस नियम का ज्ञान होता है–'किसी भी घटना के दृश्य रूप में आने से पहले उसका विचारों में आना ज़रूरी है।'

हिंदबाद के मन में बोझ की अधिकता के कारण राह बदलने का खयाल आना, हृदयस्थानी (तेजस्थानी) विचार था। जिसे उसने अंज़ाम दिया। इंसान के मन में भी कभी-कभी राह बदलने के विचार आते हैं। कभी वह उनका अनुकरण करता है तो कभी छोड़ देता है। आपको तेजस्थानी विचार पहचानना सीखना है। **तेजस्थानी विचार अर्थात वह विचार जो सीधे सोर्स से आता है।**

हिंदबाद की तरह आपको भी नए रास्ते का चुनाव करना है और वह राह है– सत्राह। माया की राह को छोड़ जब आप सत्राह पर चलेंगे तो अपने आप धीरे-धीरे आपके बोझ कम होते जाएँगे। **सत्राह पर चलना अर्थात तुलना, तोलना, कपट, मान्यता, कल्पना, अवधारणारहित जीवन जीना।**

अपने पिता की मृत्यु के बाद सिंदबाद ने अय्याशी में जीवन बिताकर पिता की सारी दौलत लुटा दी। कुछ समय उपरांत उसे अपनी गलती का एहसास हुआ और वह फिर से दौलत कमाने व्यापार करने निकल पड़ा। रास्ते में साहसपूर्ण कदम उठाकर उसने फिर से काफी दौलत हासिल की। इंसान भी जब इस पृथ्वी पर आता है तो चेतना की दौलत

से मालामाल होता है। धीरे-धीरे तुलना-तोलना, बराबरी, कपट, अविश्वास, शंका की अय्याशी में फँसकर वह चेतना की दौलत लुटा बैठता है। वह फिर से अपनी दौलत पाना चाहता है, इसके लिए वह गुरु के द्वार जाता है। तब गुरु उसे अपनी कट्टर वृत्तियों को तोड़ने के लिए पुरानी राह छोड़, सत्राह पर चलने के लिए प्रेरित करते हैं। इस नई राह पर चलते हुए कायरता से मुक्ति पाकर उसमें साहस का गुण प्रकट होता है। यह है चेतना की दौलत का एक हीरा। इस तरह सत्राह पर चलते हुए आपको अनेक हीरे प्राप्त करने हैं।

सिंदबाद ने एक ऐसी यात्रा का साहस किया, जहाँ क्या होगा, खुद उसे पता नहीं था। अपनी पहली साहसिक यात्रा का वर्णन करते हुए उसने बताया कि 'कैसे उसने बेखौफ होकर अनेक भयंकर विपत्तियों का सामना किया।' जिसके लिए ज़रूरत है विश्वास और समझ की। आपको भी अपने भीतर ऐसी साहसिक यात्रा करनी है। पृथ्वी पर अपने शरीर में सारे विकारों के होते हुए भी असली 'मैं' की तलाश किसी साहसिक काम से कम नहीं। इन विकारों से मुक्त होने के लिए नए रास्ते चाहिए। ये अंदर के सात रास्ते हैं - जप, तप, कर्म, भक्ति, ज्ञान, ध्यान और सांख्य योग। अंदर के इन रास्तों पर कँटीली झाड़ियाँ उग आई हैं। सो इनकी छँटाई करनी ज़रूरी है ताकि सारे मार्ग खुलें।

इन मार्गों की छँटाई करने के लिए साहस चाहिए। आपको साहसी कदम उठाकर मस्तिष्क में नए रास्ते बनाने हैं। या यूँ कहिए, इंसान के मस्तिष्क में ये रास्ते उपलब्ध हैं ही लेकिन खोज न करने के कारण ये खोए-खोए पड़े रह जाते हैं- ज़िंदगीभर। अब विश्वास से इन्हें खोलना है। आपके जीवन में भी यह संभव है, यह विश्वास खुद को दिलाना है। **अपने मस्तिष्क में नई आदतें डालकर नया न्यूरोपाथ रचना है।**

स्वयं से पूछें, 'नए रास्ते पर चलने के लिए आपको कौन रोकता है?' जवाब आएगा- डर, कायरता, असुरक्षा की भावना आपको नया कदम नहीं उठाने देती। आप पृथ्वी की यात्रा पर निकले हैं। इस यात्रा में आपको मन की कायरता से खुद को मुक्त करके, दिव्य गुण 'साहस' को प्राप्त करना है। सिंदबाद की कहानी से आपको समझ में आया होगा कि जीवन में आनेवाली कठिन परिस्थितियाँ ही आपको साहस का निर्माण करने में मदद करती हैं। सृष्टि का नियम है- **जितना बड़ा आपका लक्ष्य है, कुदरत उतनी शक्ति आपको प्रदान करती है।** आप पृथ्वी यात्रा पर आए हैं तो आगे बढ़ेंगे ही लेकिन यदि आप अपने उद्देश्य को ध्यान में रखते हुए यात्रा करेंगे तो यात्रा के आकर्षण या कठिनाइयाँ आपको कहीं बीच में नहीं रोक सकेंगे।

कहानी में अपने पिता की सारी संपत्ति गँवा देने के बाद सिंदबाद को अपनी गलती

का एहसास हुआ। वह भयभीत नहीं हुआ बल्कि उसने नए रास्ते का चुनाव किया। परिणामतः उसके सामने कितने रहस्य खुले। जब इंसान नए रास्ते से जाता है तो उसे नई जानकारियाँ मिलती हैं, हालाँकि मन पुराने रास्ते से ही जाना चाहता है। आपके साथ भी ऐसा कभी हुआ होगा। प्रयोग के तौर पर हमेशा आप जिस रास्ते से जाते हैं, उस रास्ते से न जाते हुए कोई दूसरा रास्ता पकड़ते हैं। देखना चाहते हैं कि इस रास्ते से घर जल्दी पहुँचते हैं या देर से!! कभी-कभी आपको मज़बूरी में नए रास्ते का चुनाव करना पड़ता है। जैसे, आप हमेशा के रास्ते से जा रहे हैं और आगे किसी रैली के कारण रास्ता बंद है। अब आप आस-पास नज़र दौड़ाते हैं तो आपको एक नया रास्ता दिखाई देता है। आप सोचते हैं, 'चलो, आज इधर से जाकर देखते हैं।' आगे चलकर आपको पता चलता है कि यह तो ज़्यादा आसान रास्ता था। आप पुराने रास्ते को नॉर्मल कट समझते थे लेकिन बाद में पता चलता है कि पुराना रास्ता तो लाँग कट था, जबकि नया रास्ता नॉर्मल कट है। कहने का अर्थ अब तक आप जिसे सही मान बैठे थे, वह तो गलत निकला। जब आपने नया रास्ता चुना तब आप यह जान पाए कि वह शॉर्ट कट है। अतः **चुनाव बहुत महत्वपूर्ण पहलू** है।

आइए, अब कुछ मनन प्रश्नों पर गौर करते हैं -

१. आपने अपनी यात्रा में किन-किन बातों को नॉर्मल कट मानकर रखा है?

२. उन्हें नॉर्मल मानने का कारण क्या है? आपकी मान्यता या तमोगुण?

३. क्या आपको पृथ्वी यात्रा का उद्देश्य याद है?

हिंदबाद को जब पता चला कि कोठी के मालिक का नाम सिंदबाद है तो वह ईश्वर को कोसने लगा कि ईश्वर ने उस पर कैसा अन्याय किया है। आप अपने जीवन पर गौर करेंगे तो देखेंगे कि आपको भी कुछ लोगों के प्रति ईर्ष्या, शिकायत का भाव आता होगा। जैसे, 'एक ही माँ की संतान होते हुए भी मेरे सगे भाई और मुझमें इतना फर्क क्यों? उसका जीवन फूलोंभरा और मेरा काँटोंभरा क्यों? मेरे पड़ोसी की किस्मत इतनी अच्छी और मेरी बुरी क्यों?' ऐसे में आपको खुद से सवाल पूछना है कि 'ऐसा वह क्या जानता है, जो मैं नहीं जानता!! उसमें ऐसे कौन से गुण हैं, जो मुझमें नहीं!!' किस्मत कोई ऐसी चीज़ नहीं है, जो टपककर आपके हाथ में आ जाती है। **आपका हर निर्णय आपकी किस्मत की नींव है।**

अपने पिता की सारी संपत्ति खत्म होने के बाद यदि सिंदबाद व्यापार करने का साहसिक कदम न उठाता तो सोचिए क्या होता...? बगदाद की गलियों में फटेहाल

होकर भीख माँगते हुए घूमता-फिरता। इंसान के साथ ठीक यही हो रहा है। **चेतना की दौलत खोकर वह प्रेम, ध्यान, खुशी की भीख माँगता फिरता है और अंत तक यह जान ही नहीं पाता कि वह खुद प्रेम है... ध्यान है... आनंद है।**

हिंदबाद जब बगदाद की गलियों से गुज़र रहा था तो उसे सिंदबाद की भव्य कोठी का दिखना, संगीत सुनाई देना, खुशबुओं का आना, रंगबिरंगी आकर्षक परिधान में सजे लोगों का दिखना, इस पृथ्वी पर मिलनेवाले माया के आकर्षण का प्रतीक हैं। पृथ्वी यात्रा में इंसान इंद्रिय सुखों में फँसकर अपने उद्देश्य से दूर हो जाता है। इन सारे सुखों का आस्वाद लेते हुए वह कब असुरक्षितता के घेरे में फँस जाता है, उसे ही पता नहीं चलता। उसे भय लगने लगता है कि कहीं ये सुख मुझसे छिन न जाएँ। इसलिए वह नए का चुनाव नहीं कर पाता और धीरे-धीरे कायरता का गुलाम बन जाता है।

तीन अनोखी सीखें

सिंदबाद ने अपनी सारी दौलत ज़रूर खो दी थी लेकिन उसके पिता की बताई हुई तीन सीखें उसने नहीं खोई। यही उसका मूल धन था। उन पर मनन कर उसने नया कदम उठाया। आइए, जानते हैं वे तीन सीखें कौन सी थीं।

पहली सीख– मरे हुए शेर से बेहतर है ज़िंदा कुत्ता। अर्थात आज वर्तमान में जो है, वह श्रेष्ठ है। भूतकाल कितना भी आकर्षक, शक्तिशाली रहा हो मगर वह मर (बीत) चुका है। वर्तमान भले ही उतना समृद्ध न हो लेकिन वह भूतकाल से बेहतर है क्योंकि वह ज़िंदा है। उसमें हर संभावना मौज़ूद है। **भूतकाल पूर्णविराम है, जबकि वर्तमान सत्‌राह का द्वार है।** जब सिंदबाद की सारी दौलत खत्म हो गई, वह रास्ते पर आ गया तो उसे एहसास हुआ कि 'पहले मैं चाहे जितने ऐशो-आराम में रहा लेकिन अब सच्चाई यह है कि मैं एक बेहद गरीब इंसान हूँ। अपनी अमीरी का डंका पीटने से कुछ हासिल नहीं होगा। आज मेरी जो भी स्थिति है, मुझे वहीं से शुरुआत करनी होगी' और उसने वैसा ही किया।

दूसरी सीख– महल में रहने से बेहतर है कब्र में रहना। सुरक्षित जीवन से बेहतर है, चुनौतियों का सामना करना। **ऐशो-आराम की ज़िंदगी आपसे कुछ अलग नहीं करवाती, जबकि चुनौतियों को स्वीकार करना आपको बहुत कुछ सिखाता है।** सिंदबाद ने पहली यात्रा में काफी धन कमा लिया था। उसके दम पर वह आराम से बाकी जीवन गुज़ार सकता था। लेकिन उसे महसूस हुआ कि यात्रा में कमाकर लाई हुई दौलत की खुशी ज़्यादा दिन नहीं टिकती। अतः वह फिर से कुछ नया करना चाहता था। नए

अनुभव इकट्ठा करना चाहता था। उसने पिताजी की दूसरी सीख को चरितार्थ करते हुए चुनौतियोंभरा जीवन चुना। चुनौतियों का सामना कर कब्र में रहना अब सिंदबाद के लिए खेल हो गया।

तीसरी सीख– जन्म दिन से बेहतर है मरण दिन। शरीर के जन्म और मरण के संदर्भ में कहें तो जन्म लेते ही आप अनेक रिश्तेदारों से जुड़ जाते हैं। फिर कुछ समय बाद आप उनसे भावनात्मक स्तर पर इतना बँध जाते हैं कि अपना पृथ्वी पर आने का उद्देश्य ही भूल जाते हैं। उम्र निकल जाती है, स्वयं की याद आने में।

मरण दिन नज़दीक आने पर अर्थात पृथ्वी से जाने का दिन जब आता है तो संभावना होती है कि आपकी याददाश्त वापस आ जाए। मौत सामने दिखने पर अचानक साहस का संचार होकर इंसान अपनी ज़िंदगी को बचाता है। तब फिर उसे 'मैं कौन? जीवन क्या है? मौत क्या है?' आदि सवाल सताते हैं। इस तरह शरीर की मौत निमित्त बनती है, स्वयं को जानने के लिए। साथ ही मौत सामने दिखने पर साहस के गुण का उदय होता है। सिंदबाद जब तक पिता की छत्र-छाया में रहा, अय्याशी में जीवन बिताया। कभी भी किसी साहसिक कार्य के लिए तत्पर नहीं हुआ। लेकिन सारी दौलत खत्म हो जाने के बाद उसमें साहस का गुण प्रकाश में आया और वह सात साहसिक यात्राओं का मालिक बना। जन्मदिन आपको इस संसार में लाता है, आप धीरे-धीरे माया के चंगुल में फँसते हैं, उसमें खो जाते हैं लेकिन मरण दिन अचानक आपको जाग्रत करता है कि आप यहाँ आए क्यों थे? पृथ्वी पर आने का आपका उद्देश्य क्या था? आप कौन हैं? **जन्म दिन आपको जिलाता (पालता) है तो मरण दिन आपको जगाता है।**

आध्यात्मिक दृष्टिकोण से जन्म-मरण ये शब्द शरीर के जन्म-मरण से संबंध नहीं रखते। यहाँ मरण का अर्थ है अहंकार की मृत्यु। इंसान के अलग अस्तित्त्व की मृत्यु और सेल्फ का जन्म। इसी अवस्था को आत्मसाक्षात्कार कहा गया है। दूसरे शब्दों में इसे यूँ समझें जैसे पक्षी का दो बार जन्म होता है- एक बार अंडे में और दूसरी बार अंडे के टूटने के बाद। उसी प्रकार इंसान का भी दो बार जन्म होता है। एक बार 'मैं' (झूठे अहंकार) के साथ और दूसरी बार 'मैं का भ्रम टूटने के साथ'।

तीसरी सीख को अनुभव से जानकर सिंदबाद ने बेखौफ होकर, मौत के आगे खुद को कुर्बान कर दिया।

अब आपको इन तीन सीखों पर मनन करना है।

मनन प्रश्न

१. कौन सी आदतें या वृत्तियाँ आपको आगे बढ़ने से रोक रही हैं?

२. आप कौन सी सुरक्षा के गुलाम हैं?

३. कौन सी पुरानी सोने की जंज़ीरों को आपने दिल से लगाया हुआ है?

समुद्री यात्रा में जब अधिकांश यात्री पानी में डूब गए और सिंदबाद जहाज़ तक नहीं पहुँच पाया तब भी उसने हिम्मत नहीं हारी। सिंदबाद ने अपनी यात्राओं में कितनी मौतें देखीं! लेकिन मौत के सामने जब उसने खुद को कुर्बान कर दिया तो एक नया दृश्य सामने आया। सामान्यतः इंसान मौत के खौफ से कुछ भी नया करने से डरता है। इसे कहते हैं- मरने से पहले मर जाना। ऐसे में वह पुरानी लीक (पगडंडी) पर ही चलना चाहता है और अपनी संपूर्ण संभावना को नहीं खोल पाता। सत्य की यात्रा पर चलनेवाला खोजी कई बार साधना के दौरान आनेवाले अनुभवों से डर जाता है और सत्राह से हट जाता है। सिंदबाद ने सीखा साहस के साथ मृत्यु को गले लगाना, किसी उद्देश्य के साथ मृत्यु को गले लगाना, कुर्बान हो जाना। **सिंदबाद की तरह आपको भी मरने से पहले नहीं मरना है, अपनी खोज बेखौफ ज़ारी रखनी है।**

सिंदबाद किसी तरह किनारे लगा और जान बचाकर एक राजा के यहाँ मज़दूरी करने लगा। मज़दूरी करने में उसे कोई शर्म नहीं आई। उसने यह नहीं सोचा कि मैं इतने अमीर व्यापारी का बेटा हूँ, इतना छोटा काम क्यों करूँ!! उसने कभी भी उम्मीद नहीं छोड़ी।

राजा के यहाँ मज़दूरी करते हुए एक दिन बंदरगाह पर वही जहाज़ आया, जिसमें यात्रा करते हुए वह खो गया था। जब जहाज़ के कप्तान ने उसे पहचानने से इनकार कर दिया तो वह बोला, 'मैं वही हूँ... आय ऍम दॅट...।' खोजी भी पृथ्वी पर माया में उलझते हुए खुद को भूल जाता है। स्वयं को शरीर मान बैठता है। **खोज करते-करते एक दिन भ्रम का परदा हटता है और वह कह पाता है, 'आय ऍम दॅट...'।** अनगिनत कठिनाइयों को पार करके वह वापस बगदाद पहुँचा। कायरता उसके पास फटकने से डरती थी।

अपने अपूर्व साहस के कारण उसने बड़ी से बड़ी कठिनाइयों को भी कुछ न गिना। खुद नहीं हारा बल्कि संकटों को ही हराकर छोड़ा। फल यह हुआ कि वह न केवल जीता-जागता और सब तरह से सुरक्षित अपने घर पहुँच गया बल्कि अपने साथियों से भी अधिक धन-दौलत अपने साथ ला सका।

ज़रा सोचिए, सिंदबाद यदि कायर होता, हिम्मत हार बैठता, राह में आनेवाली घोर विपत्तियों से निकलने का कोई उपाय न करता तो निश्चय ही मरने से पहले मर जाता। यदि उसमें साहस का गुण प्रकट न होता तो क्या दीवाला निकल जाने के बाद भी वह इतना साहसिक कदम उठा पाता? क्या इतने सारे अनुभव ले पाता? क्या ब्रेन की नई प्रोग्रामिंग कर पाता? क्या पुरानी मान्यताओं को तोड़ पाता? क्या 'डर नाम की कोई चीज़ नहीं' साबित कर पाता? नहीं न!!! **जो नए प्रयोग करता है, उसका साहस के साथ योग होता है।**

अध्याय 3

कायरता से मुक्ति के उपाय
फेथ फ्रेम

साहसपूर्ण जीवन केवल एक सीढ़ी नहीं है बल्कि यह तो एक अंतहीन सिलसिला है, जिससे हर सीढ़ी के बाद नया आत्मविश्वास मिलता है। जैसे-जैसे आप चुनौतियों को स्वीकार करते हैं, साहस और हिम्मत बढ़ते जाती है क्योंकि अंतर्मन, मस्तिष्क के भीतर नए रास्ते बनाता जाता है। ऐसे में अंदर का भय कहाँ जाता है, पता ही नहीं चलता।

बाहर के रास्ते तो निमित्त हैं। उन्हें देखकर भीतर के रास्तों की याद आए। आपके मस्तिष्क में पहले से ही रास्ते बने हुए हैं। चित्र में आपको राईट और लेफ्ट ब्रेन में रास्ते दिखाई दे रहे हैं। मनन करें कि जो रास्ते पहले ही बन चुके हैं, वे हमें क्या दे रहे हैं? ऐसे कौन से रास्ते बनने चाहिए, जो हमें मुक्त करें? सत्राह आपके भीतर ही है। बाहर की राह देखकर आपको याद आए कि आप कौन से रास्ते पर हैं।

साहस से युक्ति करने के लिए इंसान को कायरता से मुक्ति पाना ज़रूरी है। **हमारा अंतर्मन, मस्तिष्क की मदद से मस्तिष्क के अंदर नए रास्ते बनाता है। इसके लिए अंतर्मन को नई समझ देनी ज़रूरी है।** नई समझ से नई आदतें बनेंगी और मस्तिष्क में एक नया न्यूरोपाथ बनेगा। जीवन में नए-नए अनुभव लेकर उन्हें मस्तिष्क में छप जाने दें। ये ही नए रास्ते का निर्माण करेंगे।

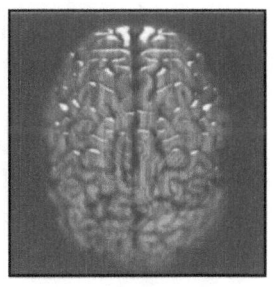

आइए, मस्तिष्क के न्यूरोपाथ को फ्रेम की उपमा से समझते हैं।

क्या आपने कोई ऐसा फ्रेम देखा या सुना है, जिसका आकार बदलता रहता है? आज एक आकार तो कल कोई और होता है? जी हाँ, यहाँ जिस फ्रेम की बात चल रही है, वह है- फेथ फ्रेम। फेथ आपकी दुनिया को फ्रेम करता है, गढ़ता है, रचता है और वह भी रोज़। आज के दिन आपके विश्वास का जो स्तर है, उसके अनुसार कभी आप खुशी, कभी गम, कभी साहस तो कभी डर का अनुभव करते हैं। **आपका जैसा विश्वास होता है, वैसा जगत् बन जाता है।** आपके विश्वास के अनुसार आपकी भावना होती है और उस भावना के अनुसार कुछ निर्माण होता है। आपका विश्वास बदल जाए तो फ्रेम बदल जाएगा। अब वही दृश्य जो दुःख दे रहा था, आनंद देने लगेगा। यह किसी चमत्कार से कम नहीं लेकिन यह संभव है।

किसी चौकोन फ्रेम को नया आकार देना हो तो आप उसे त्रिकोण या पंचकोण बना सकते हैं मगर आपको कहा जाए कि 'उसे गोल आकार देना है' तो यह संभव नहीं लगता। यह हमारे लॉजिक में नहीं बैठता है कि एक चौकोन चीज़ गोल हो जाए।

आपका फ्रेम आपकी मान्यताओं (बिलीफ पैटर्न) से तैयार होता है। मनन करें कि आपकी मूल मान्यताएँ कौन-कौन सी हैं? आज आपका जो भी फ्रेम है, वह किन मान्यताओं की वजह से है? और उनमें से किन्हें बदलने की ज़रूरत है?

मूल मान्यताओं का असर

एक इंसान को जब भी सिरदर्द होता है, वह एनासिन की गोली खाता है। उसके साथ एक प्रयोग किया गया। अगली बार जब उसे सिरदर्द की शिकायत हुई तो उसे

एनासिन के स्थान पर एनासिन के आकार की शुगर की मीठी गोली निगलने को दी गई। कुछ समय बाद उससे पूछा गया तो सच में उसका सिरदर्द गायब था।

यह दर्द कैसे ठीक हुआ? विज्ञान के लिए यह बड़ा आश्चर्य था। कारण यह है कि **मन जो मान लेता है, वैसा परिणाम आना शुरू हो जाता है।** मन जब मान लेता है कि 'फलाँ गोली से मैं ठीक हो जाऊँगा' तो यह विश्वास अपने आपमें चमत्कार कर सकता है। आपका फ्रेम बदल देता है। इसके लिए हमें ब्रेन में जो कोडिंग हो गई है, उसे बदलना पड़ेगा। इसके लिए तीन मार्ग हैं- जप, आत्मसुझाव और प्रतीक ध्यान।

१. जप

मस्तिष्क के फ्रेम को बदलने के लिए कुछ बातें हमें जपनी पड़ती है, बार-बार बोलनी पड़ती है। उस जप से, ध्यान से मस्तिष्क को नया कोडवर्ड मिलता है। इन्हें अपने अंदर जाने देना है और चमत्कार होते हुए देखना है। सत्राह पर चलते हुए आपको चार नई बातों का जप करना है।

१. मैं नई भावना हूँ।

२. मैं नया विचार हूँ।

३. मैं नया शब्द हूँ।

४. मैं नया दृष्टिकोण हूँ।

जब भी आपका मन पुरानी आदतों में जाए, आपको डर सताए तब इन चार वाक्यों का जप करें। ऐसा करके आप अपने आपमें नया परिवर्तन पाएँगे। भीतर साहस का एहसास करेंगे। जैसे किसी विशेष परिस्थिति में आप स्वयं को डरा हुआ, घबराया हुआ पाते हैं तो उस समय आप पुरानी भावना, शब्द, विचार और पुराने दृष्टिकोण के असर में होते हैं। जैसे आपको ऑफिस में कोई नई ज़िम्मेदारी दी गई, कॉलेज में स्टेज पर जाकर किसी कार्यक्रम के संचालन की बागडोर आपके हाथ में दी गई, कोई लंबी मॅराथन दौड़ने के लिए कहा गया तो ये चार बातें इस तरह काम करती हैं।

भावना- दिल में घबराहट।

विचार- मैं यह नहीं कर पाऊँगा।

शब्द- मुझमें इतनी काबिलीयत नहीं है।

दृष्टिकोण- यह मुझ जैसे लोगों से नहीं होगा।

ऐसे समय पर अपनी भावना, शब्द, विचार और दृष्टिकोण को बदलने के लिए ऊपर दिए चार वाक्यों का जप करें। जब आप कहेंगे, 'मैं नई भावना हूँ' तो आप घबराहट के पारवाली भावना से जुड़ जाएँगे। जब आप कहेंगे, 'मैं नया विचार हूँ' तब आप पुराने विचार 'मैं यह नहीं कर पाऊँगा' से परे चले जाएँगे। जब आप कहेंगे, 'मैं नया शब्द हूँ' तो आप पुराने शब्दों को छोड़, अपने लिए कोई नया शब्द ढूँढ़ेंगे। इसी तरह जब आप कहेंगे, 'मैं नया दृष्टिकोण हूँ' तो आपकी सोच को एक नया दमदार पहलू मिलेगा।

इस तरह जब आप स्वयं को नई भावना, नया विचार, नया शब्द और नए दृष्टिकोण से जोड़ देते हैं तब जो डरनेवाला है, वह गायब हो जाता है और आप पूरे बदल जाते हैं।

२. दिशायुक्त मनन

जोखिमों से डरकर नहीं बल्कि उनका सामना करके डर को मिटाया जा सकता है। कई लोग जोखिम उठाने से पहले ही, सोच-सोचकर डर को अपने ऊपर हावी होने देते हैं। ऐसे में दिशायुक्त मनन आपको डर से बचा सकता है, जो इस प्रकार किया जा सकता है-

१. सोचकर देखें कि भूतकाल में ऐसी कितनी बातें थीं, जिनके होने की आशंका से आपको डर लगा करता था।

२. सोचें कि क्या वाकई वे घटनाएँ घटित हुईं, जिन्हें सोचकर आप डरते थे।

३. मान लीजिए आप चालीस बातों को लेकर डरते थे तो क्या वे चालीस की चालीस नकारात्मक घटनाएँ वास्तव में घटीं?

४. यदि आप कहते हैं कि 'चालीस नहीं परंतु उनमें से दस घटनाएँ घटीं।' तो खुद से पूछें कि 'क्या ये दस घटनाएँ उतनी ही भयानक थीं, जितना आपने उसके बारे में सोचा था?'

५. इस मनन से आपको पता चलेगा कि वे घटनाएँ उतनी भयानक नहीं थीं, जितनी

आपने सोचा था। आप उनमें से आसानी से बाहर निकल पाए।

६. हो सकता है कि कोई कहे- 'दस में से दो ऐसी घटनाएँ थीं, जो वाकई भयानक थीं।' ऐसे में यह सवाल उठता है कि 'क्या आप उन दो घटनाओं को सँभाल पाए? उसमें से बाहर आ पाए?' जवाब आएगा 'हाँ' तो फिर आज जो हो रहा है, उससे डरने की कोई ज़रूरत ही नहीं है।

७. इस पूर्ण मनन के बाद आपको समझ में आएगा कि जितने डर हम मन में पालकर रखते हैं, उतने की आवश्यकता ही नहीं होती। यदि डरवाली परिस्थिति उत्पन्न होती भी है और आप उसे भूतकाल में सँभाल चुके हैं तो आगे भी ज़रूर सँभाल पाएँगे।

इन सभी तथ्यों के परीक्षण के बाद आप स्वयं को यह सिद्ध कर सकते हैं कि जीवन में डर के लिए कोई जगह ही नहीं है।

३. **आत्मसुझाव**

हमारा मस्तिष्क विचारों की ऊर्जा से कार्य करता है। विचारों की शक्ति से हमारा मस्तिष्क हमारे भीतर साहस भर सकता है या हमें कायरता की खाई में ढकेल सकता है। मस्तिष्क के दो भाग होते हैं, दायाँ भाग शरीर के बाएँ हिस्से को नियंत्रित करता है तथा बायाँ भाग शरीर के दाहिने हिस्से को नियंत्रित करता है। विचार मस्तिष्क को, मस्तिष्क शरीर को, शरीर इंद्रियों को, इंद्रियाँ संसार को चलाती हैं। इसका अर्थ संसार में अभय जीवन जीने के लिए हमें विचारों को आत्मसूचना द्वारा अनुशासित करना होगा।

हमारा शरीर, हमारी बात सुनता है लेकिन हम यह बात नहीं जानते। इसलिए हम अपने आपको कोई सुझाव नहीं देते हैं। आज से ही अपने आपको आत्मसुझाव देना शुरू करें। नीचे दिए गए सुझाव बार-बार दोहराएँ-

१) मैं निडर और साहसी हूँ।

२) मैं स्वस्थ और जाग्रत हूँ।

३) मैं सदा समता में रहकर, अपने कार्य करता हूँ।

४) मेरे जीवन में अच्छे लोग आ रहे हैं।

५) दिन-ब-दिन मेरा मन एवं शरीर बेहतर से बेहतर होता जा रहा है।

६) ईश्वर की अनंत शक्ति मुझे हर दिशा में, हर तरह से मार्गदर्शन दे रही है।

७) साहस मेरा जन्मसिद्ध अधिकार है।

८) नपे-तुले जोखिम उठाना सुरक्षित है।

४. प्रतीक ध्यान

कई बार शब्दों का सहारा न लेते हुए चित्रों या चिन्हों का सहारा लेकर लोगों को कोई सीख या समझ दी जाती है। इसे प्रतीक विद्या कहते हैं। आपको आगे कुछ प्रतीक दिए जा रहे हैं, जिनके ज़रिए आपको ध्यान साधना करनी है।

मन को जब शब्दों से ज्ञान दिया जाता है तो वह शब्दों के अपने मतलब निकालता है। हरेक के अंदर शब्दों के साथ एक अपनी परिभाषा होती है। हरेक अपना अर्थ निकालता है। इस तरह एक ही पंक्ति के अनेक अर्थ निकाले जा सकते हैं। इसलिए जो सीख देनी होती है, वह अकसर सामनेवाले तक सही मायने में नहीं पहुँच पाती। अतः यहाँ आपको प्रतीक दिए जा रहे हैं, साथ ही उसका अर्थ आपके अंतर्मन को बताया गया है, सो वह उस पर कार्य करेगा। प्रतीकों का यही उद्देश्य है। जैसे फूल कोमलता, सुंदरता के प्रतीक हैं तो काँटे तकलीफ व चुभन का प्रतीक हैं। इसी तरह आपको कुछ प्रतीक दिए जा रहे हैं, जिनसे आपको साहस का गुण जोड़कर अंतर्मन तक पहुँचाना है।

मन, मस्तिष्क पुरानी प्रोग्रामिंग के अनुसार प्रतिसाद देते हैं। प्रतीकों की सहायता से अब हमें उस प्रोग्रामिंग को बदलना है। उससे मुक्त होने पर एक दिन अचानक आप पाएँगे कि आपकी सोच का फ्रेम बदल गया।

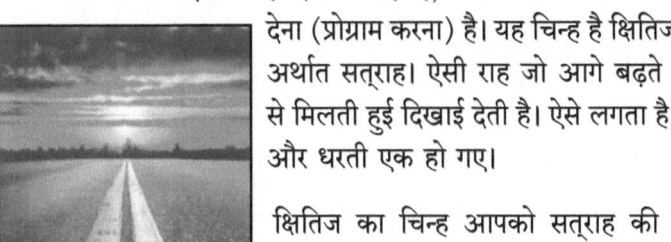

अब आपको एक चिन्ह दिया जा रहा है, जिसे आपको अपने मस्तिष्क में छाप देना (प्रोग्राम करना) है। यह चिन्ह है क्षितिज का। क्षितिज अर्थात सत्राह। ऐसी राह जो आगे बढ़ते हुए आसमान से मिलती हुई दिखाई देती है। ऐसे लगता है कि आसमान और धरती एक हो गए।

क्षितिज का चिन्ह आपको सत्राह की याद दिलाए। आपको जगाए कि आप किस राह पर चलने जा रहे हैं?

क्षितिज को देखकर याद आए, 'राह बनी खुद मंज़िल, पीछे रह गई मुश्किल।' क्षितिज के चित्र को राईट ब्रेन तक पहुँचाना है। वहाँ से एक रास्ता निकालना है, जो लेफ्ट ब्रेन पर भी छा जाए। अंतर्मन, ए एम.एस.वाय. (सूक्ष्म देह) और ब्रेन इन तीनों के सहयोग से एक नया रास्ता बनेगा।

अब एक दूसरा चिन्ह दिया जा रहा है। यह है जहाज़ का चित्र। जहाज़ के चिन्ह से आपको सिंदबाद की साहसी जहाज़ी यात्रा याद आए। रोज़ ऐसा करने पर जहाज़ और साहस एक साथ घुल जाएँगे। फिर जहाज़ का चित्र देखकर आपमें साहस का जज़्बा उभरेगा।

इन चित्रों पर रोज़ एक निश्चित समय पर ध्यान करें। स्वयं से कहें, 'मैं अपने भीतर साहस का संचार करने के लिए यह ध्यान करने जा रहा हूँ। मैं अब शीघ्र ही कायरता से मुक्त होकर खुलकर अभिव्यक्त होऊँगा।'

ध्यान विधि

१. आसन बिछाकर, आँखें बंद कर चुनी हुई ध्यान मुद्रा में बैठें।

२. बंद आँखों के सामने क्षितिज का चित्र लाएँ, जो सत्राह का प्रतीक है।

३. स्वयं को उस बिंदु पर खड़ा देखें, जहाँ धरती और आसमान एक होते हुए दिखाई देते हैं।

४. क्षितिज के चित्र को अपने अंदर छप जाने दें ताकि मस्तिष्क उसके अनुसार नया रास्ता बनाना शुरू करे।

५. अब सिंदबाद जहाज़ी के जहाज़ के चित्र को मन ही मन देखें और सिंदबाद की जहाज़ी यात्राओं के बारे में सोचें।

६. फिर जहाज़ के चित्र को मस्तिष्क के भीतर छप जाने दें ताकि आपके अंदर साहस का निर्माण शुरू हो सके।

७. अंततः स्वयं का साहसी रूप देखें।

८. मन ही मन सत्राह का ध्यान करें। सात राहों में से हर रास्ते के अंत में मुक्ति आपकी राह देख रही है।

अब कुछ सवालों पर ध्यान करें।

१. ज़िंदा कुत्ता, मरे शेर से कैसे बेहतर है?

२. कब्र में रहना, महल में रहने से बेहतर क्यों है?

३. जन्म दिन से बेहतर, मरण दिन क्यों है?

४. 'कुर्बान होना' यह लक्ष्य कैसा साहस देता है?

नई आदतें पुराने रास्ते से आवाज़ें देंगी मगर आपको नए का स्वागत करना है। धीरे-धीरे आँखें खोलें।

खण्ड 2

तुष्टि और बराबरी से मुक्ति

मौलिकता से युक्ति

अध्याय 1

सिंदबाद जहाज़ी की दूसरी समुद्री यात्रा

दूसरे दिन तय किए समय में हिंदबाद फिर से सिंदबाद की कोठी पर जा पहुँचा, उसकी अगली साहसिक यात्रा सुनने के लिए। सिंदबाद के अन्य मित्र भी वहाँ मौज़ूद थे।

सिंदबाद ने कहना शुरू किया, मित्रों, पहली यात्रा में मुझ पर जो विपत्तियाँ आन पड़ी थीं, उनके कारण मैंने निश्चय कर लिया था कि अब व्यापार यात्रा नहीं करूँगा और अपने नगर में सुख-चैन से रहूँगा। किंतु जल्द ही निष्क्रियता मुझे खलने लगी, यहाँ तक कि मैं बेचैन हो गया और मैंने इरादा किया कि फिर से नई यात्रा शुरू करूँ और नए देशों, नदियों, पहाड़ों आदि को देखूँ। अतः मैंने भाँति-भाँति की व्यापारिक वस्तुएँ मोल लीं और अपने विश्वास के व्यापारियों के साथ पुनः व्यापार यात्रा का कार्यक्रम बनाया। सारी तैयारी कर एक दिन हम लोग जहाज़ पर सवार हुए। भगवान का नाम लेकर कप्तान ने जहाज़ का लंगर उठा लिया और हम चल पड़े अपनी

साहसिक यात्रा के दूसरे पड़ाव पर।

हम लोग कई देशों और द्वीपों में गए और हर जगह क्रय-विक्रय किया। फिर एक दिन हमारा जहाज़ एक हरे-भरे द्वीप के तट से आ लगा। उस द्वीप में सुंदर और मीठे फलों के बहुत से वृक्ष थे। हम लोग उस द्वीप पर सैर के लिए उतर गए। किंतु वह द्वीप बिलकुल उजाड़ था। वहाँ पर किसी मनुष्य का नामोनिशान तक नहीं था। यहाँ तक कि कोई पक्षी भी दिखाई नहीं दे रहा था। मेरे साथी पेड़ों से फल तोड़ने लगे लेकिन मैं एक झरने के किनारे बैठ गया। मैंने अपना खाना निकालकर खाया और उसके साथ शराब भी पी। शराब कुछ अधिक हो गई थी, सो मैं बहुत समय तक सोता ही रहा। जब आँख खुली तो देखा कि मेरे कोई साथी वहाँ नहीं है और हमारा जहाज़ भी पाल उड़ाता हुआ समुद्र में आगे जा रहा है। कुछ ही क्षणों में जहाज़ मेरी आँखों के सामने से ओझल हो गया।

यह देखकर मैं हतप्रभ (निरुत्तर) रह गया। मुझे उस समय जो दुःख और संताप हुआ, उसका वर्णन मैं नहीं कर सकता। मुझे विश्वास हो गया कि इसी उजाड़ द्वीप में मैं मर जाऊँगा और मेरी खबर लेनेवाला भी कोई नहीं होगा। मैं चिल्ला-चिल्लाकर रोने लगा, सिर और छाती पीटने लगा। मैं अपने आपको बार-बार धिक्कारने लगा कि 'कमबख्त... पहली यात्रा में क्या कम विपत्तियाँ आन पड़ी थीं कि दोबारा यह मुसीबत मोल ले ली!!' लेकिन मैं कब तक रोता-पीटता! अंत में भगवान का नाम लेकर उठा और इधर-उधर घूमने लगा कि कोई राह मिले तो जाऊँ। जब कोई रास्ता दिखाई नहीं दिया तो मैं एक ऊँचे पेड़ पर चढ़ गया कि शायद इधर-उधर कोई ऐसी जगह मिले, जहाँ रात काट सकूँ। किंतु द्वीप के पेड़ों, समुद्र के जल और आकाश के अतिरिक्त कुछ भी दिखाई नहीं दिया।

कुछ देर बाद कहीं दूर मुझे एक सफेद चीज़ दिखाई दी। मैंने सोचा कि शायद वहीं ठिकाना मिल जाए लेकिन समझ में नहीं आ रहा था कि वह क्या है। मैं पेड़ से उतरा और अपना बचा-खुचा खाना लेकर उस सफेद चीज़ के पास पहुँचा। वह एक बड़ा गुंबद सा था लेकिन उसका कोई दरवाज़ा नहीं था। उसकी सतह चिकनी थी, जिस पर चढ़ा भी नहीं जा सकता था। उसके चारों ओर घूमने पर पचास कदम होते थे।

अचानक मैंने देखा कि अँधेरा हो गया। मुझे आश्चर्य हुआ कि यह शाम का समय तो है नहीं, अँधेरा कैसे हो गया। फिर मैंने देखा कि एक विशालकाय पक्षी जो मेरी कल्पना में भी नहीं आ सकता था, मेरी तरफ उड़ता आ रहा है। मैं उसे देखकर

भयभीत हो गया। फिर मुझे कुछ जहाज़ियों के मुँह से सुनी बात याद आई कि रुख नामी एक बहुत ही बड़ा पक्षी होता है। अब मैंने जाना कि वह सफेद विशालकाय वस्तु इसी मादा रुख का अंडा है। मादा रुख आकर अपने अंडे पर उसे सेने के लिए बैठ गई। उसका एक पाँव मेरे समीप पड़ गया। उसका एक-एक नाखून एक बड़े वृक्ष की जड़ जैसा था। मैंने अपनी पगड़ी से अपना शरीर उसके एक नाखून से कसकर बाँध लिया क्योंकि मुझे आशा थी कि यह पक्षी कहीं न कहीं उड़कर जाएगा ही।

सवेरे पक्षी ने उड़ान भरी और वह इतनी ऊँचाई तक गया कि वहाँ से पृथ्वी बड़ी कठिनाई से दिखाई दे रही थी। कुछ ही देर में वह उतरकर एक बड़े जंगल में जा पहुँचा। उसके ज़मीन से लगते ही अपनी पगड़ी की गाँठ खोलकर मैं उससे अलग हो गया। उसी समय रुख ने एक बहुत ही बड़े अजगर को धर दबोचा और उसे पंजों में लेकर फिर उड़ गया।

जहाँ मुझे रुख ने छोड़ा था, वह एक बहुत नीची और खड़ी ढलान की घाटी थी। वहाँ आने-जाने की शक्ति किसी मनुष्य में नहीं हो सकती। मुझे खेद हुआ कि मैं कहाँ आ गया, यह जगह तो उस द्वीप से भी खराब प्रतीत हो रही थी। मैंने देखा कि वहाँ की भूमि पर असंख्य हीरे बिखरे पड़े हैं। उनमें से कुछ हीरे इतने बड़े थे, जो साधारण मनुष्य की कल्पना के बाहर थे। मैंने बहुत सारे हीरे इकट्ठा करके, उन्हें एक चमड़े की थैली में भर लिया। किंतु हीरों के मिलने की प्रसन्नता मेरे लिए क्षणिक ही थी क्योंकि शाम होते ही मैंने देखा कि वहाँ बहुत से अजगर तथा अन्य विशालकाय और भयानक साँप घूम रहे हैं। ये साँप दिन में रुख के डर से गुफाओं में छिपे रहते थे और रात को निकलते थे। मुझे भाग्यवश एक छोटी सी गुफा मिल गई, मैं उसमें छिपकर बैठ गया और उसका मुँह पत्थरों द्वारा अच्छी तरह से बंद कर दिया ताकि कोई अजगर अंदर न आ सके। मैंने अपने पास बँधे भोजन में से कुछ खा लिया, किंतु मुझे रातभर नींद नहीं आई। साँपों और अजगरों की भयानक फुफकारें मुझे डराती रहीं और मैं रातभर जान जाने के डर से काँपता रहा।

सुबह होने पर साँप फिर से छिप गए और मैं बाहर निकलकर एक खुली जगह में सो गया। कुछ ही देर में मेरे करीब एक भारी सी चीज़ गिरी। आवाज़ से मेरी आँख खुल गई। मैंने देखा कि वह एक विशाल मांस पिंड था। कुछ ही देर में इसी तरह के अन्य मांस पिंड घाटी में चारों ओर से गिरने लगे। मुझे यह सब देखकर घोर आश्चर्य हुआ।

अचानक मुझे जहाज़ियों के मुँह से सुनी एक बात याद आई कि एक घाटी

डर नाम की कोई चीज़ नहीं ✻ 38

में असंख्य हीरे हैं किंतु वहाँ कोई जा नहीं सकता। हीरों के व्यापारी आस-पास के पहाड़ों पर चढ़कर वहाँ बड़े-बड़े मांस पिंड फेंक देते हैं, जिनमें हीरे चिपक जाते हैं। इसके बाद विशालकाय गिद्ध आकर उन मांस पिंडों को ले जाते हैं। जब वे ऊपर बने अपने घोंसलों में जाते हैं तब व्यापारी लोग शोरगुल करके उन्हें उड़ा देते हैं और मांस पिंडों में चिपके हुए हीरे ले लेते हैं।

मैं पहले परेशान था कि इस कब्र जैसी घाटी से कैसे निकलूँगा क्योंकि पिछले दिन बहुत घूमने-फिरने पर भी निकलने की कोई राह नहीं दिखाई दी थी। किंतु उन मांस पिंडों को देखकर मेरे अंदर बाहर निकलने की कुछ आशा बँधी। मैंने फिर पुराना उपाय आज़माया। मैंने अपने आपको एक मांस पिंड के नीचे की ओर बाँध लिया। कुछ ही देर में एक विशाल गिद्ध उतरा और मांस पिंड को तथा उसके साथ मुझे लेकर उड़ गया। मैंने वह चमड़े की थैली भी मज़बूती से अपनी कमर में बाँध ली, जिसमें पहले मेरा भोजन था और बाद में मैंने उसी में हीरे भर लिए थे। गिद्ध ने मुझे पहाड़ की चोटी पर बने अपने घोंसले में पहुँचा दिया। मैंने तुरंत स्वयं को मांस पिंड से अलग कर लिया।

उसी समय बहुत से व्यापारी शोरगुल करते हुए वहाँ पर आ पहुँचे। बड़ा गिद्ध उन सबसे डरकर भाग गया। उन व्यापारियों में से एक की दृष्टि मुझ पर पड़ी। वह मुझ पर क्रोध करने लगा। उसने समझा कि मैं हीरे चुराने के लिए गिद्ध के घोंसले में आया हूँ। तभी अन्य व्यापारियों ने भी मुझे घेर लिया। मैंने कहा, 'भाइयों! मेरी कहानी सुनेंगे तो मुझ पर क्रोध करने की बजाय मुझ पर दया ही करेंगे, मेरे पास बहुत से हीरे इस थैली में हैं, वे सारे हीरे मैं आप लोगों को दे दूँगा।' यह कहकर मैंने अपनी सारी कहानी उन लोगों को कह सुनाई। उन सभी को मेरी विचित्र कथा और संकटों से बचकर निकलने पर बड़ा आश्चर्य हुआ।

व्यापारियों का नियम था कि एक-एक गिद्ध के घोंसले को एक-एक व्यापारी चुन लेता था। वहाँ से मिले हीरों पर उसके सिवाय किसी दूसरे का अधिकार नहीं होता था। इसलिए वह व्यापारी, जिसके हिस्से में वह घोंसला पड़ा था, मुझ पर क्रोध कर रहा था। मैंने अपनी थैली उलट दी। सब लोगों की आँखें आश्चर्य से फटी की फटी रह गईं क्योंकि मेरी थैली से बहुत बड़े-बड़े हीरे बाहर निकले। मैंने उस व्यापारी से, जिसके हिस्से में वह घोंसला था, कहा कि 'आप ये सारे हीरे ले लीजिए।' उसने कहा कि 'ये हीरे तुम्हारे हैं, मैं इनमें से कुछ नहीं लूँगा।' किंतु जब मैंने बहुत ज़ोर दिया तब उसने एक बड़ा सा हीरा और दो-चार छोटे हीरे ले लिए और कहा कि 'इतना धन मुझे सारी ज़िंदगी आराम से रहने के लिए काफी है। अब मुझे दोबारा

यहाँ आने और हीरे प्राप्त करने की आवश्यकता नहीं पड़ेगी।'

रात मैंने उन्हीं व्यापारियों के साथ गुज़ारी। उन्होंने मुझसे विस्तार से मेरी कहानी जाननी चाही। उनकी इच्छा पूरी करते हुए मैंने अपनी यात्रा के सारे अनुभवों का वर्णन कह सुनाया। मुझे अपने सौभाग्य पर विश्वास ही नहीं हो रहा था। दूसरे दिन मैं उन्हीं व्यापारियों के साथ रूहानामी द्वीप में पहुँचा। यहाँ पर भी बड़े-बड़े साँप भरे पड़े थे। हम लोगों का भाग्य अच्छा था कि उन साँपों से हमें कोई क्षति नहीं पहुँची।

उस द्वीप से होता हुआ मैं और बहुत से द्वीपों में गया और अपने हीरों के बदले वहाँ की बहुमूल्य वस्तुएँ खरीदीं। इस प्रकार कई द्वीपों और देशों में व्यापार करता हुआ मैं बसरा के बंदरगाह और वहाँ से बगदाद पहुँचा। मेरे पास इस यात्रा में भी बहुत धन इकट्ठा हो गया था। मैंने उसमें से काफी धन लोक कल्याण संस्थाओं को दान किया और कई निर्धनों को धन से संतुष्ट भी किया।

अपनी दूसरी सागर यात्रा का वृत्तांत समाप्त करके सिंदबाद ने हिंदबाद को चार सौ दीनारें देकर विदा किया और कहा कि 'कल इसी समय यहाँ आना तो तुम्हें अपनी तीसरी सागर यात्रा का वृत्तांत सुनाऊँगा।' यह सुनकर हिंदबाद उसे धन्यवाद देकर विदा हुआ और अन्य उपस्थित लोग भी रवाना हुए।

अध्याय 2

आपकी दूसरी साहसी यात्रा
पथरीला रास्ता

पिछले अध्याय में आपने सिंदबाद की दूसरी साहसिक यात्रा के बारे में पढ़ा, जिसमें उसने तुष्टि* और बराबरी से मुक्ति प्राप्त की। सत्राह पर चलते हुए तुष्टि और बराबरी से मुक्त होकर उसने साहस के गुण को और भी चमकदार बनाया। एक से एक हैरत अंगेज़ यात्राएँ करते हुए जिस तरह सिंदबाद ने खुद को सद्गुणों से समृद्ध किया, वैसे ही आपको भीतर की यात्रा करते हुए सेल्फ के गुणों को पहचानकर उन्हें खोलना है।

पहली साहसी यात्रा में सिंदबाद पर जो विपत्तियाँ आन पड़ी थीं, उनके कारण उसने निश्चय कर लिया था कि 'अब व्यापार यात्रा नहीं करूँगा और अपने नगर में सुख से रहूँगा।' किंतु जल्द ही उसे खालीपन खलने लगा, यहाँ तक कि वह बेचैन हो उठा। **उसे एहसास हुआ कि बाहरी साधनों से प्राप्त खुशी ज़्यादा समय नहीं टिकती।** और एक... और एक... का किस्सा खत्म ही नहीं होता।

---

*इंद्रियों की लालसा तुरंत पूरी करना, तुरंत संतुष्टि की चाहत रखना, instant gratification

इसी तरह इंसान भी भौतिक सुख-सुविधाओं के पीछे भागते हुए एक के बाद एक साधन तो प्राप्त कर लेता है लेकिन बाद में उसे पता चलता है कि चाहतों का ये सिलसिला तो अंतहीन है। उसके मन में सवाल उठता है, 'आखिर सच्ची खुशी कहाँ बसती है?' तब वह सत्य का खोजी बनता है।

कहानी में सिंदबाद ने एक हरे-भरे सुंदर द्वीप में झरने के पास बैठकर खाना खाया और बाद में इतनी शराब पी कि उसे गहरी नींद लग गई। व्यसन के वश में वह अपनी यात्रा का उद्देश्य भूल गया। होश न रहने के कारण उस निर्जन द्वीप में कैद हो जाने की नौबत उस पर आ गई। सिंदबाद के साथी उसे द्वीप पर अकेला छोड़कर आगे निकल गए। तब सिंदबाद गहरे दुःख और संताप में डूब गया।

इंसान के साथ भी यही होता है। वह इंद्रियों की तुष्टि के पीछे कुछ यूँ भागता है कि उसे उसका लक्ष्य तक याद नहीं रहता। पृथ्वी पर वह मात्र एक कैदी बनकर रह जाता है। स्वयं को जानने की यात्रा में पृथ्वी केवल एक छोटा पड़ाव है, वह यह भूल जाता है।

आगे सिंदबाद को यकीन हो गया कि इस उजाड़ द्वीप में जहाँ उसकी खबर लेनेवाला कोई नहीं है, वह ज़रूर मर जाएगा। लेकिन आखिर कब तक रोता-पीटता!! अंत में वह उठकर आसरे के लिए जगह खोजने लगा।

आखिरकार रुख नामी विशाल पक्षी के पैर में स्वयं को बाँधने में वह सफल हो गया। पक्षी की भव्य उड़ान के साथ वह द्वीप के बाहर निकल आया।

आइए, जानते हैं कि भीतर की दुनिया से इसका क्या संबंध है? कई बार इंसान भी ऐसी विकट परिस्थिति में फँस जाता है, जहाँ से बच निकलना नामुमकिन सा लगता है। वह निराशा और हताशा के द्वीप में अकेला रह जाता है। लेकिन **जब पुराने सारे द्वार बंद हो जाते हैं तो एक नया द्वार ज़रूर खुलता है। यह कुदरत का नियम है।** गहरी निराशा में ही इंसान के मन में 'आखिर मैं ही क्यों?' से लेकर 'आखिर मैं कौन?' के सवाल उठते हैं, जो उसे निराशा के दलदल से बाहर निकालने की ताकत रखते हैं। ये सवाल उसके लिए रुख नामी पक्षी का कार्य करते हैं।

जब दिल की गहराई से सवाल उठते हैं तो गुरु का जीवन में प्रवेश होता है। रुख नामी पक्षी के पैर से स्वयं को बाँध लेना अर्थात गुरु से दीक्षा लेना, गुरु की आज्ञा में रहना। गुरु के बताए अनुसार मुकम्मिल साधना करके खोजी दिव्य उड़ान भरकर, मैं (अहंकार) के द्वीप के बाहर निकल आता है।

घोर विपत्तियों से घिरने के बावजूद जिस तरह से सिंदबाद उनसे बाहर आया, वह सिद्ध करता है कि 'हर समस्या का समाधान उसके अंदर ही छिपा होता है।' निर्जन द्वीप में इतने विशालकाय पक्षी के शिकंजे से बचने के लिए पक्षी का पंजा ही काम आया। है न ये हैरत की बात!! माया की इस दुनिया में माया से मुक्त होने के लिए मायापति अर्थात जिसने ये माया बनाई, उसी का सहारा लेना पड़ता है। जिसने ये माया बनाई, वही आपको इससे मुक्त कर सकता है।

द्वीप से निकलकर सिंदबाद एक ऐसे जंगल में पहुँच गया, जहाँ चारो ओर अजगर और विषैले साँपों का साम्राज्य था। एक तरह से सिंदबाद खाई से निकलकर खंदक में जा गिरा। मगर वहाँ से भी वह युक्ति से बाहर निकल गया। अर्थात उसने खंदक और खाई दोनों को समतल बना दिया। ये सारे अनुभव सिंदबाद के साहस को समृद्ध करते गए।

साँपों की घाटी से गिद्ध की मदद से सिंदबाद पहाड़ की चोटी पर जा पहुँचा। साथ में थी हीरों से भरी पोटली। उनमें से कुछ हीरे उसने वहाँ के व्यापारियों में बाँट दिए। इंद्रियों की लालसा में पड़कर वह उन हीरों से बेशुमार दौलत का मालिक बन सकता था लेकिन तुष्टि से मुक्त होकर उसने गरीबों में भी धन दान किया।

इस यात्रा के दौरान सिंदबाद ने और एक मुक्ति प्राप्त की- बराबरी से मुक्ति। पहली यात्रा में ही सिंदबाद ने इतना धन कमा लिया था कि वह बाकी जीवन आराम से बैठकर गुज़ार सकता था। लेकिन उसने औरों की देखा-देखी सिर्फ पैसा कमाकर आराम से जीवन गुज़ारने को ही जीवन की इतिश्री नहीं माना बल्कि अपनी मौलिकता को ढूँढ़ा। पहली यात्रा ज़रूर उसने धन कमाने के लिए की लेकिन अगली यात्राएँ उसने अपनी मौलिकता को पहचानते हुए की। चुनौतियों का सामना करने की ललक ने सिंदबाद को अनेक दुर्लभ अनुभव दिए, जिनसे उसने 'कुदरत के नियम' पहचाने। इस तरह साहस का संचार उसके अंदर और भी कई गुणों को विकसित कर गया।

आपको भी जाग्रत रहते हुए जीवन की विपत्तियों से 'कुदरत के नियमों' को अनुभव द्वारा पहचानकर, अपने भीतर तेज़ साहस का संचार करना है। साहस से युक्ति ही आपको तुष्टि और बराबरी से मुक्ति दिलाएगा।

अध्याय 3

तुष्टि से मुक्ति के उपाय
मौलिकता की पहचान (भाग १)

सत्राह पर चलते हुए दूसरी आंतरिक साहसिक यात्रा में आपको दो मुक्तियों पर काम करना है। पहली मुक्ति है- **तुष्टि से मुक्ति।** तुष्टि यानी इंद्रियों की लालसा, इंद्रियों की कामना पूर्ण होने पर महसूस होनेवाली भावना। इंसान इस भावना की गुलामी में सारा जीवन बिता देता है। इंद्रियाँ चाहती हैं कि उन्हें लगातार तुष्टि मिलती रहे ताकि वे अपना अस्तित्त्व बनाए रखें।

आइए, तुष्टि को और अच्छी तरह से समझते हैं। इंसान को उसके शरीर के साथ पाँच इंद्रियाँ मिली हैं- आँख, कान, नाक, मुँह और त्वचा। इन इंद्रियों के कारण उसके मन में तरह-तरह की चाहतें जागती हैं। आँख चाहती है लुभावने दृश्य, कान चाहते हैं मधुर संगीत, नाक चाहती है सुंदर महक (सुगंध), मुँह चाहता है स्वादिष्ट भोजन और त्वचा चाहती है सुखद स्पर्श। इन पाँच इंद्रियों की इच्छा पूर्ति करके इंसान सुख महसूस करता है। अतः वह ताउम्र उनकी

इच्छाओं की पूर्ति में लगा रहता है। उसे लगता है कि यही परम सुख है।

इंद्रियों की इच्छा पूर्ति में लगा इंसान यह नहीं जानता कि वह शरीर नहीं बल्कि शरीर से परे परम चैतन्य है। **शरीर तो उसे इस्तेमाल करने के लिए मिला एक साधन मात्र है। इस साधन के ज़रिए उसे इंद्रियों की तुष्टि नहीं बल्कि स्वयं को जानकर परम संतुष्टि (तेज संतुष्टि) पानी है।** लेकिन स्वयं को शरीर मानने की वजह से वह इंद्रियों की तुष्टि में फँसा रहता है और यह सिलसिला तब तक ज़ारी रहता है, जब तक इंद्रियाँ मर नहीं जातीं। अर्थात बुढ़ापे में जब कम सुनाई देता है, धुँधला दिखाई देता है, ज़ुबान स्वाद नहीं देती, खाने में परहेज़ शुरू हो जाता है, तब तक इंसान इंद्रियों की तुष्टि में लगा रहता है। उसे पता ही नहीं चलता कि तुष्टि से मुक्ति के कई मार्ग उपलब्ध हैं। इस तुष्टि से मुक्ति के कुछ उपाय इस तरह हैं-

१. शरीर का प्रशिक्षण- ऐंकरिंग के द्वारा

शरीर एक पेन की तरह है, जिससे आप लिखते हैं। क्या कभी आपके साथ ऐसा हुआ है कि ऐन परीक्षा में आपके पेन ने लिखने से मना कर दिया हो? आपको सब याद होने के बावजूद सिर्फ पेन की वजह से आप लिख नहीं पाए? यदि ऐसा होता तो आप कितना अफसोस करते हैं। ठीक इसी तरह यदि इंसान का शरीर प्रशिक्षित न हो तो उच्च ज्ञान प्राप्त होने के बाद भी उसका शरीर ज्ञान पर अमल नहीं कर पाता। सोचिए, यह कितने बड़े अफसोस की बात हो जाएगी। परीक्षा तो क्या हर साल आती रहती है लेकिन इंसान का जन्म बार-बार नहीं मिलता। शरीर यदि प्रशिक्षित नहीं है तो जिस काम के लिए वह मिला है, वह नहीं हो पाएगा। इंसान का पृथ्वी जन्म व्यर्थ जा सकता है। अतः तुष्टि से मुक्ति के लिए शरीर को प्रशिक्षित किया जाना अनिवार्य है। अब आपको होशपूर्वक यह करना है।

इस प्रशिक्षण के लिए रास्ता है- **पथरीला**।

शरीर के प्रशिक्षण के लिए आपको पथरीले रास्ते पर चलना है। मन पुराने रास्ते से आवाज़ देगा मगर आपका लक्ष्य होना चाहिए- 'शरीर का प्रशिक्षण'।

चित्र में प्रशिक्षण की मुद्रा में इंसान ने अपने दोनों हाथ पीछे किए हैं। यह मुद्रा आपके लिए ऐंकर का कार्य करेगी। अर्थात **मस्तिष्क में जिस मुद्रा के साथ ऐंकरिंग हो जाती है, मन में वैसी भावना तैयार होती है।** जैसे प्रार्थना में हाथ जोड़ने की मुद्रा

के साथ अंदर एक हुक तैयार हो जाता है और आप धन्यवाद, समर्पण के भाव में चले जाते हैं। इसे कहते हैं ऐंकर। अब आपको हाथ पीछे करनेवाला हुक तैयार करना है। जैसे मन बोले, 'आज ज़्यादा खा लेता हूँ… आज व्यायाम करने का मन नहीं है…' तब आपको करना है हाथ

पीछे। शुभ समाचार यह है कि पहले से ही आपके भीतर ऐसी ऐंकरिंग की गई है। जब भी कोई कुछ नया प्रस्ताव रखता है, जैसे- 'कल से हम सुबह छह बजे वॉक पर जाएँगे… फलाँ मेहमानों को रात के खाने पर बुलाएँगे… कल से नई ट्यूशन क्लास में जाएँगे… तो इंसान तुरंत कहता है, 'नहीं, मेरा आना तो मुश्किल है।' किसी भी बात के लिए पहले 'ना' ही निकलती है। यह इंसान के ब्रेन में पहले से ही रिकॉर्ड है। इस प्री-रिकॉर्डिंग का आपको फायदा उठाना है। इस ऐंकरिंग का दूसरा भी एक लाभ है।

जब आप हाथ पीछे करते हैं तो आपके कंधे और पीठ के लिए यह एक अच्छा व्यायाम है। आप चाहे तो करके देखें, आपको तुरंत आराम मिलेगा। जो कंप्यूटर पर बैठते हैं, उनके लिए तो यह बहुत ज़रूरी है। दिनभर में उन्हें बीच-बीच में यह करते रहना चाहिए। व्यायाम तो स्वास्थ्य के लिए लाभदायक है ही मगर आपके लिए यह तुष्टि से मुक्ति की मुद्रा है। जहाँ-जहाँ मन आपको पुराने में ले जाना चाहे, आपको सिर्फ हाथ पीछे करना है। अर्थात आपने मन के घोड़े की लगाम खींच ली है।

तप मार्ग

जब आप जमकर व्यायाम करते हैं, लगातार करते हैं तो लगता है, तप हो गया। किसी भी आसन में जब आप अधिक समय तक बैठते हैं तो लगता है, तप हो गया। तप आपको तपाता है मगर जब उसका परिणाम आता है तो आप समझ पाते हैं कि लंबे समय तक शरीर को चलाने के लिए यह कितना ज़रूरी है। यदि यह समझ बनी रहे कि हमारा शरीर एक टूल है, जिसका हमें उपयोग करना है तो आप आसानी से तुष्टि से मुक्त हो सकते हैं। वरना 'मैं शरीर हूँ' की मान्यता में रहते हुए इंसान को लगता है, 'मैं इसे ही सुख देता रहूँ… देता रहूँ…।' ऐसा करते हुए वह ज़रूरत से ज़्यादा उलझ जाता है। माया में इतना अटक जाता है कि खुद को अलग ही नहीं कर पाता। लेकिन अब धीरे-धीरे शरीर

को नई ट्रेनिंग देनी है।

आइए, अपनी एक आदत पर ऐंकरिंग करना सीखते हैं। इसके लिए मनन की ज़रूरत है।

मनन

किसी विषय में आपकी सहमति के अनुसार आपकी भावना तैयार होती है। जैसे आपके अंतर्मन की इस बात पर पक्की सहमति है कि 'सामनेवाले ने तमीज़ से बात की तो मैं खुश रहूँगा।' अब अगर ऐसा हुआ तो आप खुश वरना आप दुःखी होते हैं। यह ऍग्रीमेंट ही दुःख का कारण है। आपको अपने ऍग्रीमेंट को प्रकाश में लाना है।

१. दोनों हाथ पीछे करें। आँखें बंद करके, लंबी साँस लेकर धीरे से छोड़ें, और ऐसे इंसान को सामने लाएँ, जिसके बारे में आपको लगता है कि इसे अपनी ज़ुबान पर नियंत्रण रखना चाहिए। मनन करें कि कौन है वह, जिसे अपनी ज़ुबान पर नियंत्रण नहीं है।

२. अब खुद से पूछें, 'उसके उलटे-सीधे बोल सुनकर यदि मुझे क्रोध आ रहा है तो उसे अपनी ज़ुबान पर नियंत्रण रखना आना चाहिए या मुझे अपने विचारों पर नियंत्रण रखना आना चाहिए?' दोनों में से कौन सा विचार सत्य है?

   अनियंत्रित ज़ुबान लोगों को सुनाई देती है, दिखाई देती है लेकिन अनियंत्रित विचार दूसरों को दिखाई नहीं देते। अत: इन विचारों पर काम करने की ज़रूरत महसूस नहीं होती। **केवल ज़ुबान को काबू में रखकर मुक्त नहीं हुआ जा सकता।**

३. खुद से पूछें, 'जब सामनेवाले की ज़ुबान अनियंत्रित होती है तब मेरे विचार नियंत्रित होते हैं या अनियंत्रित? अगली बार जब सामनेवाले की ज़ुबान बेकाबू होगी तब मेरे विचार कैसे होंगे? मुझे अपनी ज़ुबान द्वारा विचारों को दिशा देनी है। **मेरी वाणी ऐसी हो, जिससे विचारों को दिशा मिले यानी मुझे ज़ुबान का नियंत्रण सीखना चाहिए।** मुझे ज़ुबान का, शब्दों का सही उपयोग करना सीखना चाहिए, न कि सामनेवाले को।'

४. खुद से पूछें, 'अब मुझे कैसे लग रहा है? क्या मैं उस करार (ऍग्रीमेंट) से मुक्त

हुआ, जो दुःख दे रही थी? अब यदि सामनेवाला बड़बड़ाएगा तब भी क्या मैं खुश रह पाऊँगा या नहीं?' इससे आप दुःख देनेवाली ऍग्रीमेंट से बच जाएँगे।

५. स्वयं से कहें, 'अब मैं ऐसे शब्द इस्तेमाल करूँगा, जो मेरे संवाद और विचारों को सही दिशा दे पाएँ। सामनेवाले को देखकर मैं अंदर से बेकाबू हो रहा था, अब मैं इससे मुक्त हुआ।'

अगर आपके अंतर्मन तक यह बात पहुँच जाए तो आप तुरंत मुक्त हो सकते हैं। पुराने रास्तों के अनुसार ऐसे कितने ही विचार होंगे, जो आप मानकर बैठ गए हैं। अब आपको नए रास्ते बनाने हैं। यहाँ आपको एक उदाहरण बताया गया और आपसे एक नया रास्ता बनाने का अभ्यास करवाया गया। अगली बार वही इंसान आकर बड़बड़ाएगा तो आपको क्या याद आएगा? 'धन्यवाद, जो आपने याद दिलाया कि मुझे अपने विचारों को नियंत्रित करना सीखना है।' यदि आपके विचार आपके बस में आ गए तो कौन सा दुःख शेष बचेगा!

ध्यान

तुष्टि से मुक्ति के लिए आपको एक यहाँ दिए गए प्रतीक पर ध्यान करना है।

चित्र में आप देख सकते हैं कि एक इंसान हाथ ऊपर उठाए हुए है और उसके सिर पर रखे ग्लोब पर रथ का चित्र बना है। रथ में दौड़ते हुए घोड़े नहीं दिखाए गए हैं बल्कि घोड़ों की लगाम को खींचा गया है। यह रथ युद्ध के लिए नहीं जा रहा है। इसमें घोड़े रुके हुए हैं। इस प्रतीक पर आपको ध्यान करना है। इसका उपयोग वहाँ पर करना है, जब आपके मन का घोड़ा बेकाबू होकर दौड़ने लगे।

१. आँखें बंद कर अपने चुने हुए आसन पर ध्यान मुद्रा में बैठें।

२. सोचें कि कौन से दृश्य देखकर आपका मन चिंता से भर जाता है। अब प्रतीक चित्र को आँखों के सामने लाएँ। घोड़ों की लगाम खींचे। लंबी साँस लें और मन को चिंता से मुक्त करें।

३. सोचें कि कौन सा भोजन सामने आने पर आप पर लोभ हावी हो जाता है... आप अपनी ज़ुबान पर काबू नहीं रख पाते... सिर पर रखे ग्लोब पर स्थित घोड़े को याद करें। उसकी लगाम खींचते हुए कहें, 'मैं स्वाद के वश में नहीं हूँ।'

४. सोचें कि क्या आप प्रशंसा के गुलाम हैं? क्या किसी के द्वारा की गई प्रशंसा आपके अहंकार को बढ़ाती है? यदि हाँ तो गुलाम की लगाम कस दें। कहें, 'प्रशंसा हो तो अच्छी बात है, अगर न हो तो भी मैं स्वयं के गुण-अवगुण से भली-भाँति परिचित हूँ।'

५. सोचें कि कौन सा स्पर्श आपको गुदगुदाता है? ठंढी हवा का, जाड़े में रजाई का, अपनों का? मन को भले लगनेवाले स्पर्श को चाहना बुरा नहीं है लेकिन उनकी तुष्टि में फँसना घोड़े की लगाम ढीली करने जैसा है। ऐसे में प्रतीक चित्र का ध्यान कर स्वयं को रिमाईन्डर दें।

अब धीरे-धीरे अपनी आँखें खोलें।

अध्याय 4

बराबरी से मुक्ति के उपाय
मौलिकता की पहचान (भाग २)

दूसरी यात्रा में आपको एक और मुक्ति पानी है। वह है- बराबरी से मुक्ति। आज दुनिया में एक होड़ सी मची हुई है। सभी एक दूसरे से बराबरी करने में लगे हैं। हरेक पद, पैसा, शोहरत में एक दूसरे को नीचा दिखाना चाहता है।

महिलाएँ पुरुषों से बराबरी करने में लगी हुई हैं। वे भी पुरुषों की तरह सिगरेट पीना चाहती हैं, उनकी तरह कपड़े पहनना चाहती हैं, उनकी भाँति बाल बनाना चाहती हैं। लेकिन वे नहीं जानतीं कि पुरुषों से बराबरी करने के चक्कर में वे अपनी मौलिकता खो रही हैं।

इधर पुरुष किसी न किसी रास्ते से अपने से आगे रहनेवालों की बराबरी कर रहे हैं। ऐसा कुछ सोच-समझकर कर रहे हैं तो ठीक है। वरना दूसरों के साथ बराबरी के चक्कर में लोग अपना जीवन व्यर्थ कर डालते हैं।

अतः यह समझना आवश्यक है कि किसी को किसी के साथ बराबरी करने की ज़रूरत नहीं है। हरेक इंसान में अपनी एक मौलिकता छिपी है। उसे ढूँढ़ निकालना है। उसे ही निखारना है, सँवारना है। आपको किसी के जैसा नहीं बल्कि अपने जैसा मौलिक बनना है।

आपको एक अलग राह पर चलना है। आम तौर पर इंसान तीन अलग-अलग तरह की राहों पर चलता है। एक है तमराह, दूसरी है रजराह और तीसरी है सत्‌राह। जो तमराही हैं, वे रजराही बनें ; जो रजराही हैं, वे सत्‌राही बनें और जो सत्‌राही हैं, वे हम राही बनें। यहाँ हम का अर्थ है- भगवान बुद्ध, महावीर, मीरा, कबीर जैसा बनना। अतः सभी अपने मार्ग पर चलें, दूसरे के मार्ग से बराबरी करके फँसे नहीं। महिलाओं के अपने गुण हैं, उन्हें अलग तरीके से बनाया गया है। वह उनकी मौलिकता है। जब मौलिकता खोते जाती है तो ऊपर एक मुखौटा डाल लिया जाता है। इंसान अपने अस्तित्त्व से कहीं दूर हो जाता है।

पुरुष दूसरों को देखकर एक अंधी दौड़ में लगे रहते हैं। ऐसे में वे तमराही या रजराही बने रहते हैं। जबकि उन्हें सत्‌राही बनना है और अपने खुद के साथ बराबरी करनी है।

बराबरी से मुक्ति पाने के लिए किसी और से बराबरी न करें। अपने आपसे स्पर्धा करें कि आज मैं यह कर पा रहा हूँ तो कल और बेहतर कैसे करूँ और आज मैं यह नहीं कर पा रहा हूँ तो कल इसे मैं कैसे कर पाऊँ? 'कोई और यह कर रहा है इसलिए मुझे करना है', यह भाव न हो। आज कुछ करना संभव नहीं हो रहा है तो कल यह कैसे संभव हो? सही सवाल पूछकर खुद से बराबरी करें।

एक शिक्षक थे, उन्हें पढ़ाने में बहुत रुचि थी। वे दिल लगाकर अपने विद्यार्थियों को पढ़ाया करते थे। उनके विद्यार्थी उनसे बेहद खुश रहा करते थे। कुछ सालों बाद पुराने विद्यार्थी उनसे मिलने आए। वे बड़ी-बड़ी कंपनियों में काफी ऊँचे ओहदे पर कार्यरत थे। उनकी आय भी काफी मोटी थी। उन्होंने अपने शिक्षक का हालचाल पूछा और कहा, 'अरे! आप अभी तक यहीं हैं... आपने ही हमें पढ़ाया है लेकिन हमें देखिए, हम कहाँ से कहाँ पहुँच गए... आप कहें तो हमारी कंपनी में ही आपके लिए कोशिश करें...।' तब शिक्षक ने उनसे पूछा, 'आप लोगों को मेरा पढ़ाना कैसा लगता था?' विद्यार्थियों ने कहा, 'बहुत अच्छा'। फिर शिक्षक ने पूछा, 'क्या आप नहीं चाहते कि आनेवाली पीढ़ी

भी इसका लाभ उठाए?' यह सुनकर सबके सिर झुक गए। इस तरह सबका मुँह बंद हुआ।

उस शिक्षक के मन में एक बार भी विचार नहीं आया कि उसे नौकरी छोड़कर किसी कंपनी में जाना चाहिए। शिक्षक अच्छी तरह से जानते थे कि पढ़ाना उनकी मौलिकता है। वे वही करना चाहते हैं।

इस उदाहरण से यह समझें कि हर इंसान के अंदर कुछ मौलिक गुण होते हैं, उनसे युक्ति करके बराबरी से मुक्ति पानी है। हो सकता है, मन में शंका उठे कि 'ऐसे में तो हमारा विकास ही नहीं होगा' लेकिन यह भ्रम छोड़ दें। आपको सत्राह पर चलना है। सिर्फ इतना देखें कि आपको जो करना है, वह आप कर पा रहे हैं या नहीं! यदि नहीं कर पा रहे हैं तो कैसे कर पाएँगे? निरंतरता से इसी पर काम करते रहें। अपनी मौलिकता की तलाश आपको एक नए मुकाम पर ले जाएगी।

सोचें, आपके अंदर ऐसा क्या है, जो आप दिलोजान से करना पसंद करते हैं? उसे ऊपर उठाना है। फिर भले ही आपको ज़िंदगीभर सिर्फ दाल, चावल खाने को मिले। इस तरह से आपका शरीर प्रशिक्षित होगा तो तुष्टि कभी बाधा नहीं बनेगी और आप आसानी से बराबरी से मुक्त हो पाएँगे।

बराबरी से मुक्ति- सवाल जवाब

बराबरी को छोड़कर, मौलिकता को प्रकट करना ही आपका उद्देश्य हो और शुभ समाचार यह है कि आपकी बराबरी करनेवाला इस पृथ्वी पर 'कोई नहीं' है। आपकी बराबरी करनेवाला 'कोई नहीं' है तो उस 'कोई नहीं' को ढूँढ़ें। आपसे बेहतर 'कोई नहीं' तो 'कोई नहीं' को खोजें।

मान लीजिए, आपकी बराबरी करनेवाला 'एक्स' है तो आप क्या करेंगे? 'एक्स' को ढूँढ़ेंगे न!! बस उसी तरह जब आपसे कहा गया कि आपकी बराबरी करनेवाला 'कोई नहीं' है तो अब आपको क्या करना है? 'कोई नहीं' को ढूँढ़ना है...बस। जब आप कुछ बन जाते हैं तब आपकी मौलिकता छूटते जाती है। अतः आपकी मूल अवस्था, 'कोई नहीं' की अवस्था को ढूँढ़ें। आपकी बराबरी करनेवाला 'कोई नहीं' है, यह स्पष्ट होने के बाद जब मन आपसे सवाल करे कि 'मेरा दुःख कौन मिटाएगा?' तो जवाब क्या आएगा, 'कोई नहीं'।

इसी तरह आप खुद से कुछ सवाल पूछते जाएँ और खुद ही जवाब देते जाएँ। शीघ्र ही आपके सामने सच्चाई प्रकट होगी। जैसे –

मन   : सुनामी कौन लानेवाला है?
जवाब   : कोई नहीं।

मन   : चिंता कौन करनेवाला है?
जवाब   : कोई नहीं।

मन   : स्वास्थ्य का खयाल कौन रखनेवाला है?
जवाब   : कोई नहीं।

मन   : अस्पताल कौन खोलनेवाला है?
जवाब   : कोई नहीं।

मन   : इतिहास कौन लिखनेवाला है?
जवाब   : कोई नहीं।

मन   : रास्ते कौन बनवानेवाला है?
जवाब   : कोई नहीं।

मन   : काला धन कौन निकलवानेवाला है?
जवाब   : कोई नहीं।

मन   : वाईट लाइट कौन लानेवाला है?
जवाब   : कोई नहीं।

मन   : विश्व की जनसंख्या का नियंत्रण कौन करनेवाला है?
जवाब   : कोई नहीं।

मन   : नौकरी कौन करनेवाला है?
जवाब   : कोई नहीं।

मन   : खाना कौन बनानेवाला है?

जवाब	: कोई नहीं।
मन	: दुकान पर कौन जानेवाला है?
जवाब	: कोई नहीं।
मन	: बैंक कौन जानेवाला है?
जवाब	: कोई नहीं।
मन	: शादी कौन करनेवाला है?
जवाब	: कोई नहीं
मन	: आजीविका कौन चलानेवाला है?
जवाब	: कोई नहीं।
मन	: घर कौन चलानेवाला है?
जवाब	: कोई नहीं।
मन	: कौन हँसनेवाला है?
जवाब	: कोई नहीं।
मन	: कौन रोनेवाला है?
जवाब	: कोई नहीं।
मन	: ब्रह्मांड को कौन चलानेवाला है?
जवाब	: कोई नहीं।
मन	: कौन मुक्त होनेवाला है?
जवाब	: कोई नहीं।
मन	: कौन गुलाम है?
जवाब	: कोई नहीं।
मन	: देश का विकास कौन करनेवाला है?

जवाब : कोई नहीं।

मन : स्वयं प्रकट कौन हुआ?

जवाब : कोई नहीं।

मन : स्वयं प्रकट कौन होगा?

जवाब : कोई नहीं।

मन : ईश्वर से बड़ा कौन?

जवाब : कोई नहीं।

मन : कौन मरनेवाला है?

जवाब : कोई नहीं।

मन : पार्टट्रू (मृत्यु उपरांत जीवन) में कौन जानेवाला है?

जवाब : कोई नहीं।

अब कुछ समय के लिए आँखें बंद करें। मनन हो कि हर बात का मूल है 'कोई नहीं'। 'कोई नहीं' ही हर कर्म को संचालित कर रहा है तो 'हम कौन हैं'?

- क्या हम 'कोई नहीं हैं'?
- क्या हर इंसान 'कोई नहीं' है?
- क्या कोई नहीं से ही संसार बना है?

यह दृष्टि मिलने को ही सांख्य योग कहा गया है। अर्थात सभी में सेल्फ (स्त्रोत) को देखना। सभी में एक ही चीज़ (संख्या से मुक्त) देखना- कोई नहीं, कोई नहीं, कोई नहीं। सांख्य योग ऐसा मार्ग है, जहाँ हरेक में आप 'कोई नहीं' को देखने की आदत अपनाकर एक नए रास्ते का निर्माण करते हैं।

संसार में इंसान दुःख से निवृत्त होना चाहता है। दुःख क्यों होता है, इसे किस तरह सदा के लिए दूर किया जा सकता है? ये सवाल मनुष्य को हमेशा से सताते आए हैं। इन सवालों के जवाब ढूँढ़ना ही ज्ञान प्राप्त करना है। सांख्य शब्द सम्यक् ज्ञान (सबमें अंदर एक आत्मा है) के अर्थ में भी लिया जाता है। इस ज्ञान को बतानेवाले (निरूपित

करनेवाले) योग को सांख्य योग कहा जाता है।

महाभारत में युद्ध के मैदान में जब अर्जुन ने निराशा में अपने शस्त्र नीचे रख दिए तब श्रीकृष्ण ने अर्जुन को सांख्य योग के ज़रिए ज्ञान देते हुए कहा, 'शरीर की मृत्यु होती है, आत्मा न किसी को मारती है, न मरती है। भौतिक पदार्थों के प्रति करुणा, शोक, आँसू असली आत्मा को न जानने के लक्षण हैं। शाश्वत आत्मा के प्रति बोध ही आत्मसाक्षात्कार है।'

उपरोक्त पंक्ति की सत्यता अनुभव करने के लिए खोज करना सांख्य योग है। 'मैं कौन हूँ' को अनुभव से जानकर ही सारे सवालों के जवाब मिलते हैं। अर्जुन ने धर्म और सदाचार के नियमों पर आधारित अनेक तर्क प्रस्तुत किए किंतु श्रीकृष्ण की सहायता के बिना वह अपनी समस्या को हल नहीं कर पाया। वह जान गया कि इंसान का शैक्षिक ज्ञान, विद्वत्ता, उच्च पद ये सब जीवन की समस्याएँ हल करने में व्यर्थ हैं। अर्जुन का यह तर्क था कि राजनीति या समाजनीति की अपेक्षा धर्म को अधिक महत्त्व मिलना चाहिए। बुद्धिमान होते हुए भी अर्जुन को यह ज्ञात नहीं था कि स्वयं को जानने का ज्ञान धार्मिक सूत्रों से भी अधिक महत्वपूर्ण है। इसलिए वह अपने स्वजनों से युद्ध करने के लिए तैयार नहीं था। श्रीकृष्ण के साथ सवाल-जवाब करके उसे जब सत्य का साक्षात्कार हुआ तब उसके अंदर ये संवाद चले-

मन : युद्ध कौन करनेवाला है?

जवाब : कोई नहीं।

मन : कौन मारनेवाला है?

जवाब : कोई नहीं।

मन : कौन मरनेवाला है?

जवाब : कोई नहीं और कोई नहीं भी नहीं!

खण्ड 3: बिखराव और मुड़ती से मुक्ति
एकाग्रता और सजगता से युक्ति

अध्याय 1
सिंदबाद जहाज़ी की तीसरी समुद्री यात्रा

मन ही मन अपनी उत्सुकता को समेटे हिंदबाद अगली साहसिक यात्रा की कहानी सुनने के लिए सिंदबाद की कोठी पर जा पहुँचा। वहाँ सिंदबाद के अन्य परिचित भी उपस्थित थे।

सिंदबाद जहाज़ी अपनी तीसरी यात्रा की कहानी सुनाते हुए बोला- 'मेरी तीसरी कहानी पहली दो कहानियों से ज़्यादा रोमांचक है। मैं दूसरी यात्रा के बाद आराम से अपनी ज़िंदगी गुज़ार रहा था लेकिन मेरी रूह मुझे अगली यात्रा के लिए प्रेरित कर रही थी। पिताजी के द्वारा बताई गई दूसरी बात- **'महल में रहने से बेहतर है कब्र में रहना'** मुझे हमेशा याद रहती थी। इसलिए एक बार फिर मैं अपना सामान समेटकर एक विशाल जहाज़ पर सवार हो गया। हर बार की तरह हम एक टापू से दूसरे टापू और एक देश से दूसरे देश व्यापार करने लगे।

एक दिन समुद्र में भयंकर तूफान आया और हम अपने मार्ग से भटक गए। अंत में एक द्वीप पर जाकर

जहाज़ ने लंगर डाल दिया। कप्तान ने ध्यान से द्वीप को देखा तो उसकी आँखों से आँसू बहने लगे। मैंने घबराते हुए कप्तान से पूछा, 'क्या स्थिति नियंत्रण से बाहर है?' जवाब में कप्तान ने कहा, 'अब अल्लाह हमें बचा सकता है, हम वानर पर्वत की ओर आ गए हैं। यहाँ से आज तक कोई भी बचकर वापस नहीं गया है। हमारा काल खुद हमारे सामने आ खड़ा हुआ है।' मैंने पूछा, 'आप ऐसा क्यों कह रहे हैं?' कप्तान ने जवाब में कहा, 'हम जिस द्वीप पर आए हैं, इसके समीप ही जंगली लोगों के द्वीप हैं। उनके शरीर पर लाल-लाल बाल होते हैं। ये भटके हुए जहाज़ियों को बड़े संकट में डाल देते हैं। वे हम लोगों से आकार में छोटे हैं लेकिन हम उनके आगे विवश हैं। यदि उनमें से एक भी हमारे हाथ से मारा जाए तो ये बौने हमें चींटियों की तरह चारों ओर से घेर लेंगे और हमारा सफाया कर देंगे।'

  हम सब लोग इस बात को सुनकर बहुत घबराए किंतु कर ही क्या सकते थे! कुछ देर में जैसा कप्तान ने कहा था, वैसा ही हुआ। जंगली बौनों का एक बड़ा समूह, जिनके छोटे-छोटे शरीर लाल रंग के बालों से भरे हुए थे, तट पर आए और तैरकर जहाज़ को चारों ओर से घेर लिया। वे अपनी भाषा में कुछ कहने लगे, जो हमारी समझ में नहीं आया। वे बंदरों की तरह आसानी से जहाज़ पर चढ़ गए। उन्होंने लंगर की रस्सी काटकर जहाज़ को किनारे खींच लिया। उन्होंने हमें जहाज़ से उतरने पर मज़बूर किया और घसीटते हुए अपने द्वीप पर ले गए। उनके डर से कोई भी जहाज़ उस द्वीप के निकट नहीं आता था किंतु हमारी तो मौत ही हमें वहाँ घसीट लाई थी।

  बौनों ने हमें एक घर के अंदर बंद कर दिया। हमने देखा कि आँगन में मनुष्यों की हड्डियों का ढेर जमा है और बहुत सी मोटी-मोटी लोहे की सलाखें रखी हुई हैं। हम यह सब देखकर भय से बेहोश हो गए। बहुत देर बाद हमें होश आया तो हम अपनी दशा पर रोने लगे। अचानक एक दरवाज़ा खुला और अंदर से एक भारी-भरकम विशालकाय दानव आँगन में आया। उसका शरीर ताड़ की तरह लंबा था और मुँह घोड़े की तरह। उसे केवल एक ही आँख थी, जो माथे के बीच में थी और अँगारे की तरह दहक रही थी। उसके दाँत बहुत बड़े व नुकीले थे, जो उसके मुँह से बाहर निकले हुए थे। उसके कान हाथी जैसे थे और उसके कंधों को ढँके हुए थे। उसके नाखून शिकारी जानवरों की तरह कड़े और घुमावदार थे। हम सब उस राक्षस को देखकर एक बार फिर गश खा (बेहोश हो) गए।

  जब हम होश में आए तो देखा कि वह दानव हम लोगों के पास ही खड़ा है और हमें देख रहा है। फिर वह हमारे और नज़दीक आया और हममें से एक-एक को उठाकर हाथ में घुमा-फिराकर देखने लगा। जैसे कसाई लोग भेड़-बकरियों को

उनकी मोटाई का अंदाज़ लगाने के लिए परखते हैं। सबसे पहले उसने मुझे पकड़ा लेकिन टटोलने के बाद छोड़ दिया। फिर उसने हर एक को इसी तरह परखा। अंत में कप्तान को सबसे मोटा-ताज़ा पाकर उसे एक हाथ से पकड़कर, दूसरे हाथ से एक सलाख उसके शरीर के आर-पार घुसा दी और फिर आग जलाकर कप्तान को भूनकर खा गया। फिर वह अंदर जाकर सो गया। उसके खर्राटे बादल की गरज की तरह आते रहे और रातभर हमें भयभीत करते रहे। दिन निकलने पर वह जागा और घर से बाहर निकल गया।

उसके जाने के बाद हम सब अपनी हालत पर रोने लगे। हमें समझ नहीं आ रहा था कि उस भयंकर दानव के चंगुल से हमारे प्राणों की रक्षा कैसे होगी! अंत में हम सबने अपने आपको ईश्वर के हवाले कर दिया। घर से बाहर निकलकर फल-फूल खाकर हमने अपनी भूख मिटाई। हम रात को वापस उस घर में नहीं जाना चाहते थे किंतु कोई और स्थान नहीं था, जहाँ रात बिताई जा सके। और फिर वह दानव तो हमें ज़रूर ढूँढ़ निकालता। इसलिए हम उसी मकान में लौट आए। कुछ रात बीतने पर दानव फिर आया। उसने फिर पहले की तरह हम लोगों को उठा-उठाकर देखा और हमारे एक साथी को अन्य लोगों की अपेक्षा अधिक मोटा-ताज़ा पाकर उसे भूनकर खा गया।

सवेरे जब वह बाहर गया तो हम लोग भी घर के बाहर निकले। उसी समय मैंने तय किया कि अब आगे से मैं जान बूझकर कम भोजन (फल) ग्रहण करूँगा ताकि दानव की रुचि मुझमें न जगे। हममें से कई साथी इस भारी मुसीबत से निराश हो गए थे। कई साथियों का कहना था कि इस प्रकार की कष्टदायक मृत्यु से अच्छा है हम लोग समुद्र में डूब मरें। लेकिन हममें से एक ने कहा कि 'आत्महत्या करना पाप है। दानव से बचने के लिए हमें आत्महत्या नहीं करनी चाहिए।' उसकी बात मानकर हमने आत्महत्या का विचार त्याग दिया और सोचने लगे कि कैसे जान बच सकती है।

मुझे एक उपाय सूझा और मैंने कहा, 'देखो यहाँ सागर किनारे बहुत सी लकड़ियाँ और रस्सियाँ उपलब्ध हैं। हम लोग इनकी चार-पाँच नावें बनाकर किसी जगह पर छिपाकर रख देंगे। अवसर मिलते ही हम उन पर सवार होकर निकल भागेंगे। अधिक से अधिक यही तो होगा कि नावें डूब जाएँगी किंतु दानव के हाथों मरने से तो वह मौत कहीं अच्छी होगी।'

मेरे सुझाव को सब लोगों ने पसंद किया। हम लोगों को नाव बनाना आता

था सो हमने दिनभर में चार-पाँच ऐसी छोटी-छोटी नावें बना लीं, जिनमें तीन-तीन आदमी सवार हो सकते थे। शाम को हम फिर उस घर के अंदर गए। देर शाम को हर रोज़ की तरह दानव ने सबको उठा-उठाकर देखा और एक हृष्ट-पुष्ट व्यक्ति को सलाख से भेदकर, भूनकर खा गया। जब वह सो गया और उसके खर्राटे बहुत गहरे हो गए तब मैंने अपने साथियों को एक योजना बताई और हमने उस पर कार्य करना आरंभ कर दिया।

वहाँ पर कई सलाखें पड़ी हुई थीं और आग अभी तक खूब जल रही थी। मैंने और अन्य साहसी साथियों ने एक-एक सलाख को आग में लाल कर लिया। फिर हमने इन रक्त तप्त सलाखों को दानव की आँखों में घुसेड़ दिया। अब वह पूरी तरह से अंधा हो चुका था। दर्द के मारे वह कराहने लगा। उसने अपने हाथ-पैर मारने शुरू किए। हम लोग उससे बचकर कोनों में जा छिपे। उस समय अगर कोई उसके हाथ लग जाता तो वह उसे कच्चा ही खा जाता। फिर वह चिंघाड़ता हुआ घर के बाहर भाग गया और हम लोग समुद्र तट पर आकर उन नावों पर चढ़ गए, जिन्हें हमने पहले से ही बनाकर छिपा रखा था।

हम चाहते थे कि सवेरा होने पर यात्रा आरंभ करें। तभी हमने देखा कि वह दानव अपने साथ एक मादा विशाल दानव को लेकर आया, जो उससे भी बड़ी और भयानक थी। हमने उन्हें देखते ही नावें समुद्र में डाल दीं और तेज़ी से उन्हें खेने लगे। वे दानव समुद्र में तैर नहीं सकते थे किंतु उन्होंने तट पर से ही हमारी ओर बड़ी-बड़ी चट्टानें फेंकना शुरू किया। केवल एक नाव को छोड़कर, जिस पर मैं और मेरे दो साथी बैठे थे, बाकी नावें डूब गईं। हम अपनी नाव को तेज़ी से खेकर इतनी दूर आ गए, जहाँ पर उनकी चट्टानें नहीं पहुँच सकती थीं।

खुले समुद्र में आकर भी हमें चैन न मिला। तेज़ हवा हमारी छोटी सी नाव को तिनके की तरह पानी पर उछालने लगी। चौबीस घंटे हम इसी दशा में रहे। फिर हमारी नाव एक द्वीप के किनारे जा लगी। हम लोग खुशी-खुशी उस द्वीप पर उतरे। तट पर लगे पेड़ों से पेटभर फल खाने के बाद हमारे शरीर में कुछ शक्ति आई। रात को हम लोग समुद्र तट पर ही सो गए। अचानक एक ज़ोर की सरसराहट से नींद खुली तो देखता क्या हूँ कि एक साँप, जो नारियल के पेड़ जितना लंबा था, हमारे एक साथी को खाए जा रहा है। उसने पहले हमारे साथी के शरीर को चारों ओर से कसकर तोड़ डाला और फिर उसे निगल गया। कुछ देर में साँप ने उसकी हड्डियों को उगल दिया और वहाँ से चला गया। हम दो बचे हुए आदमियों ने बड़ी चिंता में रात बिताई। इतनी मुश्किलों से दानव के पंजे से छूटे थे कि यह नई मुसीबत आन खड़ी हुई।

दिन में हमने फल खाकर गुज़ारा किया। शाम तक हमने अपने बचने के लिए एक पेड़ खोज लिया। रात होते ही हम दोनों उस पर चढ़ गए। मैं तो वृक्ष पर काफी ऊँचे पहुँच गया किंतु मेरा साथी उतना ऊँचे न जा सका। साँप फिर रात को आया। पेड़ की जड़ पर पहुँचकर उसने अपना शरीर ऊँचा किया और मेरे साथी को पकड़कर खा गया। मैं सारी रात भय से अधमरा जागता रहा। सूर्योदय होने पर मैं पेड़ से उतरा और कुछ फल आदि खाकर मैंने अपना पेट भरा। मुझे भय था कि आज मैं अवश्य ही उस साँप का ग्रास बनूँगा। काफी सोच-विचार के बाद मैंने यह तरकीब निकाली कि पेड़ के चारों ओर ढेर सारी कँटीली झाड़ियाँ रख दीं और ऊपर भी काँटों की ऐसी ओट कर ली कि मैं किसी को दिखाई न दूँ।

रात को साँप आया। झाड़ियों के कारण वह पेड़ की जड़ तक तो नहीं पहुँच पाया किंतु सारी रात घात लगाकर वहीं बैठा रहा। आखिरकार सवेरे वह चला गया। जान के डर और रातभर साँप की फुफकार सुनकर मैं इतना कमज़ोर और निराश हो गया कि सोचने लगा ऐसे जीने से तो समुद्र में डूब जाना बेहतर है। इसी इरादे से मैं समुद्र तट पर गया। सौभाग्यवश तभी किनारे से कुछ ही दूरी पर एक जहाज़ दिखाई दिया। मैंने चिल्लाकर आवाज़ देना और पगड़ी को हवा में हिलाना शुरू किया। जहाज़ के लोगों ने मुझे देखा और कप्तान ने एक नाव भेजकर मुझे जहाज़ पर चढ़ा लिया।

मेरी हालत देखकर उन्होंने मुझे भोजन व वस्त्र दिए। फिर मैंने विस्तार से अपनी विपत्तियों का वर्णन किया कि किस प्रकार मैं दानव और साँप के मुँह से बच पाया। सबने मेरे साहस की दाद दी।

एक दिन जहाज़ ने व्यापार के सिलसिले में एक द्वीप पर लंगर डाला। कप्तान ने मुझसे कहा, 'तुम बगदाद के निवासी हो। वहाँ के एक व्यापारी का बहुत सा माल बहुत दिनों से मेरे जहाज़ पर पड़ा है। तुम उसकी गठरियाँ ले जाकर उसके बीवी, बच्चों को दे देना।' मैंने पूछा, 'व्यापारी का नाम क्या था?' तो कप्तान ने जवाब दिया 'सिंदबाद जहाज़ी'। मैं आश्चर्य से कप्तान का मुँह देखने लगा। कुछ देर में मैंने पहचाना कि मेरी दूसरी यात्रा में जिस द्वीप पर मुझे सोता हुआ छोड़कर मेरे साथी चले गए थे, यह उसी जहाज़ का कप्तान है। जबकि इस घटना को ज़्यादा दिन नहीं हुए थे लेकिन लगातार पड़नेवाली विपत्तियों के कारण मेरे चेहरे का रंग और नयन-नक्श इतने बदल गए थे कि कप्तान मुझे पहचान न सका। मैंने पूछा, 'क्या सचमुच यह सामान सिंदबाद जहाज़ी का है?' कप्तान ने कहा, 'निःसंदेह यह सिंदबाद का ही है। वह बगदाद का निवासी था और बसरा बंदरगाह पर हमारे जहाज़ पर चढ़ा था। एक दिन हम एक द्वीप पर मीठा पानी लेने के लिए रुके। कई व्यापारी घूमने-फिरने के

लिए उतर गए। उनमें सिंदबाद भी था। कुछ देर में अन्य लोग तो जहाज़ पर आ गए लेकिन सिंदबाद नहीं आया। मैंने चार घड़ी उसकी राह देखी किंतु जब मैंने हवा के रुख को अनुकूल देखा तो जहाज़ आगे बढ़ा दिया।'

मैंने पूछा, 'क्या तुम्हें पूरा विश्वास है कि सिंदबाद मर गया है?' कप्तान ने कहा, 'मुझे इसमें कोई संदेह नहीं है कि सिंदबाद अब इस दुनिया में नहीं है।' तब मैंने राज़ खोलते हुए कहा, 'तुम मुझे ध्यान से देखो और पहचानो कि मैं सिंदबाद हूँ या नहीं!!' कप्तान ने मुझे ध्यानपूर्वक देखा और मुझे पहचान गया। उसने मुझे गले लगाया और भगवान को धन्यवाद दिया कि मैं अब भी जीवित हूँ।

फिर हमने और भी कई द्वीपों की यात्रा की। रास्ते में कई अजीबोगरीब चीज़ें देखते हुए व्यापार में भरपूर धन कमाकर मैं वापस बगदाद पहुँचा। राज़ी-खुशी अपने घर आने पर मैंने भगवान को लाख-लाख धन्यवाद दिए। इस खुशी में मैंने बहुत सा धन भिखारियों तथा निर्धनों के सहायतार्थ बाँट दिया।

तीसरी समुद्री यात्रा का वर्णन करने के बाद सिंदबाद जहाज़ी ने हिंदबाद को चार सौ दीनारें देकर विदा किया और अगले दिन फिर आने को कहा। सिंदबाद के हौसले की दाद देकर हिंदबाद घर की ओर निकल पड़ा।

अध्याय 2

आपकी तीसरी साहसी यात्रा
पुल से जिग-जैग रास्ता

सिंदबाद ने अपनी तीसरी साहसिक यात्रा में बिखराव से मुक्ति प्राप्त की। साथ ही वह 'मुड़ती' से भी मुक्त हुआ। सत्राह पर चलते हुए एक-एक यात्रा में वह एक-एक हीरा जोड़ता चला गया। साहस के गुण के कारण अन्य गुणों को खोलना सिंदबाद के लिए सहज हो गया। जैसा कि आप जानते हैं सिंदबाद की यात्रा आपकी आंतरिक यात्रा की ओर संकेत करती है। ऐसे में आप स्वयं से सवाल करें, 'मैंने अपने जीवन की यात्रा में अब तक कौन-कौन से गुण जोड़े हैं? आगे कौन से गुण और जोड़ने हैं?' जब आप अपने भीतर गुण संवर्धन करते हैं तब खुद-ब-खुद कुछ कमज़ोरियों से मुक्त होते हैं। जिस तरह प्रकाश की उपस्थिति में अँधेरा गायब हो जाता है, उसी तरह ज्ञान की उपस्थिति में सारे बंधन टूट जाते हैं। अतः स्वयं के बारे में ज्ञान प्राप्त करें।

तीसरी यात्रा में सिंदबाद ने एकाग्रता की शक्ति पर कार्य करके फोकस करने के गुण का संवर्धन किया।

कैसे!! आइए जानते हैं।

तीसरी समुद्री यात्रा करते हुए एक दिन भयंकर तूफान आया। सिंदबाद ने घबराकर कप्तान से पूछा, 'क्या स्थिति बड़ी मुश्किल है?' जवाब में कप्तान ने कहा, 'हवा बहुत ज़ोरों से चल रह रही है और हमारा भाग्य हमें वानर पर्वत की ओर ले जा रहा है। वहाँ से आज तक कोई भी बचकर वापस नहीं आया है। हमारा काल खुद हमारे सामने आ खड़ा हुआ है।' कप्तान के इतना कहते ही बहुत सारे बंदर (बौने) उनके जहाज़ की ओर बढ़ने लगे। उनकी संख्या इतनी थी कि उन्होंने पूरे जहाज़ को चारो ओर से घेर लिया। वे बौने बहुत ही खूँखार और हाज़ारों की तादाद में थे। उन्होंने पूरे जहाज़ सहित सारा माल उठा लिया और सबको टापू के किनारे छोड़कर चले गए।

इस घटना को ऐसे समझें कि इंसान अपने केंद्र पर रहकर सहज मन से कार्य करता है और अचानक असंख्य बौने रूपी खूँखार विचार आकर उसे घेर लेते हैं। वे उसका सारा माल उठाकर ले जाते हैं अर्थात उसकी शांत, स्थिरचित्त अवस्था को हर लेते हैं और उसे भय, आशंका, अविश्वास के टापू पर अकेला छोड़कर चले जाते हैं।

सिंदबाद का जहाज़ खुद होकर वानर पर्वत की ओर नहीं गया बल्कि तेज़ हवा के रुख ने न चाहते हुए भी उसे वानर पर्वत की ओर मोड़ दिया। ठीक इसी तरह **इंसान खुद होकर अपना आपा नहीं खोता बल्कि उसकी आसक्ति, उसके विचार और उनसे उठी हुई भावनाएँ न चाहते हुए भी उसे अहंकार के पर्वत की ओर खींच लेते हैं।**

सिंदबाद और उसके साथी आराम से समुद्री यात्रा कर रहे थे। उन्हें ज़रा भी इल्म नहीं था कि अचानक मौसम खराब होकर उनका जहाज़ वानर पर्वत की ओर बढ़ चलेगा। इंसान के जीवन में भी कुछ इसी तरह होता है। जब सब कुछ अच्छा चल रहा होता है तब इंसान को लगता है कि वह एक बेहतरीन, शांत, संयत और संतुलित शख्स है, उसका मन उसके बस में है। लेकिन जब विपरीत परिस्थितियों का तूफान आता है तब उसकी वृत्तियाँ और संस्कार प्रकाश में आते हैं। बीमारी, बेइज्जती, अपमान, आर्थिक तंगी के वक्त उसे असंख्य खूँखार बौने आकर घेर लेते हैं। ऐसे में उसे पता ही नहीं चलता कि ये अचानक कहाँ से आ गए? और अब तक कहाँ थे। घटनाएँ ही इंसान को स्वयं का दर्शन कराती हैं और इंसान खोज के लिए तैयार होता है।

जिस तरह विशालकाय दानव रोज़ सिंदबाद के एक साथी को खा जाता है,

उसी तरह इगो रूपी दानव हमारे भीतर की अच्छाइयों को एक-एक करके खा जाता है। इंसान जो कभी परोपकार, नम्रता, करुणा, दया का पुतला था, अचानक विपरीत परिस्थिति आने पर बदल जाता है। घटनाएँ उसके निर्णय बदलवा देती हैं। उसके सारे सद्गुण ऐसे गुम हो जाते हैं, जैसे थे ही नहीं...!

कहानी में जंगली बौने आसानी से जहाज़ पर चढ़ गए और लंगर की रस्सी काटकर जहाज़ को किनारे खींच लिया। उन्होंने सभी को जहाज़ से उतरने पर मज़बूर किया और घसीटते हुए अपने द्वीप पर ले गए। अर्थात जब इंसान पर नकारात्मक विचारों का हमला होता है तो वे इंसान की प्रेम-आनंद की डोर काटकर उसे निराशा के गर्त में खींच लेते हैं। चारों ओर से प्रहार करके वे उसे शांति के जहाज़ से उतरने पर मज़बूर कर देते हैं। फिर वे उसे भविष्य के ऐसे-ऐसे भयावह चित्र दिखाते हैं, जिन्हें देखकर इंसान डिप्रेशन में जाकर अपना होश खो बैठता है। बीच में कहीं होश आता भी है तो विचार रूपी दानव की माया को देखकर फिर से बेहोश हो जाता है।

सिंदबाद के साथियों में से केवल सिंदबाद ने ही परिस्थिति पर मनन किया। जब तक दानव से निपटने का मार्ग नहीं मिल जाता तब तक उसने अपने भोजन की मात्रा कम कर दी। परिणामस्वरूप सिंदबाद पतला दिखने लगा और कई दिनों तक उस पर दानव की नज़र ही नहीं पड़ी। दुबले-पतले इंसान को खाने में दानव को कोई रुचि नहीं थी। **इसे कहते हैं मनन से माया को चकमा देना। नई आदतों के सहारे सत्य को जीताना।**

खाने की मात्रा कम करना सिंदबाद के लिए बड़ा कष्टपूर्ण था। यह नई आदत आत्मसात करना उसके लिए एक चुनौती समान था। मगर उसने संकल्पशक्ति और मननशक्ति से जीत हासिल की। अन्य लोग अपनी भूख पर नियंत्रण नहीं रख पाए, वे अपनी इंद्रियों को अनुशासित नहीं कर पाए इसलिए दानव का मुकाबला करने में असमर्थ रहे।

जीवन की कहानी में भी यही होता है। **जब इंसान अपनी इंद्रियों पर अनुशासन नहीं रख पाता, जब वह नई आदतें अपनाने में असमर्थ रहता है तब ही माया उस पर अपना प्रहार करती है।** कोई वासना में अंधा होकर जीता है तो कोई पैसों के पीछे भागता है, कोई पद-प्रतिष्ठा पाने की चाहत रखता है तो कोई शारीरिक आसक्ति में इतना अटकता है कि अपने शरीर को सजाने में ही उसका कीमती वक्त बरबाद होता है। ऐसे लोगों पर माया आसानी से अपना असर छोड़ती है। जिसके परिणामस्वरूप इंसान पृथ्वी पर आने का मूल उद्देश्य ही भूल जाता है। कहानी में केवल सिंदबाद

ही स्वयं को माया के प्रभाव से बचा पाया और अपना जीवन सार्थक बना पाया।

माया के दानव से बचने के लिए नकारात्मक विचारों के भोजन को कम करें। इसके लिए अपने मन को सात्विक विचारों की ओर एकाग्रित करें। ऐसा करने में नाम की महिमा का सहारा भी ले सकते हैं या मन को कोई दमदार लक्ष्य दें ताकि मन माया के जाल में न फँस सके।

कहानी में आगे दानव के घर से बाहर जाने के बाद सब अपने कैदी होने पर रोने लगे। घर में रहे तो दानव का खतरा, बाहर जाएँ तो जंगली जानवर और ज़हरीले साँपों का खतरा। अंत में सिंदबाद ने स्वयं को ईश्वर के हवाले कर दिया और भोजन की तलाश में सभी बाहर निकल पड़े। अर्थात एक समय बाद इंसान जान पाता है कि वह किस तरह अपनी वृत्तियों की कैद में फँस गया है और प्रयत्न करने पर भी नहीं निकल पा रहा है तब अंत में वह पूर्ण समर्पण करता है। जिसके बाद उसे नई राह (सत्राह) मिलती है।

समर्पण के बाद सिंदबाद को नया रास्ता दिखाई दिया। समुद्र किनारे पड़ी लकड़ियों और रस्सियों से उसने साथियों के साथ मिलकर नावें बनाई और दानव को अंधा बनाकर खुद नाव में सवार होकर दानव की कैद से भाग गया। इसी तरह अपने गुरु या श्रद्धा स्थान पर समर्पित होने से कृपा बरसती है, सत्राह दिखाई देती है और इंसान सत्यावी विचारों की नाव बनाकर माया के भवसागर को पार कर लेता है। इसे कहा गया है- माया से ही माया को काटना।

आपके भीतर छिपा माया का दानव आपको भरमाता है। वह जानता है कि आप अपने आहार में कौन से ज़हरीले विचारों का सेवन करते हैं। उन विचारों से ही वह आपको अपना शिकार बनाता है। आपको उन विचारों की छान-बीन करनी चाहिए। सिंदबाद और उसके साथियों ने दानव की आँखों में लोहे की सलाखें दागकर उसे मारने की योजना बनाई। अर्थात स्वयं की पूछ-ताछ करके, माया दानव से मुक्त 'असली मैं' का पता लगाया। **जब तक इंसान स्वयं को शरीर, मन, बुद्धि से जोड़कर रखता है, दानव अपने ज़ोरों पर होता है। जैसे ही वह अपने को शरीर, मन, बुद्धि से अलग करता है तो वह अपने सच्चे स्वरूप को पहचान पाता है और दानव का अंत होता है।**

इसी तरह साँप के द्वारा निगलने की घटना को इस तरह समझा जा सकता है- सिंदबाद और उसके साथी एक विपत्ति से निकलकर दूसरी में जा अटके। दानव से बचकर निकले तो साँप के चँगुल में फँस गए। इंसान को भी आए दिन अलग-

अलग समस्याएँ हिलाती रहती हैं। चेतना के जिस स्तर पर समस्या आई है, उससे ऊँचे स्तर पर जाकर ही वह सुलझती है। **आपकी चेतना का स्तर ऐसा हो कि समस्या आपको हिला न सके बल्कि आप समस्या को हिला दें।**

साँप से बचने के लिए सिंदबाद और उसका बचा हुआ एक साथी रात को पेड़ पर चढ़ गए। सिंदबाद काफी ऊँचे पहुँच गया किंतु उसका साथी ज़्यादा ऊपर नहीं पहुँच पाया। रात में साँप आया और पेड़ की जड़ के निकट पहुँचकर उसने अपना शरीर ऊँचा कर, सिंदबाद के साथी को खा गया। यहाँ पेड़ पर ऊँचा पहुँचना, चेतना के ऊँचे स्तर का प्रतीक है। **जिसकी चेतना का स्तर नीचे हो, माया उसे आसानी से धर दबोचती है। जिसकी चेतना का स्तर ऊँचा हो, वह कोई नई राह निकाल ही लेता है।**

अगले दिन सिंदबाद ने पेड़ की जड़ के चारों ओर कँटीली झाड़ियों का जाल बिछा दिया। झाड़ियों के कारण साँप पेड़ की जड़ तक तो नहीं पहुँच पाया किंतु सारी रात घात लगाए वहीं बैठा रहा। आखिरकार सवेरे वह चला गया। माया के साँप की हालत भी कुछ यूँ ही होती है, जब सत्य का खोजी अपने चारों ओर साधना की कँटीली झाड़ियाँ बिछा देता है... अपने जड़ (कोर) विचार पर कार्य करता है... और उसे पहचानकर विसर्जित करता है...। माया का साँप कितनी भी देर घात लगाए बैठा रहे, संकल्प और एकाग्रता के आगे आखिरकार उसे वापस जाना ही पड़ता है और सेल्फ का जहाज़ आकर खोजी को अपने साथ ले जाता है क्षितिज की ओर!

सिंदबाद की इस यात्रा से स्पष्ट होता है कि उसने अपनी ऊर्जाओं को किस तरह एकत्रित करके दिल दहलानेवाली परिस्थितियों पर मात की। भयंकर, विशालकाय दानव के साए में रहकर भी सिंदबाद ने उससे बचने की योजना पर सही तरीके से फोकस किया, न ही वह घबराया और न ही उसने अपनी योजना पर कोई शंका लाई।

इस तीसरी यात्रा में सिंदबाद ने एक और मुक्ति प्राप्त की। वह है- मुड़ती से मुक्ति। अर्थात वह हमेशा सही जगह पर सजग हुआ। गलती करने की कगार पर पहुँचकर भी वह सँभल गया।

सिंदबाद और उसके साथियों ने दानव से बचने के लिए पलायन करने की योजना बनाई लेकिन उन्हें एहसास हुआ कि पलायन करना कोई स्थायी इलाज नहीं है। दानव फिर से आकर उन्हें पकड़ सकता है। इसके बदले उस राक्षस का सामना करके, साहस के साथ उसका खात्मा करना होगा। ठीक इसी तरह हम अपनी बेचैनी, मन की चंचलता से बचने के लिए कभी संगीत, दूरदर्शन तो कभी फिल्मों का सहारा

लेते हैं लेकिन जैसे ही यह सहारा खत्म होता है, कुछ समय बाद यह बेचैनी फिर से इंसान को घेर लेती है। वस्तुतः अपनी वृत्तियों का सामना करके ही उनसे उबरा जा सकता है।

विशालकाय दानव के चंगुल से बचने के लिए पहले सिंदबाद और उसके साथी पलायन करना चाहते थे लेकिन उन्होंने मुड़ती (होनेवाली गलती) को पहचान लिया और दानव का सामना किया। इसी तरह कई बार सब साथियों के मन में आत्महत्या का विचार आया लेकिन वहाँ भी वे सँभल गए कि यह उचित राह नहीं है।

क्या आप भी सिंदबाद की तरह आपको मिला हुआ मानव जन्म सार्थक बनाना चाहते हैं? यदि हाँ तो आपको भी सिंदबाद की तरह बेखौफ होकर नई आदतें अपनानी होंगी। क्योंकि अच्छी आदतें आपका जीवन बनाती हैं और बुरी आदतें आपका जीवन बिगाड़ती हैं। आध्यात्मिक उन्नति के लिए विकसित की गई आदतें आपको मोक्ष तक ले जा सकती हैं। साथ ही आपको स्वास्थ्य, समृद्धि, मन की शांति और असली अस्तित्त्व की पहचान दिलाती हैं।

अध्याय 3

बिखराव और मुड़ती से मुक्ति के उपाय

एकाग्रता का मार्ग

सत्‌राह पर आगे बढ़ते हुए तीसरी आंतरिक साहसिक यात्रा में दो मुक्तियाँ आपकी बाट जोह रही हैं। पहली है- **बिखराव से मुक्ति। पृथ्वी पर इंसान ही एक ऐसा जीव है, जिसे ध्यान को केंद्रित करने की शक्ति मिली है। यह शक्ति या ऊर्जा सुप्त होती है। इसे धीरे-धीरे पोषित करके विकसित किया जा सकता है।** वरना तो यह ऊर्जा सांसारिक वस्तुओं के आकर्षण में कई दिशाओं में बिखर जाती है। चंचल मन की भागदौड़ इस ऊर्जा को विकेंद्रित कर (बिखेर) देती है। सिंदबाद की तरह चंचल मन पर जो इंसान अंकुश लगा पाता है, उसकी ऊर्जा संग्रहित रहती है। अतः इस चंचल मन को एकाग्रित करके ऊर्जा को बिखेरने से बचाया जा सकता है।

यह एकाग्रता का मार्ग है। इस मार्ग में आपके जीवन में जो बिखराव आ गया है, उसे आपको एकत्र करना

है। उसका सिम्बॉल है- मैग्निफाइंग ग्लास। एक कागज़ पर मैग्निफाइंग ग्लास के ज़रिए सूर्य की किरणों को एकत्रित किया जाए तो किरणों की ऊर्जा से कागज़ जल जाता है। हालाँकि किरणें तो दिनभर हमारे चारो ओर बिखरी होती हैं लेकिन उनके एकत्रीकरण से वे आग लगाने की क्षमता रखती हैं। इस तरह **जब ऊर्जा केंद्रित होती है, तब वह महाशक्ति बन जाती है।** इसके लिए बहुत कुछ करने की नहीं बल्कि ऊर्जा को बस एक बिंदु पर समेटने की ज़रूरत है। आपकी ऊर्जाएँ भी बिखरी हुई हैं, आपको इन्हें एक स्थान पर केंद्रित करके, बिखराव से मुक्ति पानी है।

इंसान के जीवन के बीस साल काफी हैं यह समझने के लिए कि बचे हुए अस्सी साल वह किस राह पर चले? यदि जाग्रति है तो बीस साल की उम्र तक इंसान को इतनी समझ मिल जाती है कि आगे भविष्य में उसे किस राह को चुनना चाहिए! इसके लिए खुद से पूछें, 'क्या मुझे इतना ज्ञान हो गया है कि मेरे सार्थक सबक क्या हैं? क्या मुझे मालूम पड़ गया है कि मेरे जीवन का अर्थ क्या है?' जवाब मिलने पर उस अर्थ के आस-पास की चीज़ों को समेटना शुरू करें।

सिंदबाद को ज्ञान हो गया था कि यदि वह अपने शरीर को दानव के चँगुल से बचा पाया तो ही वह आगे की यात्राओं का अनुभव ले सकेगा, सो उसके अनुसार कर्म करके उसने स्वयं को दानव से सुरक्षित रखा। उसने दानव को मारने की योजना तो बनाई ही लेकिन उस योजना के क्रियान्वित होने से पहले उसने अपने भोजन को कम कर दिया ताकि दानव की दृष्टि उस पर न पड़े। इसी तरह स्वयं के असली अस्तित्त्व को पहचानने का उद्देश्य पूर्ण होने से पहले, आपको अपने मन की शुद्धता को बचाए रखने के लिए साधना पथ का अवलंब करना चाहिए। वरना आपकी ऊर्जा व्यर्थ के अनेक कार्यों में बह जाएगी।

इंसान अपने जीवन में बहुत सारे क्रियाकलाप करता रहता है। उसने अपने कार्यों का बहुत फैलाव करके रखा होता है। कई ऐसे मित्र बनाकर रखे होते हैं, जो उसे उसके लक्ष्य से दूर खींचते हैं। वह कई ऐसे काम करता है, जो उसके इरादों से मेल नहीं खाते हैं। वह कई ऐसी चीज़ें जमा करके रखे हुए है, जो कभी उसे काम

में नहीं आनेवाली। इस आधार पर देखें कि आपका जीवन कितना बिखरा हुआ है। अब आपको समेटना सीखना है यानी **आपको ऐसे कार्य, मित्र और चीज़ें चुननी हैं, जो आपके इरादों को पूरा करने में सहायक हों।** जैसे यदि आपको गायक बनना है तो अपनी सारी ऊर्जा संगीत और उससे संबंधित क्षेत्रों में लगानी होगी। आपको अच्छे-अच्छे गायकों के लाइव कार्यक्रम सुनने चाहिए, आपके मित्र ऐसे हों जिन्हें संगीत में रुचि हो और नए आधुनिक गॅजेट्स का उपयोग भी अपनी गायन प्रतिभा को निखारने के लिए किया जाना चाहिए।

बिखराव से मुक्ति के लिए रास्ता है- पुल का रास्ता। पुल, ओवरब्रीज, फ्लायओवर्स, जो हमें एक ओर से दूसरी ओर ले जाने के लिए सहायक होते हैं। इस रास्ते का उपयोग हमें करना है। आपके मित्र, रुचियाँ, आपके क्रियाकलाप पुल का कार्य करके आपको आपके उद्देश्य की ओर ले जाएँ।

एकाग्रता से युक्ति करके ध्यान रखना है कि जो चीज़ें लेफ्ट में चली गई हैं, अर्थात जो चीज़ें छूट गई हैं या जो चीज़ें रॉंग साइड में चली गई हैं, उन्हें मध्य में लाना है, सेंटर पर लाना है। अर्थात सही जगह पर लाना है, राईट सेंटर पर लाना है। इसके लिए पहले राईट सेंटर ढूँढ़ें और फिर उस तरफ अपने कर्मों को एकाग्रित करें। आपकी जो ऊर्जा व्यर्थ जा रही है, उसे एकत्रित करें। इसके लिए आपको एकाग्रता का मार्ग चुनना होगा और खुद को एकाग्रता का प्रशिक्षण देना होगा।

जुड़ाव और अलगाव की योग्यता

एकाग्रता के प्रशिक्षण के लिए आइए, त्राटक ध्यान सीखते हैं।

समय के साथ इंसान का मस्तिष्क रिजीड (कठोर) हो जाता है। अनेक विषयों की ओर दौड़ने के कारण वह किसी चीज़ के प्रति जुड़ाव व अलगाव की क्षमता को खो देता है। अर्थात जुड़ता है तो अलग नहीं हो पाता और अलग हो जाता है तो जुड़ नहीं पाता। इस क्षमता को प्राप्त करने के लिए आपको त्राटक ध्यान का अभ्यास करना होगा।

त्राटक ध्यान

१. एक हाथ के अंतर से थोड़ी अधिक दूरी पर, मोमबत्ती जलाकर ऐसे बैठें ताकि

मोमबत्ती की लौ आपकी आँख के सीध में हो। न ज़्यादा ऊपर, न ज़्यादा नीचे।

२. अब आँखों के तारे को पहले दाईं ओर फिर बाईं ओर घुमाएँ। कुछ पलों के लिए उन्हें ऊपर व नीचे घुमाएँ। अब उन्हें कुछ समय के लिए गोलाकार दिशा में क्लॉकवाइज व ऐन्टीक्लॉकवाइज घुमाएँ। इस तरह आँखों को पूरी तरह से तनाव रहित करें। अब सामने रखी मोमबत्ती की लौ को लगातार देखते रहें। एक मिनट... डेढ़ मिनट...दो मिनट...।

३. कोशिश करें कि आपकी आँख न झपके।

४. अगर आँख झपके तो उसे अपनी नाकामयाबी न समझें। खुद के साथ बराबरी करें। कहें, 'आज मैं कुछ समय के लिए कर पा रहा हूँ, कल मैं इसकी अवधि बढ़ाऊँगा।'

५. जो चश्मा पहनते हैं, उन्हें यह बिना चश्मे के करना है। चश्मा उतारकर मोमबत्ती को ऐसी जगह पर रखें, जहाँ से आप लौ को स्पष्ट रूप से देख सकें। एक बार उस दूरी को नाप लें और फिर हमेशा उस दूरी पर मोमबत्ती जलाएँ।

६. धीरे-धीरे इसका समय बढ़ाते जाएँ। सत्रह सेकंड से शुरुआत की जा सकती है। कोई जल्दबाज़ी नहीं करनी है। आँखों का खयाल रखना है। धीरे-धीरे समय बढ़ाना आँखों के लिए, एकाग्रता और बिखराव से मुक्ति के लिए भी बेहतर है।

७. कुछ देर तक लगातार त्राटक ध्यान करने के बाद धीरे से आँखे बंद करें। आप महसूस करेंगे कि आँख बंद करने के बाद भी आपको अपने भीतर लौ का चित्र दिखाई दे रहा है, उसे देखते रहें।

८. यह मानसिक चित्र धीरे-धीरे धुँधला हो जाएगा। अब आँख खोलकर फिर से मोमबत्ती की ओर पलक न झपकाते हुए देखते रहें। फिर आँख बंद करके अंदर लौ का चित्र देखें। इस चित्र पर ध्यान करें। धीरे-धीरे मानसिक चित्र देखने

का समय बढ़ाना है। आपको खुद ही अंदाज़ा आते जाएगा कि कितना समय त्राटक ध्यान करने के बाद अंदर मानसिक चित्र तैयार होता है। इसे दोहराते रहें।

९. धीरे-धीरे समय बढ़ाते रहें। कुछ सेकेंडस् से शुरू करते हुए आपको कुछ मिनटस् तक पहुँचना है। इससे एकाग्रता भी बढ़ेगी। विद्यार्थियों के लिए तो यह अच्छा है ही मगर आपका उद्देश्य हो बिखराव से मुक्ति।

मुड़ती से मुक्ति

तीसरी यात्रा में सिंदबाद ने एक और मुक्ति पाई। वह है- मुड़ती से मुक्ति। यह सजगता (अवैरनेस) का मार्ग है। आपको सारा भार होश पर डालना है। इस मुक्ति में रास्ता है, टेढ़ा-मेढ़ा। इस रास्ते से होते हुए अंत में क्षितिज पर पहुँचना है। इस मुक्ति का प्रतीक चिन्ह है क्षितिज। जहाँ धरती और आसमान एक होते हुए दिखाई देते हैं।

मुड़ती का अर्थ है- गलती होने से पहले आपकी अवस्था गलती की तरफ मुड़ती है। अर्थात गलती अभी हुई नहीं है, आप गलती की तरफ मुड़ रहे हैं। यह बिंदु है, होश का। यहीं मुक्ति है। यहाँ जाग गए तो मुक्त होना बड़ा आसान है। इस बिंदु पर सजगता न हो तो गलती हो जाती है, फिर उस पर ज़्यादा काम करना पड़ता है।

जाग्रति और मुड़ती का महत्त्व

हमारा लक्ष्य हो मुड़ती में सजगता से युक्ति करने का। जब मुड़ती होती है, तभी सजग हो जाएँ। उसी वक्त चुटकी बजाएँ। खुद को याद दिलाएँ कि यह मुड़ती है, अभी गलती हुई नहीं है। यहाँ से पलटा जा सकता है। जब आप लोगों से कहते हैं, 'तुमसे यह गलती हो गई... वह गलती हो गई...' तब गलती शब्द का इस्तेमाल करने के बदले में कहें, 'मुड़ती हुई है, अभी गलती नहीं हुई है।' यह शब्द आपकी मदद करेगा। यदि आप सामनेवाले से कहेंगे, 'तुमसे गलती हो रही है' तो वह तुरंत अपना बचाव करना शुरू करता है कि 'मेरी गलती नहीं है... उसने ऐसा किया... वैसा किया...।' इसलिए हम पहले ही अपनी भाषा बदल लें ताकि गलती न हो पाए। मुड़ती में अपने तथा औरों के लिए भी सजगता रखनी है। इसका रास्ता है- जिग-जैग।

मुड़ती से मुक्ति के लिए आपको जो प्रतीक चिन्ह दिया है, उसे आप अपने मोबाइल के लॉक स्क्रीन पर रख सकते हैं ताकि जैसे ही आप मोबाइल ऑन करें तो आपको रिमाईन्डर मिल सके। इससे आपको त्राटक ध्यान की भी याद आ जाएगी और क्षितिज की भी। इसी तरह आपके लैप टॉप या अन्य गैजेटस् पर स्क्रीन सेवर करके इस चित्र को आप अपलोड कर सकते हैं।

मुड़ती से मुक्ति के लिए अवैरनेस से युक्ति करनी है, अवैरनेस पर भार डालना है। जिस अवैरनेस में घटनाएँ घटती हैं, उस अवैरनेस के प्रति अवैर होना ही मुक्ति है। हम इस बात के लिए तो अवैर होते हैं कि यहाँ गिलास रखा है, यहाँ टेबल रखा है मगर जिस प्रकाश में यह दिखता है, जिस अवैरनेस में यह दिखता है, उसके प्रति हम अवैर नहीं होते। हमारे जीवन में कौन-कौन सी अच्छी-बुरी घटनाएँ घट रही हैं, यह हमें बखूबी दिखता है लेकिन वे किसकी उपस्थिति में घट रही हैं, इस बात के लिए हम सजग नहीं होते। मुड़ती से मुक्ति पाने के लिए अवैरनेस के प्रति अवैर हो जाएँ। जिग-जैग रास्ता आपको मुड़ती की याद दिलाएगा। इस पर आपको चलना है।

इसके लिए आपको साक्षी ध्यान मार्ग अपनाना है। आइए, जानेंगे कि यह ध्यान क्या है और कैसे किया जाता है-

साक्षी ध्यान

१. यह ध्यान अवैरनेस जगाने में बहुत सहायक है।

२. इसमें आप स्वयं के साथ होनेवाली हर घटना को देखने का फैसला करते हैं।

३. इसमें आपको हर पल सजगता के साथ आत्मपरीक्षण करना है।

४. आत्मपरीक्षण का अर्थ है हर घटना, परिस्थिति या लोगों के सामने स्वयं का दर्शन करना।

५. यह ध्यान रोज़मर्रा के काम करते हुए भी किया जा सकता है। मुख्य बात यह है कि इस ध्यान के दौरान आपको सिर्फ साक्षी के रूप में अपने आस-पास और शरीर में होनेवाली घटनाओं को देखना है।

६. इस ध्यान के दौरान आप जान पाएँगे कि कभी आपका मन व्याकुल होता है तो कभी खुश होता है... कभी गुस्सा होता है तो कभी लालची बनता है... कभी भयभीत होता है तो कभी चिंता करता है... कभी निराश होता है तो कभी अपराधबोध जगाता है... कभी कल्पनाओं में खो जाता है तो कभी तुलना करता है... कभी अनजान बनता है तो कभी स्वयं को सर्वज्ञ मानता है।

७. जब आप हरदम अपने आप पर नज़र रखेंगे तो आप अनुभव से जान पाएँगे कि मन तो प्रतिपल बदलता रहता है। इस सतत् बदलते रहनेवाले मन से आप जो निर्णय लेते हैं, वे कैसे होंगे?

८. ऐसे में आज आप जो निर्णय लेते हैं, कल वह गलत लग सकता है। जब आप अपने मन के बदलते रूप को जानेंगे तब आप उसे स्थिर करना चाहेंगे।

९. यह ध्यान आसानी से आपको मुड़ती से मुक्ति दिला सकता है। जब आप हमेशा अवैर होते हैं तब गलती करने के ठीक पहले के स्थान पर जाग्रत होने की संभावना काफी बढ़ जाती है। उस स्थान पर आप खुद को सँभाल सकते हैं।

१०. आप कोई रोचक किताब पढ़ रहे हैं और अचानक बिजली गुल हो जाए तो तुरंत चुटकी बजाएँ, खुद को याद दिलाएँ कि यह मुड़ती होने का स्थान है, जहाँ होश कम होकर गलती हो सकती है। इसलिए सजग हो जाएँ।

११. आप ऑफिस जाने के लिए निकले और गाड़ी का पेट्रोल खत्म हो जाए तो तुरंत चुटकी बजाएँ, खुद को याद दिलाएँ कि यह मुड़ती है।

१२. आप सहेलियों के साथ घूमने जाने का प्रोग्राम बनाएँ और अचानक घर पर मेहमान आ जाएँ तो तुरंत चुटकी बजाएँ, खुद को याद दिलाएँ कि यह मुड़ती है।

१३. आपने अपने मित्र की शादी में खूब मज़े करने का मूड बनाया और अचानक आपकी तबीयत खराब हो जाए तो तुरंत चुटकी बजाएँ, खुद को याद दिलाएँ कि यह मुड़ती है।

१४. इस तरह आपको दिनभर की घटनाएँ तो देखनी ही हैं, साथ ही ये घटनाएँ किस पृष्ठभूमि पर हो रही हैं, उसके प्रति भी जाग्रति रखनी है कि कौन है वह, जिसके चलते ये सब घट रहा है! धीरे-धीरे आप समझने लगेंगे कि 'मैं हूँ' इसलिए जीवन में ये सारी घटनाएँ हो रही हैं।

इस तरह रोज़मर्रा का जीवन जीते हुए आप गलती करने से पहले ही सजग हो सकते हैं।

खण्ड 4

ज़्यादा-कम के भ्रम और घालमेल (बेतरतीब) से मुक्ति
ज्ञान से युक्ति

अध्याय 1

सिंदबाद जहाज़ी की चौथी समुद्री यात्रा

सिंदबाद की चौथी साहसी यात्रा का वृत्तांत सुनने के लिए हिंदबाद उसकी कोठी पर जा पहुँचा। सिंदबाद ने उसे और अन्य मित्रों को आदर से बिठाया और चौथी यात्रा की कहानी सुनाना आरंभ किया।

हमेशा की तरह कुछ दिन आराम से रहने के बाद मैं अपने पिछले कष्ट और दुःख भूल गया। अब डर तो मुझसे कोसों दूर भाग चुका था। मुझे फिर इच्छा हुई कि और धन कमाया जाए तथा संसार की विचित्रताएँ देखी जाएँ। मैंने अपनी चौथी यात्रा की तैयारी कुछ इस तरह शुरू की– मैंने अपने देश की वे सारी वस्तुएँ भरपूर मात्रा में खरीदीं, जिनकी विदेशों में काफी माँग थी। फिर मैं माल लेकर फारस की ओर निकल पड़ा। हर बार की तरह दिन-रात यात्रा कर व्यापार में महफूज़ हो गया।

यात्रा करते हुए एक दिन हमारा जहाज़ तूफान में फँस गया। कप्तान ने जहाज़ को सँभालने का बहुत प्रयत्न किया किंतु सफल न हो सका। हमारा जहाज़ समुद्र की

तह से ऊपर उठी एक चट्टान से टकराकर चूर-चूर हो गया। कई लोग तो वहीं डूब गए किंतु मैं और कुछ अन्य व्यापारी टूटे तख्तों के सहारे, किसी तरह तट पर आ लगे। यह एक अनजान द्वीप था। द्वीप में इधर-उधर घूमकर हम लोगों ने वृक्षों के फल खाकर अपनी भूख मिटाई।

फिर हम समुद्र तट पर आकर लेट गए और अपने दुर्भाग्य को कोसने लगे। किंतु इससे क्या होना था! आखिरकार हमें नींद आ गई और हम रातभर गहरी नींद में सोते रहे। सवेरे उठकर हम फिर द्वीप में घूमने और फल आदि इकट्ठा करने लगे। जब हम बीच जंगल में पहुँचे तो अचानक कुछ काले आदिवासियों की एक बड़ी भीड़ ने हमें घेर लिया। उन्होंने हमारे गले में रस्सियाँ बाँध दीं और भेड़-बकरियों की भाँति हमें हाँककर बहुत दूर बसे अपने गाँव में ले गए।

गाँव में उन्होंने हमारे सामने कुछ खाद्य पदार्थ रखकर इशारे से उन्हें खाने के लिए कहा। मेरे साथी भूख से बेहाल थे इसलिए वे तुरंत खाने पर टूट पड़े। मैं कई बार ऐसी परिस्थितियों से गुज़रा था इसलिए उस समय मैंने खाना नहीं खाया। खाना खाते ही मेरे साथियों को चक्कर आने लगे और वे पागलों की तरह व्यवहार करने लगे। मैंने समझ लिया कि इन लोगों की नीयत अच्छी नहीं है। फिर उन्होंने खाने के लिए हमें नारियल के तेल में पका हुआ चावल दिया। इस खाद्य से आदमी मोटे हो जाते हैं। मैंने काले आदिवासियों के इरादों को भाँप लिया। वे हमें मोटा-ताज़ा करके फिर हमारा मांस पकाकर, अपने कबीले में दावत देना चाहते थे। मेरे साथी तो नशे में खूब पेट भरकर खाते थे किंतु मैं बहुत थोड़ा खाता था ताकि मोटा न हो जाऊँ और इन नरभक्षियों का आहार न बनूँ। मैं कम खाने और अपने प्राणों की चिंता में इतना दुबला हो गया कि बदन में हड्डी-चमड़े के सिवाय कुछ न रहा।

दिन के समय मैं उस द्वीप में घूमा-फिरा करता था। एक दिन मैंने देखा कि गाँव के सब लोग काम पर चले गए थे। केवल एक बूढ़ा आदमी बाहर बैठा था। मैं अवसर पाकर भाग निकला। बूढ़े ने मुझे बहुत चिल्ला-चिल्लाकर बुलाया किंतु मैं नहीं रुका। शाम को मुझे गाँव में न पाकर, आदिवासी मेरी खोज में निकल पड़े किंतु तब तक मैं बहुत दूर निकल चुका था। मैं दिनभर भागता और रात में कहीं छिपकर सो जाता। रास्ते में फल आदि से भूख मिटाता या नारियल तोड़कर उसका पानी पी लेता, जिससे भूख और प्यास दोनों शांत हो जाती थी।

आठवें दिन मैं समुद्र के तट पर जा पहुँचा। वहाँ देखा कि मुझ जैसे बहुत से श्वेत वर्ण मनुष्य काली मिर्च इकट्ठा कर रहे हैं। वहाँ काली मिर्च बहुत पैदा होती

थी। उन्हें देखकर मुझे बड़ी प्रसन्नता हुई और मैं उनके पास पहुँच गया। वे भी मेरे चारो ओर जमा हो गए और अरबी भाषा में मुझसे पूछने लगे कि 'तुम कहाँ से आ रहे हो!' मैं अरबी बोली सुनकर और भी हर्षित हुआ और मैंने विस्तार से उन्हें अपनी कहानी सुनाई।

उन लोगों को मेरी कहानी सुनकर बड़ा आश्चर्य हुआ। वे बोले, 'अरे वे आदिवासी तो नरभक्षी हैं। तुम्हें उन्होंने कैसे छोड़ दिया?' मैंने उन्हें आगे का हाल बताया कि 'किस प्रकार कम खाकर और मौका पाते ही भागकर मैंने अपनी जान बचाई।'

श्वेत वर्ण के लोगों को मेरे जीते-जागते बच निकलने पर अति आश्चर्य और प्रसन्नता हुई। जब तक उनका काम पूरा न हुआ तब तक मैं उनके साथ मिलकर काम करता रहा। फिर वे लोग मुझे अपने साथ, अपने देश ले गए और अपने बादशाह के सामने मुझे यह कहकर पेश किया कि यह व्यक्ति नरभक्षियों के चंगुल से सही-सलामत निकल आया है। बादशाह को जब मैंने अपना पूरा हाल सुनाया तो उसे भी सुनकर बड़ा आश्चर्य हुआ और प्रसन्नता हुई। वह बादशाह बड़ा दयालु प्रकृति का था। उसने मुझे पहनने के लिए वस्त्र तथा अन्य सुख-सुविधाएँ दीं।

बादशाह के कब्जे में जो द्वीप था वह बहुत बड़ा और धन-धान्य से पूर्ण था। वहाँ के व्यापारी अन्य देशों में अपने द्वीप की चीज़ें ले जाते थे और बाहर के कई व्यापारी भी वहाँ आते थे। मेरे भीतर आशा जगने लगी कि किसी दिन मैं अपने देश पहुँच जाऊँगा। बादशाह मुझ पर बड़ा कृपालु था। उसने मुझे अपना दरबारी बना लिया। लोग मुझे देखकर ऐसा बरताव करने लगे जैसे मैं उनके देश का ही निवासी हूँ।

मुझे यह देखकर आश्चर्य हुआ कि वहाँ लोग बगैर जीन-लगाम के ही घोड़ों पर सवार होते थे। यहाँ तक कि बादशाह भी घोड़े की नंगी पीठ पर सवारी करता था। मैंने एक दिन बादशाह से पूछा, 'आप लोग जीन-लगाम लगाकर घोड़े पर क्यों नहीं चढ़ते?' बादशाह ने मेरे सवाल पर सवाल किया, 'जीन-लगाम क्या होती है?' मेरे बताने पर फिर उसने मुझे ये चीज़ें बनाने के लिए कहा।

मैंने एक नमूना बनाकर लकड़ी के कारीगर को दिया। उसने मेरे नमूने के अनुसार जीन बना दी। मैंने उसे चमड़े से मढ़वाया। एक लोहार से रकाबे बनाने को कहा और लगाम का सामान भी बनवाया। जब सारा सामान तैयार हो गया तो मैं उसे घोड़े पर सजाकर बादशाह के सामने ले गया। वह उस पर सवार हुआ तो उसे बहुत प्रसन्नता और संतोष हुआ। उसने मुझे बहुत इनाम-इकराम दिया और मुझे पहले से

भी अधिक मानने लगा। फिर मैंने बहुत सी जीन और लगाम बनवाकर राज्य परिवार के सदस्यों, मंत्रियों आदि को दी। उन्होंने उनके बदले मुझे हज़ारों रुपए तथा अन्य बहुमूल्य वस्तुएँ प्रदान कीं। राज दरबार में मेरा मान बढ़ा तो नगरवासी भी मेरा बहुत सम्मान करने लगे।

एक दिन बादशाह ने मेरे साथ एकांत में बातचीत करते हुए कहा, 'मैं तुमसे बहुत प्रसन्न हूँ और तुम पर अधिकाधिक कृपा करना चाहता हूँ। मेरे दरबार के लोग और साधारण प्रजाजन भी तुम्हारी बुद्धिमत्ता के कारण तुम्हें बहुत मानते हैं। मैं चाहता हूँ कि तुम मेरी एक बात मानो। मुझे पूर्ण विश्वास है कि जो मैं कहूँगा तुम उसे इनकार नहीं करोगे।' मैंने कहा, 'आप जो भी आज्ञा देंगे, वह मेरे हित में ही होगी क्योंकि आप सदा से मेरे शुभचिंतक हैं। मैं भला क्यों आपकी आज्ञा का उल्लंघन करूँ?' फिर बादशाह ने कहा, 'मैं चाहता हूँ कि तुम स्थायी रूप से यहाँ बस जाओ और अपने देश जाने का विचार छोड़ दो। मैं यहाँ की एक सुंदर और सुशील कन्या से तुम्हारा विवाह करना चाहता हूँ।' मैंने सहर्ष ही बादशाह के प्रस्ताव को स्वीकार कर लिया।

बादशाह ने एक अत्यंत रूपवती और गुणवती नव यौवना से मेरा विवाह करा दिया। मैं उसे पाकर बगदाद में बसे अपने परिवार को भूल सा गया। कुछ दिनों बाद मेरे पड़ोसी की पत्नी बीमार हो गई और जल्द ही परलोक सिधार गई। पड़ोसी से मेरी अच्छी दोस्ती थी इसलिए मैं मातमपुरसी (मृत्यु संवेदना) के लिए उसके घर गया। वह आदमी अत्यंत शोक में डूबा था, उसके आँसू थमने का नाम ही नहीं ले रहे थे। मैंने उसे समझाया कि वह धैर्य रखे, भगवान चाहेगा तो दूसरी शादी के बाद और अच्छा जीवन बीतेगा। उसने कहा, 'तुम कुछ नहीं जानते इसीलिए ऐसी तसल्ली दे रहे हो। मैं तो अब दो-चार घंटे का ही मेहमान हूँ।'

मैंने परेशान होकर उसे स्थिति स्पष्ट करने के लिए कहा तो उसने कहा, 'आज मुझे मृत पत्नी के साथ जीते जी दफना दिया जाएगा। हमारे यहाँ बहुत पुराने ज़माने से यह रस्म चली आ रही है कि यदि पहले पति मर जाए तो पत्नी को उसके साथ दफना दिया जाता है और यदि पहले पत्नी मर जाए तो पति को उसके साथ गाड़ दिया जाता है। अब मेरी जान बचने की कोई सूरत ही नहीं है। यहाँ के निवासी एकमत होकर इस रिवाज़ को स्वीकार करते हैं। कोई इसके खिलाफ कुछ नहीं कर सकता।'

इस भयंकर रिवाज़ को सुनकर मेरे भी होश उड़ गए। मैं उसी समय से अपने बारे में चिंता करने लगा क्योंकि मेरा भी विवाह हो चुका था। थोड़ी देर में उसके सगे-संबंधी एकत्र हो गए। उन्होंने कफन आदि का प्रबंध किया। उन्होंने औरत की

लाश को नहला-धुलाकर बहुमूल्य वस्त्र पहनाए और एक खुली अर्थी पर रखकर ले चले। उसका पति भी शोकसूचक वस्त्र पहने रोता-पीटता उनके पीछे चल पड़ा।

सब लोग एक बड़े पहाड़ पर पहुँचे। वहाँ पर उन्होंने एक बड़ी चट्टान हटाई तो उसके नीचे एक गहरा और अँधेरे से भरा गड्ढा दिखाई दिया। सब लोगों ने रस्सी के द्वारा अर्थी को गड्ढे की तह तक उतार दिया। उसके बाद मृत स्त्री के पति को भी गड्ढे में उतार दिया। उन्होंने उसके साथ सात रोटियाँ और जल से भरा पात्र भी रख दिया और उसे उतारने के बाद गड्ढे का मुँह चट्टान से बंद कर दिया। वह पहाड़ बहुत लंबा-चौड़ा था। उसके दूसरी ओर समुद्र था और उस ओर का क्षेत्र दुर्गम और निर्जन था। चट्टान को पहले की तरह रखकर और पति-पत्नी के लिए शोक करके सब लोग वापस आ गए।

मैं बहुत ही डर गया था और सोचता था कि ऐसी अमानुषिक रूढ़ि, जो दुनिया के किसी भी देश में नहीं है, यहाँ क्यों मानी जाती है। किंतु जिससे भी मैं इस बारे में बात करता, वह इस रिवाज़ का समर्थन करता और मेरी बात को गलत कहता था। यहाँ तक कि जब मैंने बादशाह से बात की तो उसने कहा, 'सिंदबाद, यह रूढ़ि हमारे यहाँ पुरखों से चली आ रही है। मैं अगर चाहूँ भी तो इसे रोक नहीं सकता। यह रस्म मुझ पर भी लागू होती है। भगवान न करे अगर रानी का देहांत हो जाए तो मुझे भी उनके साथ जीते जी दफन कर दिया जाएगा।' मैंने पूछा, 'क्या यह रस्म उन नगरवासियों पर भी लागू होती है, जो बाहर से आकर यहाँ बसे हैं?' बादशाह मुस्कराकर बोला, 'यह रस्म देशी-विदेशी सब के लिए है। इससे कोई इंसान बच नहीं सकता।'

इस घटना के बाद मैं बहुत घबराया सा रहने लगा। मैं बराबर सोचता रहता कि कहीं मेरी पत्नी मर गई तो मुझे भी ऐसी भयानक मौत मरना पड़ेगा। मैं इसीलिए अपनी पत्नी के स्वास्थ्य की बहुत देख-भाल करने लगा। किंतु ईश्वर की इच्छा भला कौन टाल सकता है। कुछ समय के बाद मेरी पत्नी सख्त बीमार पड़ी और जल्द ही कालवश हो गई। मुझ पर दुःख का पहाड़ टूट पड़ा। मैं सिर पीटकर कहता, 'मैं बेकार ही उस द्वीप से भागा। इस प्रकार जीते जी गाड़े जाने से कहीं अच्छा था कि नरभक्षी मुझे मारकर खा जाते।'

इतने में बादशाह अपने दरबारियों और सेवकों के साथ मेरे घर आया। नगर के अन्य प्रतिष्ठित व्यक्ति भी वहाँ एकत्र हो गए और मेरी पत्नी को अर्थी पर रखकर घर से निकल पड़े। मैं भी उनके पीछे रोता-पीटता आँसू बहाता चल पड़ा। दफन के पहाड़

पर पहुँचकर मैंने एक बार फिर अपने प्राण बचाने का प्रयत्न किया। मैंने बादशाह से कहा, 'स्वामी, मैं तो यहाँ का रहनेवाला नहीं हूँ। मुझे यह कठोरतम दंड क्यों दिया जा रहा है? मुझ पर दया करके मुझे जीवन दान दीजिए। मैं अकेला भी नहीं हूँ, मेरे देश में मेरे बीवी-बच्चे मौज़ूद हैं। उनका खयाल करके मुझे छोड़ दीजिए।'

मैंने लाख फरियाद की किंतु बादशाह या अन्य किसी व्यक्ति को मुझ पर दया नहीं आई। पहले मेरी पत्नी की अर्थी को गड्ढे में उतारा गया फिर मुझे एक दूसरी अर्थी पर बिठाकर मेरे साथ रोटियाँ और पानी का घड़ा रखकर उतार दिया गया और गड्ढे पर चट्टान को वापस रख दिया।

यह कंदरा लगभग पचास हाथ गहरी थी। उसमें उतरते ही वहाँ उठनेवाली बदबू से, जो लाशों के सड़ने से पैदा हो रही थी, मेरा दिमाग फटने लगा। मैं अपनी अर्थी से उठकर दूर भागा। मैं चीख-चीखकर रोने लगा और अपने भाग्य को कोसने लगा। मैं कहता, 'भगवान जो करता है उसे अच्छा ही कहा जाता है। जाने मेरे इस दुर्भाग्य में क्या अच्छाई है। मैं तीन-तीन यात्रा के कष्टों और खतरों से भी चैतन्य नहीं हुआ और फिर मरने के लिए चौथी यात्रा पर चला आया। अब तो यहाँ से निकलने का कोई रास्ता ही नहीं है।' इसी प्रकार मैं घंटों रोता रहा।

सुख हो या दुःख, मनुष्य को भूख तो सताती ही है। मैं नाक-मुँह बंद करके अपनी अर्थी पर पहुँचा और थोड़ी रोटी खाकर पानी पीया। कुछ दिन इसी तरह जीया। एक दिन रोटियाँ खत्म हो गईं तो मैंने सोचा कि अब तो किस्मत में भूखा मरना ही लिखा है। इतने में ऊपर कुछ उजाला हुआ। ऊपर की चट्टान खोलकर लोगों ने एक मृत पुरुष और उसके साथ उसकी विधवा को गड्ढे में उतार दिया। जब लोग चट्टान बंद कर चुके तो मैंने एक मुर्दे की पाँव की हड्डी उठाई और चुपचाप पीछे से आकर स्त्री के सिर पर उसे इतनी ज़ोर से मारा कि वह गश खाकर (बेहोश होकर) गिर पड़ी। मैंने लगातार चोटें करके उसे मार डाला और साथ रखी हुई रोटियाँ और पानी लेकर अपने कोने में चला गया। दो-चार दिन बाद एक आदमी को उसकी मृत पत्नी के साथ उतारा गया। मैंने पहले की तरह इस आदमी को भी खत्म करके उसकी रोटियाँ और पानी ले लिया। मेरे भाग्य से नगर में महामारी पड़ी और रोज़ एक-दो लाशें और उसके साथ जीवित व्यक्ति आने लगे, जिन्हें मारकर मैं उनकी रोटियाँ ले लेता।

एक दिन मैंने वहाँ ऐसी आवाज़ सुनी जैसे कोई साँस ले रहा हो। वहाँ अँधेरा तो इतना रहता था कि दिन-रात तक का पता नहीं चलता था। मैंने आवाज़ पर ध्यान दिया तो साँस के साथ पैरों की हलकी आहट भी सुनाई दी। मैं उठा तो मालूम हुआ

कि कोई चीज़ एक तरफ दौड़ रही है। मैं भी उसके पीछे दौड़ा। कुछ देर इसी प्रकार दौड़ने के बाद मुझे दूर एक तारे जैसी चमक दिखाई दी, जो झिलमिला सी रही थी। मैंने उस तरफ दौड़ना आरंभ किया तो देखा कि एक इतना बड़ा छेद है, जिसमें से मैं बाहर निकल सकता हूँ।

वास्तव में मैं पहाड़ के दूसरी ओर के ढाल पर निकल आया था। पहाड़ इतना ऊँचा था कि नगर निवासी जानते ही नहीं थे कि पहाड़ के दूसरी तरफ क्या है। उस छेद में से होकर कोई जंतु मुर्दों को खाने के लिए अंदर आया करता था। उसी के सहारे मुझे बाहर निकलने का रास्ता मिला। मैं उस छेद से बाहर खुले आकाश के नीचे पहुँच गया। मैंने भगवान को उनकी अनुकंपा के लिए धन्यवाद दिया। मुझे अब अपने बच निकलने की आशा हो चली थी।

अब मैंने कुछ सोचना आरंभ किया क्योंकि अभी तक तो मुर्दों की दुर्गंध के कारण कुछ सोच ही नहीं पाता था। थोड़ा-थोड़ा भोजन करके मैंने इतने दिन तक किसी प्रकार अपने आपको जीवित रखा था। मैं एक बार फिर जी कड़ा करके उस मुर्दों की गुफा में घुस गया। बहुत से मुर्दों के साथ बहुमूल्य रत्न भूषण, आदि रख दिए जाते थे। मैंने टटोल-टटोलकर अंदाज़ से बहुत से हीरे-जवाहरात इकट्ठे किए।

मुर्दों के कफन में ही उनकी अर्थियों की रस्सियों से हीरे-जवाहरात की कई गठरियाँ बाँधीं और एक-एक करके उन्हें बाहर ले आया, जहाँ से सामने समुद्र दिखाई देता था। मैंने समुद्र तट पर दो-तीन दिन फल-फूल खाकर बिताए।

चौथे दिन मैंने तट के पास से एक जहाज़ गुज़रता देखा। मैंने पगड़ी खोलकर उसे हवा में उड़ाते हुए खूब चिल्लाकर आवाज़ें लगाईं। जहाज़ के कप्तान ने मुझे देख लिया। उसने जहाज़ रोककर एक नाव मुझे लेने के लिए भेजी। नाविक लोग मुझसे पूछने लगे कि 'तुम इस निर्जन स्थान पर कैसे आए।' मैंने उन्हें पूरा वृत्तांत सुनाने के बजाय कह दिया कि 'दो दिन पहले हमारा जहाज़ डूब गया था, मेरे अन्य साथी भी डूब गए, सिर्फ मैं कुछ तख्तों के सहारे अपनी जान और कुछ सामान बचा लाया।' वे लोग मुझे गठरियों समेत जहाज़ पर ले गए।

जहाज़ पर कप्तान से भी मैंने यही बात कही और उसकी कृपा के बदले उसे कुछ रत्न देने लगा किंतु उसने लेने से इनकार कर दिया। हम वहाँ से चलकर कई द्वीपों में गए। हम लोग अपनी चीज़ें खरीदते-बेचते कुछ समय के बाद बसरा पहुँचे, जहाँ से मैं बगदाद आ गया।

इस यात्रा में मैंने असीमित धन कमाया था। मैंने अपने शहर में कई मस्ज़िदें बनवाई और आनंदपूर्वक रहने लगा। यह कहकर सिंदबाद ने हिंदबाद को चार सौ दीनारें और दीं और दूसरे रोज़ भी आने के लिए कहा।

हिंदबाद हमेशा की तरह सिंदबाद के एक से बढ़कर एक साहसभरे किस्सों को सुनकर निःशब्द हो गया। उसे अब 'डर' इस भावना पर शंका होने लगी। वाकई में यह (डर) है भी या नहीं? यह सोचते हुए वह अपने घर को लौट गया।

अध्याय 2

आपकी चौथी साहसी यात्रा

ज्ञान मार्ग युक्ति

सिंदबाद ने अपनी चौथी साहसिक यात्रा में **ज़्यादा-कम के भ्रम से मुक्ति पाई, साथ ही वह मन की घालमेल से भी मुक्त हुआ।** अपनी यात्राओं के माध्यम से सिंदबाद नए-नए अनुभव एकत्र करता हुआ, उनसे कुछ न कुछ सीखता रहा।

जीवन-घटनाओं की इस यात्रा में सत्‌राह पर चलते हुए कई मुक्तियाँ आपकी भी राह देख रही हैं। पिछले अध्याय में सिंदबाद ने कई मुश्किलातों का सामना करते हुए जीवन की जिन सच्चाइयों का साक्षात्कार किया, आइए उन्हें जानते हैं। आप उन्हें अपनी मुश्किलातों से जोड़कर वे सारी मुक्तियाँ पा सकते हैं, जो सिंदबाद ने पाई। सोचें, क्या आपके भीतर प्रेम और आनंद का मुक्त बहाव होता है? यदि नहीं तो कौन-कौन सी बातें हैं, जो मुक्त बहाव को रोकती हैं? इंसान को जो मिला होता है, वह अकसर उससे संतुष्ट नहीं होता। कुछ बातें उसे कम तो कुछ बातें उसे ज़्यादा लगती हैं। इस उलझन में मन के

भीतर ही भीतर सब अस्त-व्यस्त हो जाता है। जिस मौन और शांति का अनुभव करने वह पृथ्वी पर आया है, सब गड्ड-मड्ड (अव्यवस्थित) हो जाता है। आइए, जानते हैं सिंदबाद की चौथी यात्रा हमें क्या संकेत देती है।

जैसा कि आपने कहानी में पढ़ा, जिस तरह सिंदबाद के साथी स्वादिष्ट भोजन के लालच में फँसकर राजा की बातों में आ गए, उसी तरह इंसान भी भौतिक आकर्षणों में फँसकर माया की चपेट में आ जाता है। उसे ध्यान ही नहीं रहता कि ये सारी चीज़ें उसे राहत तो दिला रही हैं लेकिन कुएँ में ही ढकेल रही हैं, उसे मन का गुलाम बना रही हैं। सिंदबाद पहले भी कई बार इस तरह की स्थितियों से गुज़रा था इसलिए वह सावधान और जाग्रत था तथा वह भोजन के लालच में नहीं फँसा। उसने राजा की माया को पकड़ लिया और उससे मुक्त होने के लिए वह उसके देश से भाग निकला। आपको सोचना है कि ऐसी कौन सी स्थितियाँ हैं, जिनसे बार-बार गुज़रने के बाद भी आप भूल जाते हैं, सावधान नहीं रह पाते?

इंसान जब जीवन में आनेवाले विविध प्रसंगों में साधना का अभ्यास करता है तो उसकी जागरूकता बढ़ती जाती है, वह अपनी इंद्रियों का मालिक बनकर हर मोह से अलिप्त रह पाता है।

कहानी में आदिवासियों के चंगुल से बचकर सिंदबाद श्वेत वर्णवाले लोगों के पास पहुँचा। वहाँ उनके राजा ने उसे बहुत मान-सम्मान दिया, महल में रहने के लिए जगह दी और यहाँ तक कि एक सुंदर युवती से शादी भी करा दी। दास-दासियों से घिरी राजशाही ज़िंदगी मिलने पर वह अपने देश और परिवार को भी भूल गया। इंसान से अकसर यह गलती हो जाती है। उसे जिस चीज़ का आकर्षण होता है, उसमें फँसकर वह अपनी राह बदल देता है। सत्राह पर चलते हुए तमराह और रजराह के बीच डोलता रहता है।

सिंदबाद को लगा कि नए राज्य में वह अच्छे से स्थित हो गया लेकिन यहाँ भी वह धोखे में था। एक दिन सिंदबाद के मित्र की पत्नी गुज़र गई। उस राज्य में विवाहित दंपत्ति में से एक के मर जाने पर दूसरे को उसके साथ दफनाने की प्रथा थी। इसलिए सिंदबाद के मित्र को जीते जी उसकी पत्नी के साथ दफना दिया गया। इस घटना से सिंदबाद बहुत घबरा गया। उसे अपनी फिक्र होने लगी कि कहीं एक दिन उस पर यह नौबत न आ जाए!!

इन विचारों ने उसके भीतर पूरी तरह से घालमेल मचा दी। अंदर का खाली स्थान, मौन जाने कहाँ गायब हो गया। एक दिन सचमुच उसकी पत्नी का देहांत हो

गया। इस नए राज्य में जहाँ वह राजा का चहेता था, प्रजा उसे मानती थी, फिर भी वह एक ऐसे रिवाज़ का शिकार हो गया, जिससे उसकी जान पर आ बनी, उसका अस्तित्त्व ही खतरे में पड़ गया। सिंदबाद ने सोचा कि उसके साथ बड़ी नाइंसाफी हुई। उसने राजा व अन्य दरबारियों को इतनी मदद की, फिर भी उसे मौत के घाट उतारा जा रहा है। उसके साथ बहुत ज़्यादती हुई। ईश्वर ने उसे बहुत छोटा जीवन काल बहाल किया।

जिस तरह सिंदबाद सुख-चैन पाने के लिए आदिवासियों से भागकर नए राज्य में आता है, उसी तरह खोजी के साथ भी कई बार ऐसा ही होता है। वह सैलानी की तरह ज्ञान पाने के लिए एक जगह से दूसरी जगह के चक्कर काटता है। उसे कुछ शक्तियाँ, सिद्धियाँ तो मिल जाती हैं लेकिन वह स्व-अनुभव में स्थापित नहीं हो पाता। बल्कि जिस अहंकार को खत्म करने के लिए उसने साधना की, वह और भी बढ़ जाता है। सच्चे स्व की पहचान ही खतरे में पड़ जाती है।

सिंदबाद की तरह इंसान भी मृत्यु को लेकर घबराया और परेशान रहता है। जब पहली बार वह किसी की मृत्यु को देखता है तो उसके मन में भी असंख्य सवाल उठते हैं। वह बुजुर्गों से पूछता है तो उसे यही जवाब मिलता है कि हरेक को एक न एक दिन देह त्याग करना ही पड़ता है। इस सत्य को नहीं बदला जा सकता। यह सुनकर उसके भीतर एक बेचैनी सी छाई रहती है। भीतर का ईश्वरीय स्थान (हृदयस्थान), शंका और डर से भर जाता है। वह इसी फिक्र में लगा रहता है कि कैसे मौत पर विजय प्राप्त करूँ? इधर जीवन में अन्य समस्याओं का सिलसिला भी ज़ारी रहता है। इसके चलते इंसान कई बार गहरे मानसिक तनाव में चला जाता है। सिंदबाद को मौत के कुएँ में ढकेल देना इसी बात का प्रतीक है।

पत्नी के साथ गड्ढे में दफनाने के बाद सिंदबाद को कई कष्ट झेलने पड़े। ये इंसान को जीवन में मिले दुःखों का प्रतीक है। **ज़िंदगी में चाहे कितनी भी गंभीर समस्या आए, उसका हल उसी समस्या में छिपा होता है। सिंदबाद को मौत के कुएँ में ढकेल देने के बावजूद वह किस तरह वहाँ से बच निकला, यह इस बात का प्रमाण है।**

कहानी में सिंदबाद को गहरे अँधेरे में किसी के साँस की ध्वनि के साथ पैरों की आहट भी सुनाई दी। वह उसके पीछे-पीछे हो लिया। अचानक वह पहाड़ के दूसरी ओर के ढाल पर निकल आया तब उसे एक दिशा से तारे जैसी चमक दिखाई दी। पहाड़ इतना ऊँचा था कि नगर निवासी जानते ही नहीं थे कि पहाड़ के दूसरी तरफ क्या है।

इतनी कठिन स्थिति में, जहाँ बचने की कोई संभावना नज़र नहीं आ रही थी, सिंदबाद ने उम्मीद का दामन नहीं छोड़ा, मरने से पहले वह नहीं मरा। इस वजह से उसका ध्यान समस्या पर नहीं बल्कि समाधान पर था। उस गड्ढे में और भी कई जीवित लोगों को उनके मृत जीवनसाथी के साथ छोड़ दिया गया था लेकिन उनमें से किसी को भी साँस की आवाज़ या पैरों की आहट सुनाई नहीं दी। उन्हें मुक्ति का कोई रास्ता दिखाई नहीं दिया, वे वहीं मर खप गए। लेकिन ग्रहणशील और सावधान रहने के कारण सिंदबाद पहाड़ी के दूसरी ओर निकल पाया। जीवन में आपको वही मिलता है, जो आप दिल की गहराई से चाहते हैं।

जिस तरह नगर निवासी नहीं जानते थे कि पहाड़ के दूसरी तरफ क्या है, इंसान भी नहीं जानता कि उसके मन के पार दूसरी तरफ क्या है। वह पहाड़ के इस पार जो दिखता है, उसे ही सत्य मानता है। जिस छेद में से होकर कोई जंतु मुर्दों को खाने के लिए अंदर आया करता था, उसी के सहारे सिंदबाद को बाहर निकलने का रास्ता मिला। ठीक इसी तरह **इंसान के भीतर विकार जिस रास्ते से प्रवेश करते हैं, वही रास्ता उसे मुक्ति का द्वार भी दिखा सकता है।**

समस्या, इंसान से खोज करवाती है, राह दिखाती है, प्रार्थना और समर्पण कराती है। इस स्वीकार भाव में फिर बहुत से रहस्य खुलने लगते हैं। गुरुतत्त्व जाग्रत होता है। अँधेरी गुफा के किसी कोने से ज्ञान की चमक दिखाई देने लगती है। धीरे-धीरे वह चमक सारी गुफा में व्याप्त हो जाती है और इंसान अपने आपको खुले आकाश तले मुक्त अवस्था में पाता है।

ज्ञान के प्रकाश में उसे सब स्पष्ट दिखाई देता है। समस्या कौन है? वह कौन है? जन्म और मृत्यु का रहस्य क्या है? मृत्यु के भय से मुक्त होकर अब वह खुलकर अभिव्यक्ति करता है।

अंत में सिंदबाद ने गुफा से बाहर निकलने का रास्ता खोज लिया। वह यहीं पर नहीं रुका। हिम्मत करके वह वापस अँधेरी गुफा में जाकर औरतों के शव से बहुमूल्य आभूषण निकालकर, अपने देश लौटा और उन आभूषणों को बेचकर मिला धन लोगों के कल्याण कार्य में लगाया।

आपको भी यही करना है। पहले स्वयं मुक्त होना है, शव कौन? शिव कौन? जानकर मानवजाति की मुक्ति के लिए निमित्त बनना है। पानी है तो प्यास है... प्यास है तो बुझानी है...प्यास बुझाने के बाद, प्यास की प्यास जगानी है।

अध्याय 3

ज़्यादा-कम के भ्रम और घालमेल से मुक्ति के उपाय
आदत का सही उपयोग

सत्राह के पथ पर आगे बढ़ते हुए चौथी आंतरिक साहसिक यात्रा में दो मुक्तियाँ आपका रास्ता देख रही हैं। पहली है- ज़्यादा-कम के भ्रम से मुक्ति। इस बात पर यकीन रखें- **न ज़्यादा है, न कम, यह है केवल भ्रम।**

इंसान को उसके जीवन में जो कुछ भी मिला है, उनमें से कुछ बातें उसे ज़्यादा लगती हैं तो कुछ कम लगती हैं। अब आपको ज़्यादा-कम के भ्रम से मुक्ति पानी है। इसके लिए है- ज्ञान मार्ग। आपको ज्ञान मार्ग पर चलते हुए ज़्यादा-कम के भ्रम से मुक्ति पानी है। यह मार्ग बड़ा सँकरा है, ठीक रस्सी पर चलने जैसा। अर्थात इस रास्ते पर बड़ी सावधानी की ज़रूरत है वरना फिसलन निश्चित है। थोड़ा-बहुत ज्ञान प्राप्त कर इंसान खुद को ज्ञानी समझने लगता है और आसानी से अहंकार की चपेट में आ जाता है मगर आपको सजगता के साथ ज्ञान मार्ग पर चलते हुए ज़्यादा-कम के भ्रम से मुक्ति पानी है।

सुबह-सुबह नींद से उठकर इंसान सोचता है कि आज ठीक से नींद पूरी नहीं हुई... आज नींद कम मिली...। कोई कहता है, 'आज खाना कुछ ज़्यादा हो गया... या कोई कहता है, खाने को कम मिला...।' कोई कहता है, 'गरमी बहुत ज़्यादा है .... सर्दी कम है...।' मगर ऐसा कुछ नहीं है। नींद न कम है, न ज़्यादा। खाना न कम है, न ज़्यादा, गरमी न कम है, न ज़्यादा। **कम-ज़्यादा की बात ही नहीं है। इंसान को उतना ही मिलता है, जितने की उसे ज़रूरत है।**

जब आपको अमृत मिलता है तब क्या आप कहते हैं कि 'कम मिला या ज़्यादा मिला!!' **अमृत तो बस अमृत होता है! केवल एक परम संतुष्टि का एहसास...।** अब आगे से मन जब भी कहे, 'नींद कम मिली' तब आप कहें, 'अमृत है। जितनी ज़रूरत थी, उतनी मिली है।' कम नींद भी अमृत है वरना मन कम नींद को गलत मानता है। यदि काम -ज्यादा है तो कहें, 'ज़्यादा काम अमृत है।' मन जहाँ-जहाँ कम-ज़्यादा बोले, आप कहें, 'अमृत है।' मन कहे, 'काले बाल कम हैं तो कहें, 'जितने हैं अमृत हैं।' सफेद बाल ज़्यादा हैं, कहें, 'सफेद बाल अमृत हैं।'

इस तरह आप ज़्यादा-कम के भ्रम से मुक्ति प्राप्त कर सकते हैं। ज्ञान मार्ग, रस्सी पर चलने जैसा मार्ग है। इस पर चलते हुए मन बार-बार फिसलता है। इसलिए आपको हमेशा चौकस रहना है।

इस मुक्ति के लिए सिम्बॉल है- अमृत का प्याला।

प्याले में भरे अमृत को देखकर आपको संतुष्टि की याद आएगी। यह प्रतीक चिन्ह आपकी नकारात्मकता को अमृत में बदलने की शक्ति रखता है।

घालमेल से मुक्ति

चौथी आंतरिक यात्रा में दूसरी मुक्ति है, 'घालमेल से मुक्ति'। घालमेल का अर्थ है- अस्त-व्यस्त, बेतरतीब। आप देखते हैं, घरों में चीज़ें कैसे बेतरतीब पड़ी रहती हैं। काम की हों या बेकाम की, इधर-उधर बिखरी पड़ी रहती हैं। यह नज़ारा अकसर घरों में देखा जाता है। अर्थात उन घरों की स्पेस में घालमेल मची हुई होती है।

यह तो हुई बाहर के घर की घालमेल। आपका एक घर बाहर है और एक घर अंदर है। **मन में शंका, दुविधा, तुलना, ईर्ष्या, लालच के विचारों के कोलाहल को कहते हैं- भीतर की घालमेल।** आपको दोनों घालमेल से मुक्ति पानी है।

हम दीवारों से बने मकान को घर कहते हैं। गहराई से मनन करें कि किसी घर की दीवारें काम की होती हैं या इन दीवारों के बीच जो खाली स्थान है, वह काम का होता है? वास्तव में हम घर की चार दीवारों का नहीं बल्कि उसके अंदर जो खाली स्थान है, उसका उपयोग करते हैं। दीवारों के कारण उस खाली स्थान को एक आकार मिलता है, जिसे हम घर कहते हैं। यदि सभी दीवारें हटा दी जाएँ तो क्या बचेगा? सिर्फ स्पेस ही स्पेस...। अर्थात इस ब्रह्मांड में चारों तरफ स्पेस ही स्पेस भरी है। बीच में जो दीवारें हैं, इंसानों, पेड़-पौधों, जानवरों, नदी-नालों, पहाड़ों की, ये सब ईश्वर की रचनात्मकता है। इससे केवल स्पेस का विभाजन होता है और ईश्वर का खेल आगे बढ़ता है।

इंसान कहता है, 'स्पेस नहीं है... स्पेस नहीं है...।' अब आप समझ सकते हैं कि आप स्पेस को ढूँढ़ने निकलेंगे तो स्पेस के अलावा कुछ भी नहीं मिलेगा। हमेशा ध्यान रहे कि इंसान स्पेस का ही उपयोग करता है। जैसे आप कार में जाते हैं तो कार में जो स्पेस होती है, उसकी वजह से आप बैठ पाते हैं। मटके में स्पेस नहीं होगी तो क्या होगा? क्या आप ऐसा मटका खरीदकर लाएँगे जो अंदर से खाली न हो? नहीं न! क्योंकि आप मटके के भीतर की स्पेस का उपयोग करते हैं।

इसी तरह इंसान अपने हर क्रियाकलाप, रचनात्मकता के लिए स्पेस का ही उपयोग करता है। इंसान की मनोवृत्ति, सोच उस स्पेस की शुद्धता निर्धारित करती है। यदि यह स्पेस घालमेल (विकारों) से भरी हो तो इंसान की क्षमता कम हो जाती है। घालमेल से मुक्ति के लिए कहें- **'गुड नाईट रीयल होम'**

रात सोने से पहले आप घर के सदस्यों को गुड नाईट कहते हैं न!! अब से अपने घर को भी गुड नाईट कहें। कहें, **'गुड नाईट डीयर होम, गुड नाईट रीयल होम।'** डीयर होम अर्थात बाहर के घर के अंदर की स्पेस।

रीयल होम अर्थात आपके शरीर रूपी घर के अंदर की स्पेस। अपने चारों तरफ देखते हुए कहें, 'गुड नाईट रीयल होम'। जब आप किसी से गुड नाईट कहते हैं तो उससे हाथ मिलाते हैं या फिर उसे गले लगाते हैं। आप स्पेस को कैसे गले लगाएँगे, उससे कैसे हाथ मिलाएँगे? उसका तरीका यह है कि आपके आस-पास पड़ी बिखरी चीज़ों को उठाकर उनकी जगह पर रखें। हर चीज़ को अपने ड्रॉवर में जाने दें। दिनभर में जो घालमेल हो गया है, उसे थोड़ा ठीक करें और सो जाएँ। कभी आप बहुत थके हुए हों, उस समय नहीं किया तो चलेगा मगर कोशिश यह हो कि स्पेस को गुड नाईट कहने की आदत डालें। बाहर की कृति अंदर से तालमेल बिठाने का प्रतीक

है। बाहर यदि वस्तुएँ बेतरतीब हैं तो अंदर भी वही होने लगता है। जो बाहर होता है, वही अंदर होता है।

आदत का सही उपयोग

आप अपना टूथ ब्रश हमेशा निश्चित जगह पर रखते हैं, हैं न!! सुबह उठकर कभी आपको ब्रश और पेस्ट ढूँढ़ना नहीं पड़ता। फिर बाकी चीज़ों के साथ ऐसा क्यों नहीं हो सकता? कुछ बातें आप करते हैं क्योंकि वे आप सीख चुके हैं। कुछ बातें आपको सीखनी हैं।

इसी तरह दो शब्दों के बीच में स्पेस होती है। दो पंक्तियों के बीच में भी स्पेस होती है। पुस्तक पढ़ते हुए आप इसका अनुभव कर सकते हैं, हैं न!! क्या कहा, 'स्पेस है'! तो हमेशा इस 'है' के भाव में रहें। 'है' में रहेंगे तो धन्यवाद के भाव में ही रहेंगे। स्पेस है इसलिए धन्यवाद... स्पेस है इसलिए धन्यवाद...।

जब आप भीड़ में चलते हैं तो पहले देखते हैं कि आगे जाने के लिए स्पेस किधर है? आपका सारा ध्यान स्पेस पर ही लगा रहता है। इसका अर्थ है आपको स्पेस पर ध्यान देना आता है, ब्रश और पेस्ट को सही जगह पर रखना आता है। इसके लिए आपको ट्रेनिंग नहीं देनी पड़ती। बस, तो जो आपको आता ही है, सिर्फ उसका सही उपयोग करें।

घालमेल से मुक्ति के लिए सिम्बॉल दिया गया है- एमटी डायमंड... खाली हीरा...। यह प्रतीक है स्वच्छ खालीपन का। यह डायमंड अंदर से खाली है। चित्र में देखें कि यह कैसे चमक रहा है! उसके भीतर स्पेस है। जब आप इस पर त्राटक ध्यान करेंगे तो इस समझ के साथ करें कि यह एमटी डायमंड है और यह मुझे उसके अंदर की स्पेस याद दिला रहा है। और अंदर की स्पेस, घालमेल से मुक्ति की याद दिला रही है।

सिंदबाद की चौथी यात्रा में आपने जाना कि उसके बाहरी जीवन में कितनी घालमेल थी। लेकिन सत्राह पर चलते हुए उसने उसे भीतरी शांति के लिए निमित्त बनाया।

खण्ड 5

कूट लेखन और अनबन से मुक्ति
गुरु की शिक्षाओं और भक्ति से युक्ति

अध्याय 1

सिंदबाद जहाज़ी की पाँचवीं समुद्री यात्रा

सिंदबाद की प्रत्येक साहसिक यात्रा एक से बढ़कर एक रोमांचक थी। हर यात्रा का वर्णन सुनकर हिंदबाद के मन में अगली यात्रा के प्रति उत्सुकता और गहरी हो जाया करती थी। अगले दिन पाँचवीं यात्रा सुनने के लिए हिंदबाद सिंदबाद की कोठी पर जा पहुँचा। सिंदबाद ने मुस्कराते हुए उसे कक्ष में बिठाया। कुछ ही देर में उसके अन्य मित्र भी आ गए। सबके बीच में बैठकर सिंदबाद ने आगे की यात्रा का किस्सा खोला—

सिंदबाद ने कहा कि मेरी दशा विचित्र सी थी। चाहे जितनी मुसीबत पड़े, मैं कुछ दिनों के आनंद के बाद उसे भूल जाता था और नई यात्रा के लिए मेरे तलवे खुजाने लगते थे। इस बार भी यही हुआ। इस बार मैंने अपनी इच्छानुसार यात्रा करनी चाही। चूँकि कोई कप्तान मेरी निर्धारित यात्रा पर जाने को राजी नहीं हुआ इसलिए मैंने खुद ही एक जहाज़ बनवाया। जहाज़ भरने के लिए सिर्फ मेरा माल ही काफी नहीं था इसीलिए मैंने अन्य

व्यापारियों को भी उस पर चढ़ा लिया और हम अपनी यात्रा के लिए गहरे समुद्र में आ गए।

कुछ दिनों में हमारा जहाज़ एक निर्जन टापू पर जा लगा। वहाँ रुख पक्षी का एक अंडा रखा था जैसा कि पहले की यात्रा में मैंने देखा था। मैंने अन्य व्यापारियों को उसके बारे में बताया। वे उसे करीब से देखने के लिए उसके निकट पहुँचे। अंडे में से बच्चा निकलने ही वाला था। जब ज़ोर की ठक-ठक की आवाज़ के साथ बच्चे की चोंच अंडा तोड़कर बाहर निकली तो व्यापारियों को सूझा कि क्यों न अंडे में से निकलनेवाले बच्चे को भूनकर खाया जाए। सो वे कुल्हाड़ियों से अंडा तोड़ने लगे। मेरे लाख मना करने पर भी वे न माने और बच्चा निकालकर उसे काट-भूनकर खा गए।

कुछ ही देर में चार बड़े-बड़े बादल हमारी ओर आते हुए दिखाई दिए। मैंने पुकारकर कहा कि 'जल्दी से जहाज़ पर चलो, रुख पक्षी आ रहे हैं।' हम जहाज़ पर पहुँचे ही थे कि बच्चे के माता-पिता वहाँ आ गए और अंडे को टूटा और बच्चे को मरा देखकर क्रोध में भयंकर चित्कार करने लगे। कुछ देर में वे उड़कर चले गए। हमने तेज़ी से जहाज़ एक ओर भगाया ताकि रुख पक्षियों के क्रोध से बच सकें किंतु कोई लाभ नहीं हुआ। कुछ ही देर में रुख पक्षियों का एक पूरा झुंड हमारे सिर पर आ पहुँचा। उनके पंजों में विशालकाय चट्टानें दबी थीं। उन्होंने हम पर चट्टानें गिराना शुरू किया। एक चट्टान जहाज़ से थोड़ी दूर पर आ गिरी और उससे पानी इतना उथल-पुथल हुआ कि जहाज़ डगमगाने लगा। दूसरी चट्टान जहाज़ के ठीक ऊपर गिरी और जहाज़ के टुकड़े-टुकड़े हो गए। सारे व्यापारी और व्यापार का माल जलमग्न हो गया। मुझे ही प्राण रक्षा का अवसर मिला और मैं लकड़ी के एक तख्ते का सहारा लेकर किसी तरह एक टापू पर जा पहुँचा।

तट पर कुछ देर तक सुस्ताने के बाद मैं घूम-फिरकर देखने लगा कि क्या किया जा सकता हैं। मैंने देखा कि वहाँ सुंदर फलों के कई बाग हैं। कई पेड़ों के फल कच्चे थे किंतु बहुत से फल पके और मीठे थे। कई जगह मैंने मीठे पानी के स्रोत देखे। पहले मैंने पेट भरकर पके फल खाए और एक स्रोत से पानी पीया। रात हो चली थी इसीलिए मैं एक जगह पर सोने के इरादे से लेट गया। किंतु मुझे नींद नहीं आई। निर्जन स्थान का भय भी था और अपने दुर्भाग्य पर दुःख भी था। मैं रो-रोकर स्वयं को धिक्कारता रहा कि आजीवन सुख और ऐश्वर्य के साथ रह सकने इतनी धन-दौलत होने पर भी मैंने यात्रा करने की मूर्खता क्यों की!! कभी यह भी सोचने लगता था कि इस द्वीप से किस तरह निकलकर बाहर जाया जा सकता है।

इतने में सवेरा हो गया। मैं अपनी उधेड़ बुन को छोड़कर उठ खड़ा हुआ और फलवाले पेड़ों को घूम-घूमकर देखने लगा। कुछ ही देर में मैंने देखा कि वहाँ किनारे एक बूढ़ा बैठा है। वह बहुत कमज़ोर लग रहा था और मालूम होता था कि उसकी कमर से नीचे का भाग पक्षाघात ग्रस्त है। पहले मैंने सोचा कि यह भी मेरी तरह कोई भूला-भटका यात्री है, जिसका जहाज़ डूब गया है। मैंने उसके समीप जाकर उसे अभिवादन किया। उसने कुछ उत्तर नहीं दिया, केवल सिर हिलाया।

मैंने उससे पूछा कि 'तुम क्या कह रहे हो?' उसने मुझे संकेत में बताया कि 'वह चाहता है कि मैं उसे अपने कंधों पर बिठाकर नहर पार करा दूँ।' मैंने सोचा कि शायद वह उस पार लगे पेड़ों के फल तोड़कर खाना चाहता है। मैंने उसे अपनी गरदन पर चढ़ा लिया।

नहर के पार जाकर मैंने बूढ़े को अपने कंधों पर से उतारना चाहा तो वह मरियल सा लगनेवाला बूढ़ा एकदम से शक्तिवान हो गया। उसने मेरी गरदन के चारों ओर अपने पाँव इतने ज़ोर से लपेटे कि मेरा दम घुटने लगा। मेरी आँखें बाहर निकलने को हुईं और मैं अचेत होकर गिर पड़ा। फिर उसने पाँव की पकड़ ढीली की, जिससे मैं साँस लेने लगा और मुझे कुछ देर में होश आ गया। अब बूढ़े ने मुझे उठने का इशारा किया और मेरे न उठने पर उसने एक पाँव मेरे पेट में गड़ाया और दूसरा मुँह पर दे मारा। अब मैं उसकी बात मानने पर विवश हो गया। मैं उसे लिए घूमने लगा। वह पेड़ों के नीचे मुझे ले जाता, फल तोड़ता, खुद खाता और कुछ मुझे भी खाने को दे देता।

रात होने पर मैं लेटने की तैयारी करने लगा। बूढ़ा अब भी मेरी गरदन से नहीं उतरा। मैं वैसे ही अपनी गरदन के चारों ओर उसके पाँवों का घेरा लिए हुए लेट गया और सो गया। वह भी इसी दशा में सो गया। सुबह उसने ठोकर मारकर मुझे जगाया और उसी तरह मुझ पर सवार होकर सारे द्वीप में मुझे घुमाता रहा। मैं क्रोध और दुःख से अधमरा हो गया किंतु कुछ नहीं कर पा रहा था क्योंकि वह मुझे एक क्षण के लिए भी नहीं छोड़ता था और रुकने पर एड़ियों से ठोकरे मारता था, जिससे मुझे अति कष्ट होता था।

एक दिन मैंने वहाँ पर कद्दू के सूखे खोल पड़े देखे। मैंने उन्हें साफ किया और उनमें पके अंगूरों का रस निचोड़कर भर दिया। कुछ दिनों बाद फिर घूमता हुआ वहाँ गया तो देखा कि रस से खमीर उठ गया है और वह मदिरा बन गया है। मैं बहुत कमज़ोर हो गया था इसीलिए स्वयं को शक्ति देने के लिए मैंने यह उपाय किया था।

थोड़ी सी शराब पीते ही मुझमें शक्ति का संचार हुआ। मैं तेज़ी से चलने लगा और गाने भी लगा। बूढ़े को यह देखकर आश्चर्य हुआ। उसने मुझे इशारे से कद्दू के भीतर रखी शराब देने के लिए कहा।

मैं तो दो-चार घूँट ही लेता था। उसे थोड़ी मदिरा पीकर आनंद आया तो वह एकदम से पूरे कद्दू की शराब पी गया। इससे उसे तेज़ नशा चढ़ गया। वह गाने... झूमने और डगमगाने लगा। जैसे ही मेरी गरदन पर उसकी पकड़ ढीली हो गई, वैसे ही मैंने उसे पृथ्वी पर पटक दिया। उसके गिरते ही मैंने एक पत्थर से उसका सिर कुचल-कुचलकर उसे मार डाला। मुझे उसकी पकड़ से छूटकर बड़ा सुख मिला और मैं समुद्र तट पर आ गया।

संयोग से उसी समय एक जहाज़ के कुछ लोग मीठा पानी भरने के लिए उस द्वीप में उतरे। उन्हें मेरी कहानी सुनकर बड़ा आश्चर्य हुआ। उन्होंने पूछा, 'क्या तुम सचमुच इस बूढ़े के हाथ लगे थे? इसने तो न जाने कितनों को इसी तरह दौड़ाकर और गला घोंटकर मार डाला है। उसके हाथ से कोई नहीं बचा। तुम वास्तव में बहुत भाग्यशाली हो। इस द्वीप के अंदर कोई नहीं जाता, सभी इससे भय खाते हैं।' फिर वे मुझे अपने जहाज़ पर ले आए। कप्तान ने भी मेरा हाल सुनकर मुझ पर दया की और बगैर किराए के पूरी सुविधा के साथ मुझे ले चला। यात्रा के दौरान एक बड़े व्यापारी से मेरी गहरी मित्रता हो गई।

एक अन्य द्वीप पर पहुँचकर उस व्यापारी ने अपने कई नौकर ज़मीन पर भेजे और मुझे एक टोकरा देकर कहा, 'इनके साथ चले जाओ और जैसा यह करें वैसा ही तुम भी करना और इनसे अलग नहीं होना वरना बड़ी मुसीबत में फँस जाओगे।' मैं सब आदमियों के साथ टापू पर उतर गया। द्वीप पर नारियल के बहुत से पेड़ थे किंतु वे इतने ऊँचे थे कि उन पर चढ़ना असंभव लगता था। वहाँ बहुत-से बंदर भी थे। वे हमारे डर से तुरंत पेड़ों पर चढ़ गए। अब मेरे साथियों ने आस-पास पड़े ढेले-पत्थर जमा किए और बंदरों पर फेंकने लगे। मैंने भी ऐसे ही किया। बंदर क्रोध में आकर नारियल तोड़-तोड़कर हम लोगों के सिरों पर फेंकने लगे। कुछ ही देर में सारी ज़मीन पर नारियल बिछ गए। हम लोगों ने अपने टोकरे नारियलों से भर लिए। मैं इस प्रकार नारियल प्राप्त होने पर आश्चर्य में पड़ गया। फिर मैं उन लोगों के साथ शहर में आया जहाँ नारियल अच्छे दामों में बिक गए।

व्यापारी ने नारियलों की कीमत में से मेरा हिस्सा देकर मुझे कहा, 'तुम रोज़ इसी तरह जाकर नारियल जमा किया करो और उनसे जो पैसा मिले उसे बचाते

जाओ। कुछ दिनों में तुम्हारे पास इतना धन इकट्ठा हो जाएगा कि तुम आसानी से अपने देश वापस जा सकोगे।' मैंने उसकी बात मान ली और कई दिनों तक इसी तरह नारियल बेचता रहा। अंततः मेरे पास इस सौदे से पर्याप्त धन इकट्ठा हो गया।

मैं अपनी नारियल की खेप लेकर दूसरे द्वीपों में गया। वहाँ मैंने नारियल बेचकर काली मिर्च और चंदन खरीदा। इसके अतिरिक्त कई अन्य व्यापारियों की सलाह से मैं समुद्र से मोती निकलवाने की योजना में उनका भागीदार बन गया। मेरे गोताखोरों ने बहुत से बड़े और सुडौल मोती निकाले। इसके बाद मैं एक जहाज़ से बसरा बंदरगाह आ गया। वहाँ पर मैंने काली मिर्च, चंदन और मोतियों को बेचा तो मेरी आशा से कहीं अधिक लाभ हुआ। मैंने उसका दसवाँ भाग दान में दे दिया और अपनी सुख-सुविधा की वस्तुएँ खरीदकर बगदाद में अपने घर आ गया।

पाँचवीं यात्रा का वृत्तांत सुनाकर सिंदबाद ने हिंदबाद को फिर चार सौ दीनारें दीं और उसे तथा अन्य मित्रों को विदा करके, अगले दिन फिर नई यात्रा का वृत्तांत सुनने के लिए आमंत्रित किया।

हिंदबाद मनन करते हुए अपने घर के लिए लौटा कि सिंदबाद में ऐसा कौन सा जज़्बा है, जो उसे नित नई यात्रा करने को प्रेरित करता है।

अध्याय 2

आपकी पाँचवीं साहसी यात्रा
रेतीला और बर्फीला रास्ता

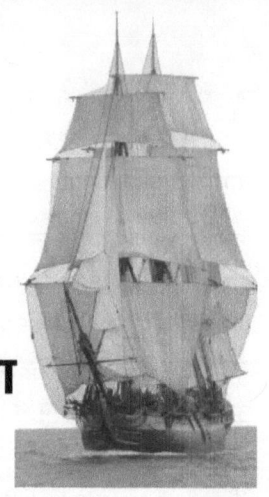

अपनी पाँचवीं साहसिक यात्रा में सिंदबाद ने कूट लेखन से मुक्ति प्राप्त की। साथ ही अपने भीतर चलनेवाली अनबन से भी वह मुक्त हुआ। सत्राह की राह में ये दोनों मुक्तियाँ आपकी राह तक रही हैं। **अतः अपने मस्तिष्क में नई आदतें बनाकर नया न्यूरोपाथ रचें। यह नया न्यूरोपाथ आपको भीतरी अनबन से मुक्ति दिलाएगा।** नई आदतें अपनाते हुए अपनी यात्रा ज़ारी रखें, यह आपको क्षितिज की ओर ले जाएगी। आइए, जानते हैं कि पाँचवीं यात्रा में सिंदबाद ने किस तरह कूट लेखन और अनबन से मुक्ति प्राप्त की।

कहानी में सिंदबाद के साथी रुख नामी पक्षी का अंडा फोड़ते हैं। सिंदबाद ने अपने साथियों को इशारा भी किया पर उन्होंने उसकी एक न सुनी और कुल्हाड़ी से अंडा तोड़कर बच्चे को भूनकर खा गए। लेकिन वे रुख पक्षियों के क्रोध से बच न सके और अपने प्राण गँवा बैठे। इंसान के साथ भी कुछ ऐसा ही होता है। उसके भीतर

भोजन की वासना इतनी तीव्र होती है कि स्वाद के आगे उसका धीरज फीका पड़ जाता है। कोई आगाह करे फिर भी वे उसे अनदेखा करते हैं। बाद में वे अपनी वृत्ति (गलत आदत) के इस कदर गुलाम बन जाते हैं कि पछताने के सिवाय कुछ नहीं बचता।

कहानी में लाचार-बीमार बूढ़ा छोटे-छोटे नकारात्मक विचारों का प्रतीक है। कई बार इंसान छोटे से लगनेवाले नकारात्मक विचारों को भीतर घुसने देता है, यह सोचकर कि ये हमारा क्या बिगाड़ लेंगे। लेकिन ये छोटे क्यूट बच्चे इंसान की गरदन पर बैठकर उसे दबोचने की ताकत रखते हैं। **जिस तरह सिंदबाद के कंधे पर बिठाते ही मरियल सा लगनेवाला बूढ़ा एकदम शक्तिवान हो गया, वैसे ही छोटे से लगनेवाले विचार कब बलवान बन जाते हैं, इंसान को पता ही नहीं चलता।** फिर ये अपना प्रभाव ऐसा जमाते हैं कि इंसान अपनी मूल आनंदी अवस्था (सेल्फ) से कोसों दूर चला जाता है, चिंताओं में फँस जाता है और चाहकर भी इस चक्र से बाहर नहीं निकल पाता। कहानी में जिस तरह बूढ़े ने रात में भी सिंदबाद की गरदन के चारों ओर पाँवों को लपेट रखा था, उसी तरह रात को सोते समय भी विचार इंसान का पीछा नहीं छोड़ते, उसके साथ चिपके रहते हैं। अब तक जो सेल्फ शरीर को चलाता था, उसकी जगह विचार शरीर को चलाने लगते हैं। **सेल्फ जो मालिक था, नौकर बन बैठता है और मन जो नौकर था, मालिक बन बैठता है।**

इंसान खुद अपने तोलूमन से तंग आ चुका है और वह उससे पीछा छुड़ाना चाहता है लेकिन अब उसके संस्कार इतने गहरे हो जाते हैं कि मिटाए मिटते नहीं। आदतें इतनी पुरानी हो जाती हैं कि छुड़ाए छूटती नहीं। वह आदतों का इतना गुलाम हो जाता है कि उनके बिना उसे चैन भी नहीं आता। वह समझ जाता है कि वह तोलू की कैद में गिरफ्त हो चुका है।

अपने अज्ञान का ज्ञान होना, ज्ञान प्राप्ति की ओर पहला कदम है। कहानी में बूढ़े ने सिंदबाद को बहुत कष्ट और पीड़ा पहुँचाई। इस कारण सिंदबाद को बूढ़े से मुक्ति की ऐसी लगन लगी कि उसके सामने विकल्प आ ही गया। इसी तरह इंसान जब माया की दुनिया में ठोकरे खाता है तो सत्य जानने के प्रति उसकी प्यास बढ़ जाती है तब ज्ञानरूपी जल खुद चलकर उसके पास आता है। कहानी में सिंदबाद ने शराब का सहारा लिया अर्थात **खोजी जब सत्य श्रवण का सेवन करने लगता है तब धीरे-धीरे उसे अपने ही मन के बारे में स्पष्टता मिलती है।** मन कैसे कार्य करता है, इसका खुलासा होता है और जैसे-जैसे खोजी ज्ञान का जल प्राशन करता है, वैसे-वैसे गरदन पर कसी विचारों की पकड़ ढीली पड़ जाती है। उसे कुछ करना नहीं

पड़ता, तोलू खुद ही एक दिन गिर जाता है और इंसान मोक्ष प्राप्त करता है।

पाँचवीं यात्रा में सिंदबाद ने भीतर की अनबन से भी मुक्ति प्राप्त की। जब भी यात्रा में भीषण परेशानियाँ आतीं, सिंदबाद हमेशा स्वयं को कोसता कि क्यों सुविधाभरी ज़िंदगी को छोड़कर वह ऐसी दुरुह (अगम्य) यात्राओं पर चला आता है? क्या ज़रूरत है इतना जोखिम उठाने की? बूढ़े द्वारा सताए जाने पर भी यही दुविधा उसके मन में छा गई। तब उसने खुशी मैट्रिक्स का ध्यान किया। अर्थात ऐसे समय वह इस बात पर फोकस करता कि इन सारी जोखिमों को पार करके कैसी खुशी प्राप्त होती है!! **अपना फोकस खुशियों पर रख पाने के कारण सिंदबाद अपने मन को भीतरी अनबन से मुक्त रख सका और ऐसी दुर्गम यात्राएँ कर सका।**

अब तक की सिंदबाद की यात्राओं में आपने पढ़ा कि हर यात्रा में असंख्य अवरोधों के बावज़ूद भी अंत में उसे अपने देश जाने के लिए जहाज़ मिल ही जाता है। वह हर कठिनाई से उबरकर वापस सही-सलामत अपने घर पहुँच जाता है। **यदि साहस, हिम्मत और खोज का जज़्बा दिल में लिए यात्रा की तो सारी कायनात आपकी सहायता में जुट जाती है। तो क्यों न सत्य की खोज के लिए वह जज़्बा दिल में संजोया जाए!! फिर क्षितिज (मंज़िल) दूर नहीं, बहुत करीब प्रतीत होगा।**

अध्याय 3

कूट लेखन और अनबन से मुक्ति के उपाय
कलर मैट्रिक्स ध्यान

आपकी पाँचवीं साहसिक यात्रा में जो दो मुक्तियाँ आपकी राह देख रही हैं, वे हैं- कूट लेखन और अनबन से मुक्ति। आइए, जानते हैं कि कूट लेखन क्या है।

हमारे ब्रेन में बचपन से ही कुछ रिकॉर्ड किया गया है, एनकोड किया गया है। किसी भी वस्तु, व्यक्ति या स्थिति के संदर्भ में ब्रेन में जैसी कोडिंग की गई है, उसी के अनुसार हम व्यवहार करते हैं या सोचते हैं। यदि कोडिंग गलत हो तो इंसान की सोच भी गलत हो जाती है। जीवन के प्रति इंसान का नज़रिया उस एनकोडिंग के अनुसार ही होता है। इसे हिन्दी में कूट लेखन कहते हैं। यदि इंसान इस गलत कूट लेखन से मुक्त हो जाए तो वह अचानक स्वयं में एक परिवर्तन महसूस करता है। उसकी सोच का दायरा असीम हो जाता है और उसे हर क्षेत्र में चमत्कारिक परिणाम दिखाई दे सकते हैं।

अब जैसा कि बताया गया ब्रेन में पहले से एक

रास्ता बन चुका है। ऐसे में आप एक नया सिम्बॉल देकर, उस पर ध्यान करते हैं तो अचानक आप पाते हैं कि आपके ब्रेन का फ्रेम बदल गया अर्थात आपकी सोच बदल गई। ऐसे में **जैसा आपका विश्वास होता है, वैसा जगत् बन जाता है। वही दृश्य जो दुःख दे रहा था, अब आनंद देने लगता है।** अतः आपको अपने विश्वास को पहचानना होगा। खोजना होगा कि आपके कोर थॉट में ऐसा क्या है, जिसे बदलने की ज़रूरत है। आइए, एक उदाहरण से इसे समझते हैं।

एक इंसान के दो बेटे थे। वे हमेशा कहते, 'हमें दूध पाउडर से बना दूध पसंद नहीं है, हम उसे नहीं पीएँगे।' एक दिन पिताजी ने उन्हें समझाते हुए कहा, 'बेटे, आप पीकर तो देखिए, दोनों के स्वाद में ज़्यादा फर्क नहीं है।' मगर बच्चे अपनी ज़िद पर अड़े रहे। फिर पिताजी ने एक प्रयोग किया- एक दिन दो गिलास में दूध डालकर उन्होंने अपने दोनों बेटों को बुलाकर कहा, 'मैं दो गिलास दूध लाया हूँ, एक में गाय का दूध है और दूसरे में दूध पाउडर से बना दूध। आप दोनों एक-एक करके दूध पीकर बताओ कि कौन सा पाउडरवाला और कौन सा गाय का है?'

बड़े बेटे ने बारी-बारी पहले और दूसरे गिलास का दूध चखकर बताया, 'पहले गिलास का दूध गाय का है और दूसरे गिलास का दूध पाउडरवाला है।' छोटे बेटे ने भी दोनों गिलास का दूध पीकर देखा और अपने बड़े भाई के कहने पर मुहर लगा दी। पिताजी ने पूछा, 'क्या यह पक्का जवाब है? लॉक कर दिया जाए?' दोनों बेटों ने 'हाँ' कहा। अब पिताजी ने हँसते हुए रहस्य खोला- 'घर में रखा मिल्क पाउडर तो कबका खत्म हो चुका है। दोनों गिलासों में गाय का दूध ही है।'

चूँकि बच्चों को यह विचार दिया गया था कि किसी एक गिलास में पाउडर का दूध है। इस विचार ने काम किया और बच्चों ने एक गिलास के दूध को पाउडरवाला दूध बताया।

कोर विचार का असर

इंसान का विश्वास जैसा होता है, वैसा उसके मस्तिष्क का फ्रेम बन जाता है और उसे वैसे परिणाम मिलते हैं। ऐसे कई छोटे-छोटे प्रयोग करके देखे गए, जिससे विश्वास के अनुसार परिणाम दिखाई देते हैं। एक बार एक इंसान की ब्लड रिपोर्ट किसी बीमार इंसान की ब्लड रिपोर्ट से बदल दी गई। स्वस्थ इंसान अपनी रिपोर्ट में ज़्यादा शर्करा की मात्रा देखकर घबरा गया। उसके विचार उसी दिशा में चलने लगे कि हो न हो मुझे डायबिटीज की बीमारी लग गई है। इस सोच के बाद दो महीने के अंतराल में उसने फिर से चेकअप कराया तो सच में उसकी रिपोर्ट में शर्करा की मात्रा

ज़्यादा आई। तब उसे बताया गया कि 'पिछली बार उसकी रिपोर्ट की अदला-बदली की गई थी। वास्तव में उसके रक्त शर्करा की मात्रा बढ़ी नहीं थी।' इतना सुनना था कि उसके विचार बदल गए और अगली बार उसकी रिपोर्ट नॉर्मल आई।

उपरोक्त उदाहरण से आप समझ सकते हैं कि **आपका विश्वास अपने आपमें चमत्कार कर सकता है।** यह आपके फ्रेम को बदल देता है।

अतः ब्रेन में जो कोडिंग हो चुकी है, जो कूट लेखन हो चुका है, उसे बदलना है। इसके लिए मार्ग है– जप और ध्यान का मार्ग। कुछ बातें हमें जपनी पड़ती हैं, बार-बार बोलनी पड़ती हैं। इस जप से, ध्यान से ब्रेन को नया कोडवर्ड मिलता है। आज आपको इस पुस्तक के माध्यम से नए कोडवर्ड्स दिए जा रहे हैं। **अब तक आपको जो सांकेतिक चित्र दिए हैं, वे कोडपिक्चर्स हैं। इनके अंदर एक कोड लैंग्वेज छिपी है। इसे पहचानकर अपने अंदर जाने दें और चमत्कार के साक्षी बनें।**

कूट लेखन से मुक्ति का रास्ता है, रेतीला। पिरॅमिड से गुज़रनेवाला रेतीला रास्ता। रेगिस्तान में कैसे रेत के पिरॅमिड बनते हैं। ये पिरॅमिड आपको याद दिलाएँ प्रेयर और मेडिटेशन की। कूट लेखन से मुक्ति पाने के लिए आपको अपनी प्रार्थना का और ध्यान करना है। ध्यान करना है जाग्रति का, गुरु की शिक्षाओं का।

गलत कूट लेखन से मुक्ति का उपाय–होश और शिक्षा पर भार डालें

कूट लेखन से मुक्त होकर जीवन में खुशियाँ लाने के लिए आपको सजगता और गुरु के ज्ञान पर पूरा भार डालना है, गुरु की शिक्षाओं से युक्ति करनी है। जैसे कुछ लोग पैसे को देवता मान लेते हैं। उनका विश्वास होता है कि पैसा ही सब कुछ है। वे अपना पूरा भार धन पर डालते हैं अर्थात वे मानते हैं कि पैसा ही मेरी हर समस्या को सुलझाएगा।

कुछ लोगों ने पूरा भार परिवार और रिश्तेदारों पर डाल रखा है। उनका मानना है कि ये रिश्तेदार मेरी तकलीफें दूर करेंगे। उन्होंने ऐसा सहयोग किया तो मैं खुश रहूँगा वरना मैं दुःखी रहूँगा। ऐसे लोग अपनी खुशी का पूरा भार दूसरों पर डालकर चलते हैं।

कुछ लोगों ने दवाओं को अपना तारणहार मान रखा है। वे सोचते हैं, 'फलाँ-फलाँ दवाएँ मिलेंगी तो ही मैं ठीक रहूँगा वरना बीमार पड़ जाऊँगा।' इनका पूरा भार दवाओं पर है।

कुछ लोगों ने तो अपनी खुशियों का सारा भार ज्योतिषियों पर डाल रखा है।

ऐसा आपको बिलकुल नहीं करना है। ऐसे लोग ज्योतिषियों द्वारा सुझाए गए उपाय या कर्मकाण्ड करने में ही अपना मंगल समझते हैं। उनके लिए ज्योतिषी सब कुछ हैं।

कुछ लोगों ने अपना भार विभाजित किया हुआ है। धन, दवा, रिश्तेदार और ज्योतिषी। आप इन पर भार डाल सकते हैं पर एक सीमा तक। बाकी भार सजगता और ज्ञान पर डालें। **मन में यह विश्वास जगाएँ कि सजगता मेरी समस्या सुलझाएगी।** साथ ही गुरु की शिक्षाओं पर भार डालें।

पैसा, दवा, रिश्तेदारों पर भार डालें मगर इतना भी नहीं कि यही सब कुछ हो जाए। जब कुछ ही जगहों पर भार डाला जाता है तो इमारत गिर सकती है या टेढ़ी हो सकती है। अतः आपको संतुलन साधना है। इसलिए भार को विभाजित करें। सभी पर थोड़ा-थोड़ा भार डालें।

अनबन से मुक्ति

पाँचवीं यात्रा में सिंदबाद ने एक और मुक्ति प्राप्त की- **अनबन से मुक्ति।** अनबन का अर्थ तो आप जानते ही हैं। आए दिन आपकी किसी न किसी से अनबन होते रहती है। कभी रिश्तेदारों से, कभी मित्रों से, कभी बॉस से तो कभी सास से। यह हुई बाहर की अनबन। एक अनबन है, जो भीतर चलती है। **अंदर की अनबन अर्थात दुःख, दर्द, अस्वीकार।**

अनबन से मुक्ति पाने का मार्ग है 'भक्ति से युक्ति' और रास्ता है 'बर्फीला'। आपको भक्ति मार्ग पर चलते हुए रास्ते की बर्फ को पिघलाना है। इस जीवन की यात्रा में इंसान कई तरह की पीड़ाओं को झेलता है। ये पीड़ाएँ इंसान के भीतर दर्द बनकर जम जाती हैं, इसे पिघलाना है। लोगों के साथ अनबन जम जाती है, उसे पिघलाना है, उनके साथ तालमेल बिठाना है।

अंदर की अनबन से मुक्ति पाने के लिए आपको रंगों का इस्तेमाल करना है। इसके लिए सिम्बॉल है- कलर मैट्रिक्स और कलर मैट्रिक्स के बीच में है हारमोनियम।

यह कोड चित्र है। इसमें विभिन्न रंग दिखाई दे रहे हैं और उसके बीच में हारमोनियम बना है। आप रिश्तों में हारमनी चाहते हैं न! तो यह सिम्बॉल है, रिश्तों में हारमनी का। आपके दिल का हारमोनियम बजे और ये रंग रिश्तों की अनबन के साथ आपके अंदर की अनबन को भी मिटाए।

आइए, इस कलर मैट्रिक्स के द्वारा अब हम एक प्रयोग करेंगे।

आपको ऐसे तीन रंगों के बारे में सोचना है, जो आपको सबसे ज़्यादा पसंद हैं। इन तीन पसंदीदा रंगों (टॉप थ्री कलर्स) के बाद उतरते क्रम में अगले तीन रंगों को सोचना है। अर्थात जो पहले तीन रंगों से थोड़े कम पसंद हैं और अंत में बॉटम थ्री रंगों के बारे में सोचना है।

अब आपको आँखें बंद करके इन कलर्स का उपयोग करना है। आपके शरीर पर जब दर्द होता है या कोई इमोशन जागता है तो उस दर्द की जगह पर आपको अपना पसंदीदा रंग मन की आँखों से देखना (महसूस करना) है। इसी तरह आपके भीतर जब कोई नकारात्मक इमोशन जागे तो भी आपको इन रंगों का सहारा लेना है। कैसे! आगे जानते हैं।

आइए, अब अनबन से मुक्ति पाने हेतु 'कलर मैट्रिक्स' ध्यान करते हैं।

ध्यान विधि

१. एक बार ध्यान से कलर मैट्रिक्स का सिम्बॉल देखें।

२. अब रिलैक्स होकर, तीन बार लंबी साँस भरें।

३. आँखे बंदकर, इस तरह सीधे बैठें कि पीठ पर ज़्यादा तनाव न रहे।

४. अब सोचें कि आपको शरीर के किन भागों में दर्द की शिकायत रहा करती है? जैसे सिरदर्द, पेटदर्द, कमरदर्द, पीठदर्द या और कहीं। साथ ही यह भी सोचें कि उनमें से कौन सा दर्द सबसे ज़्यादा पीड़ा देता है?

५. अब अपने सबसे पसंदीदा रंग को सबसे गहरे दर्द के साथ देखें। आप खुद निश्चित करें कि किस दर्द के साथ आप कौन सा रंग चुनेंगे।

६. यदि आपके शरीर में घुटने का दर्द सबसे प्रमुख दर्द है तो घुटने में दर्द होते ही आपको अपना सबसे फेवरेट कलर चुनना है, इसके बाद यदि सिरदर्द का नंबर आता है तो आपको दूसरे रंग का इस्तेमाल करना है। इसी तरह अन्य दर्दों के साथ बाकी रंगों को लिंक करना है।

७. ठीक इसी तरह यह सोचें कि कौन से इमोशन आपको बार-बार तकलीफ देते हैं? वे कहाँ महसूस होते हैं? ये इमोशन शरीर के किस क्षेत्र को प्रभावित करते हैं? सीने पर या नाभि पर, नाभि के ऊपर या नाभि के नीचे, दाहिनी ओर या बाईं ओर, ये किधर उठते हैं?

८. अब जो इमोशन सबसे ज़्यादा दुःख देता है और जिस स्थान पर महसूस होता

है, वहाँ अपने फेवरेट रंग को देखें।

९. इसी तरह कम पीड़ा पहुँचानेवाले इमोशन्स में बॉटम थ्री रंगों को विजुअलाइज करें।

१०. आपके शरीर में इस वक्त कहाँ पर दुःख है, कहाँ पर दर्द है, इसकी जाँच करें। अब वहाँ पर आपने निश्चित किया रंग देखें। इस भाव के साथ देखें कि उस रंग में दर्द पिघल रहा है। आहिस्ता-आहिस्ता यह विलीन हो रहा है।

११. अब धीरे-धीरे अपनी आँखें खोलें।

आपको अपने साथ यह नई प्रोग्रामिंग करनी है। पुस्तक पढ़ लेने के बाद चाहे तो आप विस्तार से रंगों और दर्द के बारे में तय कर सकते हैं।

डिप्रेशन के शिकार लोगों के लिए तो यह रामबाण इलाज है। यह नई प्रोग्रामिंग आपको दर्द से बाहर निकलने में मदद करेगी। ये कुछ टूल्स हैं, जो आपके शरीर को प्रशिक्षण दे रहे हैं ताकि आप पृथ्वी पर बेहतरीन जीवन जी पाएँ।

अब आपने बर्फीला रास्ता पार कर लिया है और अनबन से मुक्त होने जा रहे हैं। लोगों को देखकर जब आपको तकलीफ हो तो यह बात याद रखें कि हरेक की अपनी यात्रा है। माँ-बाप अपने बच्चों के रवैये से दुःखी रहते हैं कि हमारे इतना बताने पर भी वे नहीं सुधर रहे हैं। लेकिन एक बात का ध्यान रखें कि हरेक की अपनी यात्रा है, हरेक का अपना रास्ता है, अपनी राह है। हरेक को अपने सार्थक सबक सीखने हैं, उसे सीखने दें। इस सोच के साथ ही आप निश्चिंत रह सकते हैं वरना आपका रास्ता खराब होने लगता है। इस तरह अनबन से मुक्ति पाकर, हारमोनियम से बजना सीखना है।

अकसर लोगों को विचार आता है कि 'बजाना' सीखना है। लेकिन **आपको बजाना नहीं बल्कि बजना सीखना है।** इस समझ के साथ कि ईश्वर बजा रहा है और हम बज रहे हैं। यह एक नई सोच है। हारमोनियम बजाते समय जब आप उँगली नीचे करते हैं तो लगता है कि हमने उँगली नीचे की। लेकिन यदि उँगली के बाहर से देखा जाए तो क्या कहा जाएगा कि बाहर से दबाव आया, उँगली नीचे हुई और हारमोनियम की 'की' (चाभी) दब गई। आपके हाथ हारमोनियम पर फिरते हैं तो आपका ध्यान इस बात पर होता है कि मैं बजा रहा हूँ। अब आपको क्या ध्यान करना है? मैं बजाया जा रहा हूँ... मैं बजाया जा रहा हूँ...।

अर्थात जीवन का हारमोनियम बजाना नहीं सीखना है बल्कि बजना सीखना है।

> खण्ड 6

फर्स्ट एनकाउंटर के प्रभाव और शक्तिहीनता से मुक्ति
ऊर्जा से युक्ति

> अध्याय 1

सिंदबाद जहाज़ी की छठवीं समुद्री यात्रा

अपनी छठवीं साहसिक यात्रा का किस्सा खोलते हुए सिंदबाद ने हिंदबाद और अन्य लोगों से कहना आरंभ किया- आप लोग अंदाज़ा लगा सकते हैं कि अब तक की यात्राओं में मुझ पर कैसी-कैसी मुसीबतें आन पड़ीं और साथ ही मुझे कितना धन प्राप्त हुआ। लेकिन मुसीबतें और दौलत दोनों ही मुझे जोखिम उठाने से रोक न सके। एक वर्ष बाद मुझ पर फिर यात्रा का उन्माद चढ़ने लगा।

एक दिन कुछ व्यापारियों के साथ मैं फिर यात्रा करने निकल पड़ा। इस बार बसरा से व्यापार के लिए ज़रूरत की चीज़ें लेकर मैं जहाज़ पर सवार हो गया। कप्तान की योजना तो लंबी यात्रा पर जाने की थी किंतु कुछ समय बाद वह रास्ता भूल गया। वह अपनी यात्रा पुस्तकों और नक्शों को देखते हुए करता था ताकि उसे यह पता चल सके कि वह निश्चित तौर पर कहाँ है। एक दिन वह पुस्तक पढ़कर रोने-चिल्लाने लगा। उसने अपनी

पगड़ी उतारकर फेंक दी और अपने बाल नोचने लगा। हमने पूछा, 'अरे! तुम्हें यह क्या हो गया है?' उसने कुछ देर में बताया, 'एक समुद्री धारा हमें बहाते हुए ले जा रही है, वह हमें एक तट पर ऐसा पटकेगी कि हमारा जहाज़ टूट जाएगा और हम सब उसी तट पर मर जाएँगे।' यह कहकर उसने जहाज़ के पाल उतरवा दिए लेकिन उससे कुछ नहीं हुआ। धारा के वेग से उछलकर जहाज़, पहाड़ी से जा टकराया और शीशे की तरह बिखर गया। चूँकि तट पर ही यह हुआ था इसीलिए हम लोग खाद्य सामग्री और अन्य सामान किनारे पर ले आए।

कप्तान ने कहा, 'भाग्य पर किसी का वश नहीं है। अब हम सब लोग एक-दूसरे के गले लगकर रो लें और अपनी-अपनी कब्रें खोद लें क्योंकि यहाँ से आज तक कोई भी बचकर नहीं गया है।' यह सुनकर हम लोग एक-दूसरे के गले लगकर रोने लगे। हमने देखा कि किनारे पर दूर-दूर तक जहाज़ों के टुकड़े और मानव कंकाल बिखरे पड़े थे। मालूम होता था कि हज़ारों यात्री वहाँ आकर मर गए हैं। चारों ओर उनके व्यापार की वस्तुएँ बिखरी पड़ी थीं।

उस पहाड़ पर बिल्लौर और लाल की खदानें थीं। पास ही कई नदियाँ एक स्थान पर मिलकर एक गुफा के अंदर जाती थीं। उस पहाड़ से राल टपककर समुद्र में गिरती थी और मछलियाँ उसे खाकर कुछ समय बाद उसे उगल देती थीं। वही अभ्रक बन जाती थी। उस अभ्रक के ढेर भी वहाँ थे। समुद्र में समुद्री धारा से बचना इसीलिए असंभव था कि पहाड़ की ऊँचाई के कारण जहाज़ों को विपरीत दिशा में खींच ले जानेवाली तेज़ हवा रुक जाती थी। पहाड़ इतना ऊँचा था कि उस पर चढ़कर दूसरी ओर निकल पाना भी असंभव था।

हम लोग अपने दुर्भाग्य पर रोते रहे और अपनी मृत्यु की प्रतीक्षा करने लगे। जहाज़ पर से लाया हुआ खाना हमने बराबर बाँट लिया। हममें से जो भी मरता, बाकी लोग कब्र खोदकर उसे दफन कर देते थे। मैं ही सबसे अधिक मुर्दे गाड़ा करता और उनका बचा हुआ भोजन ले लेता। इस प्रकार मेरे पास खाद्य सामग्री काफी हो गई। धीरे-धीरे मेरे सभी साथी मर गए। अकेला रह जाने के कारण मैं और भी दुःखी हो गया। मैंने भी अपनी कब्र खोद ली ताकि मरने का समय आए तो उसमें जा लेटूँ।

ईश्वर की कृपा से एक रात अचानक मेरे मन में एक विचार आया। मैंने सोचा कि छोटी-छोटी नदियाँ मिलकर एक बड़ी नदी के रूप में जब खोह (गुफा) के अंदर बहती ही जाती हैं तो खोह के बाद कहीं और निकलती भी तो होंगी। सो मैंने सोचा कि हो न हो यह नदी की धारा ही मुझे यहाँ से मुक्त कराएगी। लेकिन ऐसा क्या

तरीका हो सकता है, जिससे मैं इस नदी के सहारे किसी देश में जा निकलूँ!! किनारे पर बीसियों जहाज़ टूटे पड़े थे। मैंने तख्तों को जोड़-तोड़कर एक नाव बनाई और सोचा कि वैसे भी किनारे पर तो मरना निश्चित है। नदी में उतरने पर भी अधिक से अधिक मौत ही तो होगी और हो सकता है कि बच भी जाऊँ।

बचने की आशा में मैंने खाद्य सामग्री के अलावा वहाँ पड़े हुए असंख्य रत्नों और मृत यात्रियों के बिखरे हुए सामान की बहुमूल्य वस्तुओं में से चुन-चुनकर चीज़ें जमा की और उनकी कई गठरियाँ बनाईं। नाव को नदी के किनारे लाकर मैंने उसके दोनों ओर गठरियाँ रख दीं ताकि नाव हलकी भी न रहे और संतुलित भी। यह करने के बाद मैंने डंडी सँभाली और ईश्वर का नाम लेकर नदी में नाव छोड़ दी।

नाव गुफा में गई तो बिलकुल अँधेरे में आ गई। मुझे कुछ भी दिखाई नहीं दे रहा था। मैं नाव को कभी धारा पर छोड़कर सुस्ताने लगता, कभी खेने लगता। कहीं-कहीं गुफा की छत इतनी नीचे थी कि मेरे सिर पर आ टकराती थी। अपने पास जो भोजन मैंने रखा था, उसमें से मैं बहुत थोड़ा-थोड़ा खाता था ताकि जीवित भर रह सकूँ। कुछ समय के बाद मुझ पर निद्रा का ऐसा प्रकोप हुआ कि मैं सो गया तो घंटों तक सोता रहा। जब जागा तो देखा कि नाव खुले में नगर के समीप नदी के तट पर बँधी हुई है। मैंने देखा कि मेरे चारों ओर बहुत से श्याम वर्ण के लोग जमा हो गए हैं। मैंने उन्हें सलाम करके उनका हालचाल पूछा।

उन्होंने उत्तर में कुछ कहा किंतु मैं उसे बिलकुल न समझ सका।

खैर, आदमियों के बीच पहुँचकर मुझे बड़ी प्रसन्नता हुई और मैंने ऊँचे स्वर में अरबी भाषा में भगवान को धन्यवाद दिया और कहा कि 'भगवान क्षण-क्षण में मनुष्य की सहायता करता है। मनुष्य को चाहिए कि वह निराश न हो। मेरे लिए यही उचित है कि आँखें बंद करके स्वयं को भगवान के हवाले छोड़ दूँ।'

उन लोगों में से एक को अरबी भाषा आती थी। मेरी बातें सुनकर वह मेरे पास आया और कहने लगा, 'तुम हम लोगों को देखकर चिंता न करो। हम लोग इस इलाके के निवासी हैं। हम यहाँ नदी से अपने खेतों में पानी देने के लिए आते हैं। आज नदी में पानी कम आ रहा था जैसे पानी की धारा को कोई चीज़ रोके हुए हो। हमने आगे जाकर देखा तो एक मोड़ पर तुम्हारी नाव टेढ़ी होकर अटकी पड़ी थी, जिससे पानी आना कम हो गया था। हममें से एक व्यक्ति तैरकर गया और तुम्हारी नाव को सीधा करके धारा में डाला। फिर हमने तुम्हारी नाव यहाँ बाँध दी। अब तुम बताओ कि तुम कौन हो और कहाँ से आए हो।'

मैंने उससे कहा, 'मेरी तो भूख से जान निकली जा रही है, पहले कुछ खाने को दो फिर कुछ बताऊँ।' उन लोगों ने कई तरह की खाने की चीज़ें दीं। फिर मैंने आरंभ से अंत तक अपना हाल कह सुनाया। उन लोगों को यह सुनकर बड़ा आश्चर्य हुआ। उन्होंने कहा, 'हम तुम्हें अपने बादशाह से मिलवाना चाहते हैं।' मैंने कहा, 'मैं इसके लिए तैयार हूँ।'

वे लोग मेरी गठरियाँ उठाकर मुझे अपने साथ लेकर चल पड़े। यह सरान द्वीप (लंका) था। मैंने राज दरबार में प्रवेश किया और सिंहासन पर बैठे राजा को देखकर हिंदुओं की प्रथानुसार उन्हें प्रणाम किया और उनके सिंहासन को चूमा। बादशाह ने पूछा, 'तुम कौन हो'। मैंने कहा, 'मेरा नाम सिंदबाद जहाज़ी है, मैं बगदाद नगर का निवासी हूँ।' फिर बादशाह ने पूछा, 'तुम कहाँ जा रहे हो और हमारे राज्य में कैसे आए?' मैंने उन्हें अपनी यात्रा का वृत्तांत कह सुनाया। उन्हें सब सुनकर बड़ा आश्चर्य हुआ। उन्होंने आज्ञा दी कि सिंदबाद के जीवन का वृत्तांत लिखा जाए बल्कि सोने के पानी से लिखा जाए ताकि यह हमारे यहाँ के इतिहास की तथा अन्य ज्ञानवर्धक पुस्तकों में भी जगह पा सके।

बादशाह ने आज्ञा दी कि 'इस मनुष्य को इसके माल-असबाब सहित एक अच्छे घर में ठहराओ, इसकी सेवा के लिए अनुचर रखो और हर प्रकार से इसकी सुख-सुविधा का खयाल रखो।' सेवकों ने ऐसा ही किया और मुझे एक शानदार मकान में ले जाकर उतारा। मैं रोज़ राज दरबार जाया करता था और वहाँ से छुट्टी मिलने पर इधर-उधर घूम-फिरकर राज्य की देखने योग्य जगहें घूमा करता था।

जब खूब घूम-फिरकर मैंने सारा राज्य देख लिया तो मैंने बादशाह से निवेदन किया कि 'अब मुझे मेरे देश जाने की अनुमति दीजिए।' उन्होंने मुझे अनुमति ही नहीं बल्कि कई बहुमूल्य वस्तुएँ इनाम के तौर पर भी दीं। साथ ही खलीफा हारुन-अल-रशीद के नाम एक पत्र और बहुत से उपहार भी दिए कि मैं उन्हें खलीफा तक पहुँचा दूँ। मैंने सिर झुकाकर यह स्वीकार किया। बादशाह ने मेरे ले जाने के लिए एक मज़बूत जहाज़ का प्रबंध कर, कप्तान और खलासियों को ताकीद दी कि सिंदबाद को बड़े सम्मान से उसके देश में पहुँचाया जाए, रास्ते में इसे किसी प्रकार की असुविधा न हो।

सरान द्वीप के बादशाह ने जो पत्र खलीफा के नाम दिया था, उसमें लिखा था कि 'यह पत्र सरान द्वीप के बादशाह की ओर से भेजा जा रहा है। उस बादशाह की सवारी के आगे एक हज़ार सजे-सजाए हाथी चलते हैं, उसका राजमहल ऐसा शानदार है, जिसकी छतों में एक लाख मूल्यवान रत्न जड़े हैं और उसके खज़ाने

में अन्य वस्तुओं के अतिरिक्त बीस हज़ार हीरे जड़े मुकुट रखे हैं। सरान द्वीप का बादशाह, खलीफा हारुन-अल-रशीद को निम्नलिखित उपहार इसलिए भेज रहा है ताकि उसके और खलीफा के दृढ़ मैत्री संबंध हो जाएँ। मैं सरान द्वीप का बादशाह खलीफा की सुख-संपन्नता चाहता हूँ।'

हमारा जहाज़ कुछ समय की यात्रा के बाद सकुशल बसरा के बंदरगाह में पहुँच गया। मैं अपना सारा माल, खलीफा के लिए भेजा गया पत्र तथा उपहार लेकर बगदाद आया और खलीफा के राजमहल में जा पहुँचा। मेरे आने की बात सुनकर खलीफा ने मुझे तुरंत बुला भेजा। उसके सेवकगण मुझे सारे सामान के साथ खलीफा के सम्मुख ले गए। मैंने ज़मीन चूमकर खलीफा को पत्र दिया। उसने पत्र को पूरा पढ़ा और फिर मुझसे पूछा, 'तुमने तो सरान द्वीप के बादशाह को देखा है, क्या वह ऐसा ही ऐश्वर्यशाली है जैसा इस पत्र में लिखा है?'

मैंने कहा, 'वह वास्तव में ऐसा ही है जैसा उसने लिखा है। उसने पत्र में बिलकुल अतिशयोक्ति नहीं की। मैंने उसका ऐश्वर्य और प्रताप अपनी आँखों से देखा है। उसके राजमहल की शान-शौकत का शब्दों में वर्णन नहीं हो सकता। यह बादशाह इतना न्यायप्रिय है कि इसके राज्य में न कोई न्यायाधीश है, न कोतवाल। उसकी प्रजा ऐसी सुबुद्ध है कि कोई न किसी पर अन्याय करता है, न किसी को दुःख पहुँचाता है। चूँकि सब लोग बड़े मेल-मिलाप से रहते हैं इसीलिए कोई ज़रूरत ही नहीं पड़ती कि व्यवस्था ऊपर से कायम की जाए। इसीलिए सरान द्वीप के राज्य में न कोतवाल रखे गए हैं, न न्यायाधीश।'

खलीफा ने यह सुनकर कहा कि 'तुम्हारे वर्णन और इस पत्र से जान पड़ता है कि वह बादशाह बड़ा ही समझदार और होशियार है, इसीलिए इतनी अच्छी व्यवस्था कर पाता है कि पुलिस आदि की आवश्यकता ही न हो।' यह कहकर खलीफा ने मुझे खिलअत (सम्मान परिधान) देकर विदा किया।

कहानी समाप्त करके सिंदबाद ने सबसे कहा, 'आज यहीं खत्म करते हैं। आप लोग कल फिर आएँ तो मैं अपनी सातवीं और अंतिम समुद्र यात्रा का वर्णन करूँगा।' यह कहकर उसने चार सौ दीनारें हिंदबाद को भेंट में दीं।

अध्याय 2

आपकी छठवीं साहसी यात्रा
उम्मीद का दीया

अपनी छठवीं साहसिक यात्रा में सिंदबाद ने फर्स्ट एनकाउंटर के प्रभाव तथा शक्तिहीनता से मुक्ति प्राप्त की। सिंदबाद ने अपनी हर यात्रा से कुछ सीख प्राप्त की। सिंदबाद की बाहरी यात्राएँ किस ओर इशारा कर रही हैं, यह आप भली-भाँति समझ रहे हैं। सिंदबाद की कहानी पढ़ते हुए स्वयं को देखें। मनन हो कि आपकी भीतरी यात्रा में कौन सी आदतों का अब तक आपने सामना नहीं किया है? अर्थात कौन सी आदतों या घटनाओं से अब तक कुछ नहीं सीखा है। कब आप शक्तिहीन महसूस करते हैं? फिर यह शक्ति आती कहाँ से है?

आइए, छठवीं यात्रा की कहानी के गहरे अर्थ समझते हैं।

कहानी में जहाज़ के कप्तान ने नक्शे की सहायता से जान लिया कि वे रास्ता भटक चुके हैं और एक ऐसे टापू की ओर बढ़ रहे हैं, जहाँ से बचकर कोई वापस

नहीं आया है। सो अब सबकी मौत निश्चित है। लेकिन उसे विश्वास नहीं था कि **इस परिवर्तनशील पृथ्वी पर कुछ भी असंभव नहीं है।** जहाज़ के कप्तान ने बचने की आशा पूरी तरह से छोड़ दी। इसका असर उसके साथियों पर भी पड़ा। उनकी जीने की उम्मीदों पर भी पानी फिर गया। सो अपने विश्वास के अनुसार एक-एक करके सारे साथी मारे गए। मगर एक छोटे से विचार के कारण सिंदबाद के मन में आशा की एक किरण जागी। उसने सोचा, **'किनारे पर रहकर तो मौत निश्चित है ही लेकिन प्रयत्न करने से उम्मीद तो बनी रहेगी और हो सकता है मैं बच जाऊँ।'**

उस टापू पर उसे कई छोटी-छोटी नदियाँ मिलकर एक बड़ी नदी के रूप में एक गुफा में से होकर गुज़रती दिखाई दीं। उसने सोचा, 'वे कहीं न कहीं तो बाहर निकलती ही होंगी। जान को बचाने के लिए यह जोखिम तो उठाना ही पड़ेगा।' सो उसने तख्तों को जोड़कर एक नाव बनाई और नदी के बहाव में छोड़ दी। आखिरकार उसकी नाव असंख्य बाधाओं को पार कर एक नगर के किनारे आ लगी।

आइए, देखते हैं भीतर की दुनिया में विचारों की नदी कहाँ जाकर पहुँचती है। **इंसान नकारात्मक विचारों के घेरे में इस कदर फँस जाता है कि उसमें से बाहर निकलना लगभग नामुमकिन सा हो जाता है। लेकिन यदि वह एक सिरे को पकड़कर पूछताछ करता हुआ दूसरे सिरे पर, फिर तीसरे सिरे पर जाए तो वह नगर (सोर्स) तक पहुँच सकता है।**

सिंदबाद यदि मौत से घबरा जाता तो वह ये साहसी यात्राएँ कदापि नहीं कर पाता। मन की अज्ञानता से लेकर स्वबोध की अवस्था प्राप्त करने की यात्रा में इंसान को भी 'डर' के भय से मुक्त होना ज़रूरी है। वरना उसकी यात्रा बीच में ही रुक सकती है। भय से मुक्त होकर इंसान अपनी वृत्तियों का दर्शन करे तो संभव है कि वह उनसे बाहर निकल पाए। सिंदबाद की तरह आपको भी मन की मौत से न घबराते हुए सत्राह पर आगे बढ़ते जाना है।

जिस तरह सिंदबाद ने टापू पर पड़े असंख्य रत्न और मृत यात्रियों के बिखरे हुए बहुमूल्य सामान में से चुन-चुनकर चीज़ें जमा की, उसी तरह तन, मन, बुद्धि के परे की यात्रा में हमें अच्छी आदतों को चुनकर साथ में रखना होगा ताकि वे हमें आगे बढ़ने में मदद कर सकें।

कहानी में सिंदबाद ने समुंदर में नाव को संतुलित करने के लिए नाव के दोनों ओर गठरियाँ रखीं ताकि नाव के किसी एक बाजू में वजन ज़्यादा न हो जाए, इसी तरह स्वयं को संतुलित रखने के लिए आपके जीवन में कुछ सद्वृत्तियाँ तो कुछ बुरी

वृत्तियाँ रखी गई हैं। अतः अपनी बुरी आदतों से दुःखी न हों। समझें कि ये क्यों हैं? यदि आप सुख की अति में जाते हैं तो दुःख की अति भी आएगी। क्योंकि दुःख, सुख से ही उपजता है। सुख होगा तो दुःख भी होगा। इस समझ को प्राप्त कर इंसान दुःख और सुख में एक जैसा रहना सीख जाता है।

कहानी में नगर के निवासी अपने खेतों में पानी देने के लिए नदी पर आते हैं। नदी में पानी कम आ रहा था, कारण पानी की धारा को कोई चीज़ रोके हुए हो। उन्होंने आगे जाकर देखा तो एक मोड़ पर सिंदबाद की नाव टेढ़ी होकर अटकी पड़ी थी, जिस वजह से पानी आना कम हो गया था। उनमें से एक व्यक्ति तैरकर नाव तक गया और उसे सीधा करके फिर धारा में छोड़ दिया। अब फिर से नदी में भरपूर पानी आने लगा। आपको भी खोज करनी है कि **आपकी खुशियों की नदी में वृत्तियों की कौन सी नाव अटकी पड़ी है? जिससे आनंद का जल रुक रहा है। उसे खोज निकालना है। जैसे ही आपको अपने दुःख का कारण समझ में आएगा, आप खुद-ब-खुद उससे अलग हो जाएँगे और आनंद का जल बहने लगेगा।**

सिंदबाद ने जीवन में आनेवाली घटनाओं का सामना किया। उसने हमेशा फर्स्ट एनकाउंटर को गुरु बनाया। इसीलिए वह एक के बाद एक इतनी कठिनाइयों भरी यात्राएँ करता गया। हर मुश्किल से उसने कुछ सीखा। मुश्किलातों से सामना करने का जज़्बा हर बार उसे नई सीख देता चला गया।

सिंदबाद की यात्राओं में आनेवाले कठिन प्रसंगों को उसने भय या निराशा से नहीं जोड़ा। उसके मन की प्रोग्रामिंग गलत नहीं हुई बल्कि उसने साहस से इन जोखिमों का सामना किया। फलतः मुश्किलात और जोखिम उठाने का आपस में जो मेल हुआ, उसके तहत उसने सात साहसिक समुद्री यात्राएँ कर डालीं।

आपको भी अपने भीतर ऐसी ही प्रोग्रामिंग करनी है। **मुश्किलात और चुनौति को आपस में लिंक करना है। यही आपको फर्स्ट एनकाउंटर के प्रभाव से मुक्त करेगा। साथ ही मुश्किलातों पर सवाल करके भी उसके प्रभाव से मुक्त हुआ जा सकता है।** आपको अगर अपने आपसे सही सवाल पूछने की आदत पड़ जाए तो पहला सामना ही आपका गुरु बन सकता है। वही आपको सार्थक सबक सिखा सकता है। वरना जीवन में बार-बार एक जैसी घटनाएँ घटती रहती हैं और होश न रहने के कारण इंसान उससे कोई सीख नहीं लेता।

छठवीं समुद्री यात्रा में सिंदबाद ने शक्तिहीनता से मुक्ति प्राप्त की। उसने हमेशा सिक्स्थ साइड में जाकर निर्णय लिए। वह कभी अपने भय से भयभीत नहीं हुआ।

सरान द्वीप के बादशाह ने सिंदबाद के साहस से प्रसन्न होकर उसे दुनिया के सारे ऐशो-आराम से नवाज़ा। सिंदबाद ने कुछ समय तक उसका आनंद लिया लेकिन वह अपने घर को नहीं भूला और बादशाह से घर जाने की व्यवस्था करने का निवेदन किया। इस पृथ्वी पर माया के अनेक आकर्षणों के होते हुए भी आप अपना लक्ष्य याद रखें। सुख-सुविधाओं से सामना करते हुए उनका गुलाम न बनें बल्कि खुद से सवाल पूछकर उन्हें गुरु बनाएँ।

अध्याय 3

फर्स्ट एनकाउंटर के प्रभाव से मुक्ति
पहला सामना-गुरु समान

सत्राह पर चलते हुए छठवीं आंतरिक साहसिक यात्रा में आपको दो मुक्तियों पर काम करना है। पहली मुक्ति है- फर्स्ट एनकाउंटर के गलत प्रभाव से मुक्ति। और दूसरी है- शक्तिहीनता से मुक्ति। आइए, इन्हें विस्तार से समझते हैं।

मनुष्य के जीवन काल में तरह-तरह की घटनाएँ घटती हैं, जो उसे कभी खुशी तो कभी दुःख देती हैं। जब कोई भी घटना पहली बार घटती है तो उसे फर्स्ट एनकाउंटर कहते हैं। अर्थात **पहली बार जब कोई आपको चिढ़ाता है, पहली बार जब आपको क्रोध आता है, पहली बार जब आपका अपमान होता है, पहली बार जब आप बीमार पड़ते हैं या पहली बार कोई हादसा होता है तो इसे फर्स्ट एनकाउंटर कहते हैं।** प्रत्येक पहला सामना आपको कोई मनोभाव दे जाता है। जिसके आधार पर आप उस घटना को अच्छी या बुरी का लेबल लगाते हैं। वास्तव में यह पहला सामना आपका गुरु है। यह गुरु हर एक के

पास है। सिर्फ इंसान को पता नहीं है।

इस फर्स्ट एनकाउंटर को कैसे देखें, इसकी ट्रेनिंग मिलना बहुत ज़रूरी है। वरना बच्चे गलत प्रोग्रामिंग के शिकार हो जाते हैं। जिस घटना में जो भावना तैयार होती है, वे आपस में लिंक हो जाती हैं। फिर आगे जीवनभर उस घटना और भावना की जोड़ी साथ चलती है। सिंदबाद ने पहली साहसिक यात्रा को ही गुरु बना लिया था। उसमें उसने डर को दिल से निकाल फेंका। अतः यह ट्रेनिंग बच्चों को स्कूल में ही मिलनी चाहिए। फर्स्ट एनकाउंटर से आपको कुछ सीखना है। इसके लिए बचपन से ही मनन की आदत डालनी चाहिए। निम्नलिखित उदाहरण से यह बात स्पष्ट रूप से समझ में आएगी।

मिस्टर लिटिल एक्स ने जीवन में पहली बार एक डरावनी फिल्म देखी। फिल्म में किसी गाँव में एक पुरानी हवेली दिखाई गई, जहाँ लोग जाने से डरते थे। उनका मानना था कि उस हवेली में भूतों का साम्राज्य है। फिल्म का हीरो शहर से आया है, वह बड़ा ही साहसी है। वह हवेली का रहस्य जानने के लिए रोज़ हवेली के चक्कर लगाता है।

अब कभी दिन में तो कभी रात में, कभी हवेली के सामने से तो कभी हवेली के पीछे से प्रवेश कर, उसने सत्य का पता लगाने की कोशिश की। फिल्म में बीच-बीच में इतने डरावने दृश्य थे कि रोंगटे खड़े हो जाते थे। फिल्म के अंत में हीरो हवेली का रहस्य जान लेता है। हवेली में भूतों का नहीं बल्कि लोभी, लालची, स्वार्थी लोगों का राज था। जान बूझकर एक षड्यंत्र के तहत लोगों में दहशत पैदा की गई थी ताकि उन लोभी लोगों का स्वार्थ सिद्ध हो सके। फिल्म के हीरो ने उचित छान-बीन करके षड्यंत्र का परदाफाश किया और भुतहा हवेली का रहस्य खोला। ठीक इसी तरह आपको भी माया के षड्यंत्र का परदाफाश करना है।

इस फिल्म पर मिस्टर लिटिल एक्स ने बहुत मनन किया कि कोई इतना निर्भीक कैसे हो सकता है? रात के गहरे सन्नाटे में कोई इतना साहस कैसे कर सकता है? फिर उसने खुद अपने जीवन में कुछ प्रयोग किए और वह हॉरर फिल्म उसकी गुरु बन गई। उस फिल्म का हीरो, उस फिल्म का डाइरेक्टर, उस फिल्म का लेखक सब गुरु बन गए। क्योंकि मनन के बाद जो जवाब आए, उससे सारे डर समाप्त हो गए और एक नए साहस का उदय हुआ।

मिस्टर लिटिल एक्स के घर के पास में एक नई इमारत बन रही थी। लेकिन काफी समय से उस इमारत का कंस्ट्रक्शन रुका हुआ था। इमारत में बिजली भी नहीं जोड़ी गई थी। अतः रात में काफी अँधेरा हुआ करता था। उस अँधेरे में मिस्टर एक्स वहाँ जाते थे।

पास-पड़ोस के मित्र उन्हें चुनौती देते थे कि आप फलाँ दरवाज़े से अंदर जाकर, फलाँ दरवाज़े से निकलकर दिखाओ... आधी रात को जाकर दिखाओ... काले कपड़े पहनकर जाकर दिखाओ... आदि। मिस्टर एक्स ने हर चुनौति को स्वीकार किया और उस पर खरे उतरे। इतना ही नहीं, कोई और हिम्मत जुटाकर अंदर जाता था तो वे दूसरे दरवाज़े से जाकर उसे डराया भी करते थे। अर्थात धीरे-धीरे सिर्फ अँधेरे में जाना ही नहीं बल्कि अँधेरे में जाकर छिपकर बैठने का साहस भी पैदा हुआ।

यह साहस कैसे आया? दिन के समय में लिटिल एक्स अपने दोस्तों के साथ उस इमारत के अहाते में खेला करते थे। उन्हें एहसास हुआ कि वहाँ जो दिन के उजाले में होता है, वही रात में होता है।

यह थी मिस्टर लिटिल एक्स की पहली फिल्म, पहला एनकाउंटर, पहला आमना-सामना डर के साथ। हालाँकि फिल्म देखकर उन्हें डर तो कई बार लगा। मगर उन्होंने मनन किया कि 'यह डर क्या है, क्यों लग रहा है, किस कारण से आया है? यदि हमें मालूम है कि यह फिल्म है तो फिर डर क्यों लग रह है?' इन सवालों पर किए गए मनन की वजह से वे साहस कर सके। उन्होंने खुद को सिद्ध कर दिखाया कि डर नाम की कोई चीज़ नहीं।

हमारा जीवन भी कहीं एक फिल्म की भाँति तो नहीं? फिल्म खत्म हो जाने पर सभी कलाकार गायब हो जाते हैं। सिर्फ परदा बचा रहता है। फिर परदे पर चल रही घटनाओं का डर कैसा?

डर निकल जाने के बाद मिस्टर लिटिल एक्स ने बहुत सारी हॉरर फिल्में देखीं। जब इंसान कोई बात समझ लेता है तो डर का कोई कारण ही नहीं बचता। फिर चाहे लोग कितना भी डराएँ, उस पर कोई असर नहीं पड़ता।

अतः आप अपने हर फर्स्ट एनकाउंटर पर मनन करें कि यह हमें क्या सिखा रहा है, यह क्यों आता है? हमें गुस्सा क्यों आता है, क्या कारण होगा, डिप्रेशन

क्यों आता है? क्या यह हमेशा बना रहता है या आता-जाता है? जाता है तो कहाँ जाता है और आता है तो कहाँ से आता है? फर्स्ट एनकाउंटर का इंसान के जीवन पर बहुत गहरा असर पड़ता है।

पहली बार जब आप कुछ लिखते हैं, कोई कविता रचते हैं तो उस एनकाउंटर को भी गुरु बनाया जाना चाहिए। ऐसा मैंने क्या महसूस किया कि यह कविता रची गई? यह भावना कहाँ से आई? शब्द कहाँ से आए? मैंने सोचकर लिखे या अपने आप मन में कौंधे?

फर्स्ट एनकाउंटर के प्रभाव से मुक्ति की युक्ति

फर्स्ट एनकाउंटर से मुक्ति की राह का पहला कदम है कि आपको आनेवाले महीने में तीस गुरु बनाने हैं। एक महीने में तीस गुरु।

कल से प्रतिदिन सुबह आपके जीवन में जो भी घटना घटेगी, आप कहें, 'यह मेरे जीवन में पहली बार घटा है।' कोई भी एक घटना चुनें और जब-जब समय मिले उस पर मनन करें कि इसके पीछे क्या राज़ है? आपको यह राज़ खोलना है। इतनी गहराई से खोज करें कि वह एनकाउंटर आपको आज़ादी दे जाए। इस तरह आपको अलग-अलग घटनाओं में तीस गुरु बनाने हैं। ये हैं गुरु द्वारा प्रस्ताविक गुरु, गुरु द्वारा सुझाए गए गुरु।

तीस गुरु बनाने के साथ ही आपको यह टॉस करना (प्रार्थना करनी) है- **'फर्स्ट एनकाउंटर ही मुझे सीधा संकेत और सार्थक सबक समझाए।'** जब लोग मनन नहीं करते हैं तो उनके जीवन में वे ही घटनाएँ बार-बार आती हैं और इंसान घटनाओं से सबक न लेते हुए, वही गलतियाँ बार-बार दोहराता है। अब समझ के साथ प्रार्थना करनी है कि जल्द ही हम अपना सार्थक सबक सीख पाएँ।

आइए, मिलकर पूरे विश्वास के साथ यह प्रार्थना करें कि

१. 'हे ईश्वर : पहला संकेत, पहला सबक, पहली घटना, पहला एनकाउंटर ही मुझे सार्थक सबक और सीधे संकेत की समझ दे।

२. अब मैं ग्रहणशील हूँ... तैयार हूँ और पहले एनकाउंटर पर ही बात को समझ रहा हूँ...।

३. मेरे मस्तिष्क में इसकी तैयारी शुरू हो चुकी है।

अचानक एक दिन आप देखेंगे कि प्रार्थना का असर हो रहा है। आपको

आश्चर्य होगा कि समझ कैसे इतनी गहरी होती जा रही है। मनन करना नहीं पड़ रहा, खुद-ब-खुद हो रहा है।

इसके लिए रिमाईन्डर (संकेत) भी बनाए जा सकते हैं।

सुबह ब्रश करने के लिए जब आदत मुताबिक आपका दाहिना हाथ उठेगा तब रुकें.... कहें, 'मुझे बाएँ हाथ से ब्रश करना है।'

दिन की शुरुआत में ही जाग्रत रहने के लिए ऐसा करना है। वरना इंसान ब्रश करते हुए दिनभर की कार्य सूची के बारे में सोचने लगता है, आज इधर जाना है... उधर जाना है... यह काम करना है... वह काम करना है...। साथ ही ब्रश पर एक टेप लगा दें, जिस पर लिखा हो- 'फर्स्ट एनकाउंटर'। ब्रश हाथ में लेते ही खुद-ब-खुद याद बनी रहेगी। जो बाएँ हाथ से काम करते हैं, वे काम कुछ समय दाएँ हाथ से करें। यह है फर्स्ट एनकाउंटर के गलत प्रभाव से मुक्ति का रास्ता।

इस मुक्ति का सिम्बॉल है- श्री वी वी... यह है गुरु द्वारा सुझाया गया गुरु। अब श्री वी वी का अर्थ समझें। श्री का अर्थ है-'श्री गणेश' और वी वी का अर्थ है- वेद व्यास। इस सिम्बॉल में गणेश जी बैठे हैं और वेद व्यास लिखवा रहे हैं। यह सिम्बॉल आपके लिए रिमाईन्डर का कार्य करेगा।

अध्याय 4

शक्तिहीनता से मुक्ति
ऊर्जा से युक्ति

छठवीं साहसिक यात्रा में सिंदबाद ने एक और महत्वपूर्ण मुक्ति प्राप्त की- वह है शक्तिहीनता से मुक्ति। हम कभी बहुत शक्ति महसूस करते हैं तो कभी शक्तिहीनता का अनुभव करते हैं। ऐसा क्यों होता है? शक्तिहीनता अर्थात ऊर्जा की कमी। किसी भी कारणवश जब इंसान के भीतर ऊर्जा के प्रवाह में बाधा आती है तब इंसान शक्तिहीनता का अनुभव करता है।

आइए, समझते हैं कि यह शक्ति क्या है? इसका स्रोत कहाँ है? यह कहाँ से प्रकट होती है और कहाँ गुम हो जाती है? जब इंसान पाँच पहलुओं से स्वयं की पहचान जोड़ लेता है तब ऊर्जा का प्रवाह बाधित होता है। ये पाँच पहलू हैं-

१. शरीर

२. मन

३. बुद्धि

४. अलग अस्तित्त्व

५. लिंग

आप जब स्वयं को 'मैं हूँ शरीर', 'मैं हूँ मन', 'मैं हूँ बुद्धि', 'मैं हूँ व्यक्ति' (अपना अलग अस्तित्त्व) और 'मैं हूँ स्त्री या पुरुष' मान लेते हैं तब अनजाने में अपने असीमित स्वरूप पर एक सीमा डाल देते हैं। जिससे आपके सच्चे स्वरूप पर मर्यादा आती है, दुःख आता है। छठवाँ पहलू है-'मैं हूँ हूँ, मैं हूँ हूँ... आय ऍम, आय ऍम...।' यही आपका सच्चा स्वरूप है। इंसान जब इस अवस्था का अनुभव करता है तो वह ऊर्जा के स्रोत पर होता है।

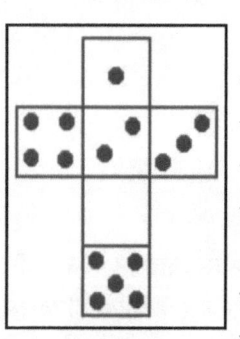

इसका सिम्बॉल है- डाइस, पासा। पासे के चित्र में आपको छह अंक नहीं दिख रहा। यह है-सिक्स्थ सेन्स, जो पीछे है। अर्थात जब आप पीछे जाते हैं, अपने सिक्स्थ सेन्स पर जाते हैं तब आप ऊर्जा के संपर्क में आते हैं और ऊर्जा की ऊर्जा पा लेते हैं। वस्तुतः खुद ऊर्जा ही बन जाते हैं। इस अवस्था से जाकर आने के बाद आप कोई भी काम ऊर्जावान अवस्था से शुरू कर सकते हैं। किसी भी कार्य को सही अंज़ाम तक पहुँचाने के लिए उसे पूर्णता से शुरू करना ज़रूरी है।

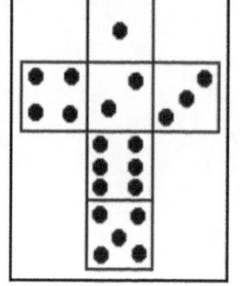

आम तौर पर इंसान इस बात से शुरुआत करता है- 'मेरे पास यह नहीं है... और मुझे यह प्राप्त करना है...। पैसे नहीं हैं, प्राप्त करने हैं...। प्रेम नहीं है, प्राप्त करना है...। रिश्ते अच्छे नहीं हैं, प्राप्त करने हैं...। स्वास्थ्य अच्छा नहीं है, प्राप्त करना है...। चूँकि यह शुरुआत ही गलत है। पहले उस ऊर्जा में, फ्री फ्लो अवस्था में जाएँ, फिर शुरुआत करें। लोग अनुभव पर जाते भी हैं परंतु ज्ञान न हो तो अनुभव से बाहर आते ही अगला विचार आता है- 'मेरा यह काम कब से अटका पड़ा है, होगा कि नहीं होगा?'

इसे ऐसे समझें कि एक इंसान ऑफिस में बैठा है। खुशी-खुशी सारे कार्य कर रहा है, एक के बाद एक दनादन काम होते जा रहे हैं, ऊर्जा बिना रुकावट के प्रवाहित हो रही है। मन में संतुष्टि का भाव है कि आज तो बहुत काम हो रहे हैं। कुछ समय बाद वह ऑफिस से बाहर निकलता है तो बाहर खंभे के पास एक एजंट न्यूजपेपर लेकर उसकी

राह तकते हुए खड़ा है। पेपर में होल करके देख रहा है कि कब यह बाहर आए ताकि मैं उसके पीछे लगूँ। ठीक इसी तरह अनुभव से बाहर आते ही विचारों का एक एजंट आपकी राह देखते हुए खड़ा ही रहता है और आपके साथ चल पड़ता है। अभी-अभी आप ऊर्जा लेकर आए और अभी-अभी कोई पीछे पड़ गया। अब इंसान ऊर्जाहीनता की तकलीफ भुगतने लगता है। आपको इससे मुक्त होना है।

इस उदाहरण से यह समझें कि दरअसल घटनाओं में सुख-दुःख नहीं है। घटनाएँ ऊर्जा का सोर्स नहीं हैं। घटनाओं में हमें दिखता है पैसा मिलनेवाला था नहीं मिला, ऊर्जा चली गई। प्रेम मिलनेवाला था नहीं मिला, ऊर्जा चली गई। अब ज़रा सोचें, प्रेम या पैसा प्राप्त करके ऊर्जा मिलती है या इनके प्राप्त होने से जो सुखद भावना आती है, उससे ऊर्जा मिलती है? हर एक इंसान अपने बारे में अच्छा महसूस करना चाहता है।

अगर आप यह रहस्य जान गए कि बाहरी बातें जैसे पैसा, प्रेम, मधुर रिश्तों के द्वारा हमें जो अच्छी भावना मिलती है, वह हमें अपने भीतर से ही मिल सकती है तो क्या आप अच्छा महसूस करने के लिए बाहरी बातों पर निर्भर करेंगे? नहीं न!! फिर आप कहाँ गुलाम रहेंगे बाहरी घटनाओं पर? फिर तो मुक्ति है।

सिंदबाद इस सत्य को जान गया था। इसीलिए मौत के द्वीप में फँसने के बावजूद वह शक्तिहीन नहीं हुआ। उस मुश्किल घड़ी में मौत का सामना करते हुए उसने अपनी नाव को अनजानी नदी के प्रवाह में छोड़ दिया, इस भाव से कि उसकी मुश्किल को हल करेगा 'कोई नहीं', यदि हल न हुई तो 'कोई बात नहीं'।

यह शुभ समाचार है कि पैसा, रिश्ते, मनचाही घटनाएँ न होने के बावजूद आप जब चाहें अपने बारे में अच्छा महसूस कर सकते हैं। जब चाहें सिक्स्थ साइड, सिक्स्थ सेन्स में जाकर पूर्णता प्राप्त कर सकते हैं। यह शुरुआत ऊर्जा से भरी हुई होती है। यह है शक्तिहीनता से मुक्ति।

शुभ समाचार यह भी है कि आप अपनी खुशी से सिर्फ एक कदम दूर हैं। आपकी समस्या सुलझने में सिर्फ एक कदम बाकी है। जैसे ही आप अपने आप पर लौटते हैं तो आपको पता चलता है कि इन घटनाओं के न होने के बाद भी मैं अच्छा महसूस कर सकता हूँ। किसी भी घटना में आपको नहीं हिलना है बल्कि घटना को ही हिलाना है।

जब भी कोई अनचाही घटना होती है तब हमारे भीतर नकारात्मक संवाद शुरू

होते हैं और हमारी ऊर्जा क्षीण होने लगती है। लेकिन आप तेजसत्य दोहराएँ तो कुदरत की ऊर्जा आपको मिलने लगती है। जब आप कुदरत के समीप जाते हैं, जैसे किसी पहाड़ी पर, झरने के पास, समुद्र किनारे या हरे-भरे खेतों में तो आप बहुत ऊर्जावान हो जाते हैं। कुदरत से आपको ऊर्जा मिलती है। सोचिए कि इस ऊर्जा प्रदान करनेवाली कुदरत को किस चीज़ ने घेरा हुआ है? यह है स्पेस। स्पेस ने इसे घेरा हुआ है। यह स्पेस ग्रेसफुली फ्लो (उपस्थित) हो रही है। इसीलिए इतने भूकंप आने के बाद भी, ज्वालामुखी फटने के बाद भी प्रकृति कैसे पावन, संतुलित, ऊर्जा से लबालब भरी हुई होती है। आपके अंदर भी वही स्पेस है। ऊर्जा का मुक्त प्रवाह होने को तैयार ही है। केवल कुछ विचार आने के कारण आपको महसूस होता है कि जैसे यह प्रवाह अटक गया है और आप शक्तिहीनता का एहसास करते हैं। ऐसे समय में आप यह कह पाएँ-

* जो भी समस्या है, उसे कौन सुलझानेवाला है?

   'कोई भी नहीं'

* नहीं सुलझ पाए तो

   'कोई बात नहीं'

* इससे लोग तुम्हें नाकारा कहेंगे

   'कोई बड़ी बात नहीं'

   और नहीं भी नहीं।

सिक्स्थ साइड में यही ज्ञान छिपा है। सिक्स्थ साइड में जाने के लिए ध्यान और भक्ति की बड़ी भूमिका है। रामकृष्ण परमहंसजी को जैसे ही माँ काली का नाम याद आता था या सुनाई देता था, वे भाव समाधि में चले जाते थे। 'मैं शरीर हूँ, मैं मन हूँ, मैं बुद्धि हूँ, मैं सेपरेट व्यक्ति हूँ, मैं जेंडर हूँ' इन पाँचों से वे पार चले जाते थे।

पाँचों के पार सिक्स्थ साइड है। भक्ति में इतनी ताकत है कि इंसान 'मैं हूँ, हूँ' की अवस्था में पहुँच जाता है। जब तक भक्ति जगती नहीं, तब तक उसकी ताकत महसूस नहीं होती। जब भक्ति इंसान का अनुभव बनती है तब ईश्वर की याद आते ही वह अपने होने के एहसास पर चला जाता है, भक्ति के आँसू उसे शुद्ध करने लगते हैं। ऐसी भक्ति में शक्ति होती है।

इसी तरह ध्यान में भी जब आप लगातार 'अभी मैं कौन हूँ?' पूछते हैं तो धीरे-धीरे उस 'हूँ' में स्थापित हो जाते हैं। वहाँ साफ-साफ दिखता है, 'मैं शरीर भी नहीं हूँ, मन भी नहीं हूँ, बुद्धि भी नहीं हूँ, लिंग भी नहीं हूँ और न ही एक अलग व्यक्ति हूँ। मैं इस शरीर से जुड़ा हूँ, अपना एहसास करने के लिए और उसकी अभिव्यक्ति के लिए।' अभिव्यक्ति के लिए ऊर्जा की आवश्यकता होती है, जो ध्यान में प्राप्त होती है।

आइए, ऊर्जा ध्यान करके शक्तिहीनता से मुक्ति पाएँ और सभी ऊर्जावान बनें।

ऊर्जा ध्यान

१. अपनी आँखें बंद कर, एक स्वच्छ आसन पर ध्यान मुद्रा में बैठें।

२. स्वयं को जानना ही ऊर्जा का संचार करता है।

३. इस समझ के साथ ध्यान में बैठें और ऊर्जा को संचारित होने दें।

४. याद रखें कि किसी भी समस्या के समाधान से आप सिर्फ एक कदम दूर हैं।

५. इस ऊर्जा के साथ किसी भी कार्य की शुरुआत करें।

६. ध्यान से उठने के बाद भी उस अवस्था को कुछ समय तक बनाए रखें। लोग ध्यान से उठने के बाद तुरंत हिलना-डुलना, हाथ मलना आदि क्रियाएँ शुरू कर देते हैं। पहले थोड़ा रुकें। ध्यान में जो महसूस किया, आँखें खोलकर भी उसमें रहने की कोशिश करें, खड़े होकर भी उसमें रहें, काम करते हुए भी ध्यान किया जा सकता है।

७. ध्यान के बाद यदि आप सब्ज़ी काटने जा रहे हैं तो देखें कि कैसे एक हाथ से सब्ज़ी पकड़ी जाती है और दूसरे हाथ से काटी जाती है। कैसे दोनों हाथ एक-दूसरे को सहयोग कर रहे हैं।

८. ध्यान को ज़ारी रखते हुए कार्य करेंगे तो ऊर्जा तुरंत समाप्त नहीं होगी वरना लोग ध्यान करके ऊर्जा तो पा लेते हैं लेकिन जल्द ही विचारों के एजंट की बातों में आकर उसे गँवा देते हैं। सिक्स्थ सेन्स से सिक्स्थ साइड में जाकर इसे संजोया जा सकता है।

९. प्रकृति को जो स्पेस घेरे हुए है, उसमें शक्ति है। आपके चारों ओर भी स्पेस

है। सो आप भी हमेशा ऊर्जावान बने रह सकते हैं।

१०. **प्रकृति में पहाड़ और पेड़-पौधे कैसे उपस्थित होते हैं, जैसे हैं ही नहीं। आपको भी ऐसे ही उपस्थित रहना है, जैसे आप हैं ही नहीं।** अब आप अदृश्य होकर बैठें... खुद को पहाड़ या पेड़ समझकर बैठें... गायब होकर बैठें... मैं हूँ ही नहीं इस भाव से बैठें। तब आप अपने चारों तरफ बहती हुई ऊर्जा को महसूस कर पाएँगे।

११. महसूस करें कि आप इनविजिबल हैं और चारों तरफ ऊर्जा बह रही है...।

१२. मैं हूँ ही नहीं... कोई भी नहीं... नहीं भी नहीं... कोई नहीं... प्रेम की ऊर्जा... आनंद की ऊर्जा... मन में बसे मौन की ऊर्जा बह रही है... बह रही है...।

१३. ऊर्जा आपके आर-पार निकल रही है। कहीं कोई बाधा नहीं। शुद्ध जल... ईश्वर की प्यास बुझानेवाला जल... आपके आर-पार बह रहा है...।

१४. आप इनविजिबल... अदृश्य हैं.... कुदरत के साथ एक हो गए हैं...।

१५. धीरे-धीरे आँखें खोलें और उसी अनुभव में रहें।

खण्ड 7

बंद पर्स, दुःखद भावना तथा ध्यान के बँटवारे से मुक्ति

गुरुतत्त्व और लक्ष्य से युक्ति

अध्याय 1

सिंदबाद जहाज़ी की सातवीं समुद्री यात्रा

जाँबाज़ सिंदबाद का अंतिम कारनामा सुनने के लिए सभी सिंदबाद की कोठी पर जा पहुँचे। सिंदबाद ने हँसते हुए अपने मित्रों और हिंदबाद का स्वागत किया। अपनी अंतिम यात्रा का वर्णन करते हुए उसने हिंदबाद और दोस्तों से कहा, 'मैं जानता हूँ कि आप सभी मेरी अंतिम साहसी यात्रा सुनने के लिए बेताब होंगे। हमेशा की तरह मेरी अंतिम यात्रा भी बेहद हैरत अंगेज़ और चित्र-विचित्र घटनाओं से भरी है। आज मैं आपको उसके किस्से सुनाने जा रहा हूँ। लेकिन उससे पहले मुझे आप सभी से एक वादा चाहिए कि आप मरने से पहले कभी नहीं मरेंगे। शरीर को तो एक दिन खत्म होना ही है लेकिन आप उससे पहले खत्म नहीं होंगे। उम्मीद करता हूँ कि मेरी सारी यात्राओं को सुनकर आपको प्रेरणा मिली होगी... आपके अंतरंग में कुछ महत्वपूर्ण परिवर्तन आया होगा... आपका नज़रिया भी ज़रूर बदल चुका होगा। अब आप जीवन को एक नए दृष्टिकोण से देखेंगे।' सभी

ने वादा किया कि अब वे जीवन में डर से नहीं डरेंगे... मरने से पहले नहीं मरेंगे...। सिंदबाद ने मुस्कराते हुए आगे कहना शुरू किया-

मैंने दृढ़ निश्चय किया था कि अब कभी जल यात्रा नहीं करूँगा। छह समुद्री यात्राओं के बाद मैं काफी थक चुका था और अब आराम के साथ बैठकर दिन गुज़ारना चाहता था। मैं निश्चिंत होकर अपने घर में आनंदपूर्वक रहने लगा। एक दिन खलीफा के दरबार से एक सरदार आया और उसने मुझे कहा कि 'खलीफा ने तुम्हें बुलाया है।' मैं तुरंत खलीफा के दरबार की ओर चल पड़ा।

खलीफा के दरबार में जाकर मैंने उनका अभिवादन किया। उन्होंने मेरा अभिवादन स्वीकार करते हुए कहा, 'मुझे तुमसे एक काम है, क्या तुम करोगे?' मैंने कहा, 'आपका यह गुलाम आपकी क्या मदद कर सकता है?' जवाब में खलीफा ने कहा, 'सिंदबाद, मैं चाहता हूँ कि सरान द्वीप के बादशाह के पत्र के उत्तर में मैं भी पत्र और तोहफे भेजना चाहता हूँ। तुम ये सब लेकर सरान द्वीप के बादशाह को पहुँचा दो।'

मुझे यह आदेश पाकर बड़ी परेशानी हुई। मैंने हाथ जोड़कर कहा, 'हे समस्त मुसलमानों के अधिपति, मुझमें आपकी आज्ञा का उल्लंघन करने का साहस तो नहीं है किंतु मैंने कई समुद्री यात्राएँ की हैं और हर एक में ऐसे-ऐसे जानलेवा कष्ट झेले हैं कि अब दृढ़ निश्चय किया है कि कभी जहाज़ पर पाँव नहीं रखूँगा।' यह कहकर मैंने खलीफा को संक्षेप में अपनी छह यात्राओं की विपदा कह सुनाई। खलीफा को ये सब सुनकर बहुत आश्चर्य हुआ किंतु उसने अपना निर्णय नहीं बदला। उसने कहा, 'मैं मानता हूँ कि इन समुद्री यात्राओं में तुम्हें बहुत तकलीफ हुई है लेकिन मेरे कहने पर एक बार और यात्रा करो क्योंकि इस काम को तुम्हारे अतिरिक्त कोई नहीं कर सकता। इसके बाद चाहे तुम कभी यात्रा नहीं करना।'

मैंने देखा कि खलीफा अपने निश्चय से हटनेवाला नहीं है और तर्क-वितर्क से कोई लाभ नहीं होगा इसीलिए मैंने यात्रा पर जाना स्वीकार कर लिया। खलीफा ने मुझे राह खर्च हेतु चार हज़ार दीनार देकर यात्रा की तैयारी शुरू करने के लिए कहा। कुछ दिनों में तैयारी करके मैं खलीफा के दरबार में जा पहुँचा।

खलीफा की आज्ञानुसार उसके दिए हुए उपहार लेकर मैं बसरा बंदरगाह पर आया और वहाँ से एक जहाज़ लेकर सरान द्वीप के लिए रवाना हो गया। यात्रा निर्विघ्न समाप्त हुई। मैं सूचना देकर सरान द्वीप के बादशाह के सामने गया और अपना परिचय दिया।

उन्होंने मुझे देखते ही पहचान लिया और मेरा स्वागत करते हुए कहा, 'ओ सिंदबाद, तुम्हें देखे काफी समय हो गया था, अल्लाह ने हमें दूसरी बार मिला ही दिया।' उन्होंने मुझे अपने नज़दीक बिठाया और सफर की बातें पूछीं। फिर मैंने उन्हें खलीफा द्वारा भेजे गए मूल्यवान और दुर्लभ उपहार भेंट किए। साथ ही खलीफा के द्वारा भेजा हुआ पत्र भी दिया।

सरान द्वीप का बादशाह पत्र पढ़कर बहुत खुश हुआ। बादशाह ने मुझे अपने खलीफा को तोहफे और पत्र के लिए धन्यवाद देने को कहा। अब मैंने विदा माँगी। वह अपनी कृपालुता के कारण मुझे विदा नहीं करना चाहता था किंतु मेरे बार-बार अनुरोध करने पर उसने मुझे सम्मान परिधान तथा बहुत सा इनाम देकर विदा किया। मैं अपने जहाज़ पर वापस आया और कप्तान से कहा- 'मैं जल्द से जल्द बगदाद पहुँचना चाहता हूँ।' उसने जहाज़ को तेज़ चलाया किंतु भगवान की इच्छा कुछ और ही थी। हमारा जहाज़ चले तीन-चार दिन ही हुए थे कि समुद्री लुटेरों ने आकर हमें घेर लिया। हम उनका सामना करने में नाकामयाब रहे। लुटेरों ने जहाज़ का सारा सामान लूटकर हम सब लोगों को बंदी बना लिया। हममें से जिन लोगों ने प्रतिरोध करना चाहा, उन्हें लुटेरों ने मार डाला। फिर लुटेरों ने दूर द्वीप में ले जाकर हमें बेच दिया।

मुझे एक मालदार व्यापारी ने खरीद लिया। उन्होंने मेरे साथ गुलामोंवाला बरताव नहीं किया बल्कि अच्छा व्यवहार किया। एक बार मेरे मालिक ने मुझसे पूछा- 'क्या तुम कोई कला या व्यापार करना जानते हो?' मैंने बताया कि 'मैं एक व्यापारी हूँ और समुद्री व्यापार के अलावा कुछ नहीं जानता।' उन्होंने मुझसे कहा, 'क्या तुम धनुष बाण चलाना जानते हो?' मैंने कहा, 'हाँ, बचपन में सीखा था पर बाद में कभी चलाया नहीं। लेकिन मैं आपके लिए क्या कर सकता हूँ?' अब वह धनुष बाण लेकर मुझे हाथी पर बिठाकर एक घने जंगल में ले गया। वहाँ पर उसने मुझे एक विशाल पेड़ पर बैठने के लिए इशारा किया और कहा- 'तुम यहाँ पर छिपकर बैठो और जब भी कोई हाथी आए तो उस पर बाण चला देना। अगर तुम एक हाथी को भी मार पाए तो मुझे बता देना।'

यह कहकर उसने मेरे पास कई दिनों का भोजन रख दिया और स्वयं वापस शहर चला गया।

मैंने ऐसा काम ज़िंदगी में पहले कभी नहीं किया था। फिर भी मैं डरते हुए उस वृक्ष पर बैठ गया और हाथियों का इंतज़ार करने लगा। रातभर प्रतीक्षा करने के

बाद भी कोई हाथी नहीं दिखाई दिया। दूसरे दिन सवेरे के समय वहाँ हाथियों का एक झुंड आया। मैंने कई तीर छोड़े। उनमें से एक हाथी घायल होकर गिर पड़ा और अन्य हाथी भाग गए। मैं शहर में गया और अपने मालिक को बताया कि 'मेरे तीर से एक हाथी गिरा है।' यह सुनकर वह बहुत खुश हुआ और उसने मुझे तरह-तरह के स्वादिष्ट भोजन खिलाए। दूसरे दिन हम दोनों उसी जंगल में गए। मालिक के कहने पर मैंने गड्ढा खोदकर हाथी को गाड़ दिया।

मालिक ने कहा- 'जब हाथी सड़ जाए तो उसके दाँत निकालकर ले आना क्योंकि यह बहुमूल्य वस्तु है।'

लगातार दो महीने तक मैं यही काम करता रहा, उसी वृक्ष पर चढ़ता-उतरता रहता था। मैंने इस बीच कई हाथियों को निशाना बनाया। एक दिन मैं उस वृक्ष पर चढ़ा था कि हाथियों का एक विशाल समूह आया। वे सब पेड़ को घेरकर खड़े हो गए और अत्यंत भयानक रूप से चिंघाड़ने लगे। वे संख्या में इतने अधिक थे कि सारी धरती काली दिखाई देती थी और उनके पैरों की धमक से भूकंप आ रहा था। उन्होंने मुझे देख लिया था और वे पेड़ को उखाड़ने लगे। यह देखकर मैं डर के मारे अधमरा हो गया। मेरे हाथ से तीर-कमान छूट गया। एक बड़े हाथी ने अंततः सूँड़ में लपेटकर उस वृक्ष को उखाड़ फेंका। अब मैं धरती पर गिर गया। उसने मुझे उठाकर पीठ पर रख लिया।

मैं मुर्दे की तरह उसकी पीठ पर पड़ा रहा। वह मुझे लेकर एक ओर चल पड़ा और शेष हाथी उसके पीछे चले। हाथी ने मुझे एक लंबे-चौड़े मैदान में जाकर उतार दिया और वे एक ओर चले गए। मैं उठा और चारों ओर देखने लगा। कुछ दूर पर मुझे एक अत्यंत गहरा गड्ढा दिखाई दिया, जिसमें हाथियों के अस्थि पंजरों के ढेर लगे थे। अब मैंने सोचा कि हाथी कितना बुद्धिमान जीव होता है। जब हाथियों ने देखा कि मैं उनके दाँतों के लिए ही उनका शिकार करता हूँ तो उन्होंने खुद मुझे यहाँ लाकर यह गड्ढा दिखाया और इशारा किया कि तुम हमें मत मारो बल्कि यहाँ से जितने चाहो हाथी दाँत ले लो। मालूम होता था कि जब कोई हाथी मृत्यु के निकट होता है तो उस गड्ढे में गिरकर मर जाता है।

हाथियों के प्रहार से मेरा शरीर टूट गया था। फिर भी हिम्मत करके मैं अपने मालिक के घर पहुँचा। मेरा मालिक मुझे देखकर बड़ा प्रसन्न हुआ और कहने लगा- 'अरे अभागे सिंदबाद, तू अभी तक कहाँ था? मैं तो तेरी चिंता में मरा जा रहा था। मैं तुझे ढूँढ़ता हुआ उस जंगल में गया तो देखा कि पेड़ उखड़ा पड़ा है और तेरे

तीर-कमान ज़मीन पर पड़े हैं। मैंने बहुत खोजा किंतु तेरा पता न मिला। मैं तेरे जीवन से निराश होकर बैठ गया था। अब तू अपना पूरा हाल सुना। तुझ पर क्या बीती और तू अब तक किस प्रकार जीवित बचा है?'

मैंने व्यापारी को पूरा हाल कह सुनाया। वह उस गड्ढे की बात सुनकर बहुत प्रसन्न हुआ। मेरे साथ वह उस गड्ढे तक पहुँचा और जितने हाथी दाँत उसके हाथी पर लद सकते थे, उन्हें लादकर शहर वापस आया।

मालिक ने मुझे धन्यवाद देते हुए कहा, 'तुमने मुझे सही दिशा दिखाई है, मैं बेवजह हाथियों को मरवाता रहा। जबकि हाथियों ने तो खुद अपनी कब्रगाह बना रखी थी, जहाँ से आसानी से हाथी दाँत लिए जा सकते थे। खुदा मुझे माफ करे। तुम्हारे इसी नेक काम के लिए मैं तुम्हें आज़ाद करता हूँ। आज से तुम मेरे गुलाम नहीं हो। तुमने मुझ पर बड़ा उपकार किया है, तुम्हारे कारण मेरे पास अपार धन हो जाएगा। इससे पहले बहुत से गुलाम खोकर भी मैं मामूली लाभ ही पाता था, अब तुम्हारे कारण मैं ही नहीं इस नगर के सारे व्यापारी संपन्न हो जाएँगे। मैं तुम्हें न केवल आज़ाद करूँगा बल्कि बहुत सारी धन-दौलत भी दूँगा और अन्य व्यापारियों से भी बहुत कुछ दिलवाऊँगा।'

मैंने कहा, 'मैं आपका बड़ा कृतज्ञ हूँ कि आपने समुद्री डाकुओं के पंजे से मुझे छुड़ाया और मेरा बड़ा भाग्य था कि मैं इस नगर में आकर बिका। अब मैं आपसे और अन्य व्यापारियों से इतनी दया चाहता हूँ कि मुझे मेरे देश पहुँचा दें।' उसने कहा- 'तुम धैर्य रखो। यहाँ पर एक विशेष ऋतु में जहाज़ आते हैं और उनके व्यापारी हमसे हाथी दाँत मोल लेते हैं। जब वे जहाज़ आएँगे तो हम लोग तुम्हारे देश को जानेवाले किसी जहाज़ पर तुम्हें चढ़ा देंगे।'

मैं कई महीनों तक जहाज़ों के आने की प्रतीक्षा करता रहा। इस बीच मैं कई बार जंगल जाकर हाथी दाँत लाया और इनसे उसका घर भर दिया। अन्य व्यापारियों को भी जब उस गड्ढे के बारे में बताया तो वे सभी वहाँ से हाथी दाँत लाकर अत्यंत संपन्न हो गए। जहाज़ों की ऋतु आने पर जहाज़ वहाँ पहुँचे। मेरे मालिक व्यापारी ने अपने घर के आधे हाथी दाँत मुझे दे दिए और एक जहाज़ पर मेरे नाम से उन्हें चढ़ा दिया। साथ ही अनेक प्रकार की खाद्य सामग्री भी मुझे दे दी। अन्य व्यापारियों ने भी मुझे बहुत कुछ दिया। मैं जहाज़ पर कई द्वीपों की यात्रा करता हुआ फारस के एक बंदरगाह पर पहुँचा। वहाँ से थल मार्ग से बसरा आया और हाथी दाँत बेचकर कई मूल्यवान वस्तुएँ लीं। फिर बगदाद आ गया।

बगदाद आकर मैं तुरंत ही खलीफा के दरबार में पहुँचा और उनके पत्र एवं उपहारों को सरान द्वीप के बादशाह के पास पहुँचाने का हाल कह सुनाया। जब मैंने अपना हाथियोंवाला अनुभव सुनाया तो उन्हें बड़ा आश्चर्य हुआ और उन्होंने अपने एक लेखनकार को आदेश दिया कि मेरे पूरे वृत्तांत को सुनहरे अक्षरों में लिखा जाए। फिर उन्होंने मुझे बहुत से इनाम देकर विदा किया।

सिंदबाद ने कहा- 'मित्रों, इसके बाद मैं किसी यात्रा पर नहीं गया और भगवान के दिए हुए धन का उपभोग कर रहा हूँ।' फिर उसने हिंदबाद से कहा 'अब तुम बताओ कि कोई और मनुष्य ऐसा कहीं है, जिसने मुझसे अधिक विपत्तियाँ झेली हों?'

हिंदबाद ने सम्मानपूर्वक सिंदबाद का हाथ चूमा और कहा, 'सच्ची बात तो यह है कि इन सात समुद्री यात्राओं के दौरान जितनी मुसीबतें आपने उठाईं और जितनी बार प्राणों के संकट से बचकर निकले, वह अद्भुत है। उससे भी बढ़कर है यह सीख कि 'डर नाम की कोई चीज़ नहीं'। मैं अभी तक बिलकुल अनजान था, अपनी निर्धनता पर रोता था और आपकी सुख-सुविधाओं से ईर्ष्या करता था। मुझे लगता था कि ईश्वर मुझ पर बहुत अन्याय कर रहा है। मैं इतनी मेहनत कर रहा हूँ और पैसा कोई और ही कमा रहा है। आज मैंने समझा कि हर इंसान को जीवन की घटनाओं से अपने-अपने पाठ सीखने होते हैं। जब तक वह उन्हें नहीं सीख लेता, वैसी घटनाएँ उसके जीवन में आती रहती हैं। आपका बहुत-बहुत धन्यवाद जो आपने मेरी आँखें खोल दीं।'

सिंदबाद ने हिंदबाद को चार सौ दीनारें दीं और उससे कहा कि 'तुम अब मेहनत-मज़दूरी करना छोड़ दो और मेरे मुसाहिब हो जाओ। मैं सारी उम्र तुम्हारे बीवी-बच्चों का भरण-पोषण करूँगा।' हिंदबाद ने ऐसा ही किया और सारी उम्र आनंद से बिताई।

अध्याय 2

आपकी सातवीं साहसी यात्रा
तेजआनंद की झोली

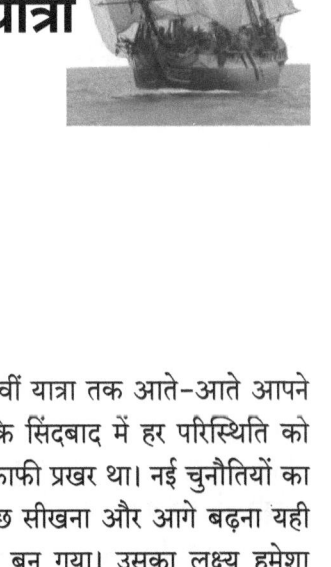

सिंदबाद की सातवीं यात्रा तक आते-आते आपने समझा होगा कि सिंदबाद में हर परिस्थिति को स्वीकार करने का गुण काफी प्रखर था। नई चुनौतियों का सामना करना, उनसे कुछ सीखना और आगे बढ़ना यही उसके जीवन का लक्ष्य बन गया। उसका लक्ष्य हमेशा अपनी दिक्कतों से बढ़कर था। हमें भी सिंदबाद से प्रेरणा प्राप्त कर, पृथ्वी लक्ष्य को सबसे ऊपर रखना होगा ताकि इस लक्ष्य के आगे हमें अपनी हर दिक्कत छोटी लगे।

कहानी में खलीफा के कहने पर सिंदबाद पुनः सरान द्वीप की यात्रा के लिए तैयार हो गया। छह खतरनाक यात्राएँ करने के बावजूद उसने अपना दमखम नहीं खोया। सिंदबाद ने अपनी सातवीं साहसिक यात्रा की समाप्ति पर एक नहीं, दो नहीं बल्कि तीन मुक्तियाँ प्राप्त की।

पहली : बंद पर्स से मुक्ति

दूसरी : दुःखद भावनाओं से मुक्ति

तीसरी : ध्यान के बँटवारे से मुक्ति

बगदाद की वापसी की यात्रा में सिंदबाद के जहाज़ को समुद्री लुटेरों ने लूटकर यात्रियों को दूर द्वीप में जाकर बेच दिया। एक मालदार व्यापारी ने सिंदबाद को खरीद लिया। सिंदबाद स्वयं एक धनवान व्यापारी था, ऐसे में किसी की गुलामी करना आसान नहीं है। लेकिन उसने स्थिति का विरोध न करते हुए उसे स्वीकार किया। उसने न किसी को दोष दिया, न ही स्वयं को सही सिद्ध करने की कोशिश की। बस चुपचाप अपने मालिक की आज्ञा का पालन करता रहा। हाथी दाँत का खज़ाना मिलने के बाद भी उसने लालच में न पड़ते हुए सभी नगरवासियों का मंगल किया।

सिंदबाद को उसके मालिक ने दिनभर वृक्ष पर बैठकर हाथियों को निशाना बनाने के लिए कहा। इसके लिए एकाग्रता साधने की ज़रूरत है, जो उसने हासिल की। यदि वह अपनी वर्तमान स्थिति पर तरस खाकर दुःख मनाता तो वह अपना कर्म पूर्ण नहीं कर पाता। यदि उसका ध्यान हाथियों पर निशाना लगाने की बजाय इधर-उधर के विचारों में खो जाता अर्थात उसके ध्यान का बँटवारा हो जाता तो भी वह अपना लक्ष्य पूर्ण नहीं कर पाता।

सिंदबाद की सातवीं यात्रा सत्य के खोजी द्वारा होनेवाली खोज की ओर इशारा करती है। सिंदबाद के मालिक ने उसे एक विशाल वृक्ष पर धनुष बाण लेकर बैठने को कहा और वहाँ से गुज़रनेवाले हाथी पर निशाना साधने को कहा। सत्य के खोजी को भी बताया जाता है कि वह ध्यान के वृक्ष पर बैठकर अपने विकारों को निशाना बनाए। धनुष बाण लेकर एक-एक हाथी को मारना अर्थात अपनी वृत्तियों को पहचानकर एक-एक कर उनका खात्मा करना।

सिंदबाद पर हाथियों के प्रहार की घटना का संबंध इंसान की साधना से जोड़कर देखें। उसके साथ भी साधना के दौर में ऐसा ही होता है। एक समय ऐसा लगता है कि वृत्तियों को साध लिया गया है लेकिन मन अचानक बौखला उठता है और एक क्या अनेक वृत्तियाँ सुरसा राक्षसी की तरह मुँह फैलाए चली आती हैं। इंसान उनके वश में होकर चेतना को गिरा देता है। ऐसे में यदि जाग्रति है तो वह इन वृत्तियों का पीछा करते हुए, उनके मूल स्रोत पर पहुँच सकता है। वे कहाँ से निकल रही हैं, जान सकता है। जिस तरह समुद्र की लहरें ऊपर उठकर फिर उसी समुद्र में गिरती हैं, उसी तरह इंसान की चेतना से भावनाओं की लहरें उठकर चेतना में ही विलीन हो जाती हैं। जब इंसान अपने भीतर वृत्तियों का पीछा करता है तो अंतिम छोर पर उसे कुछ नहीं मिलता, शून्य के सिवाय यही तेजस्थान है।

कहानी में हाथियों का झुंड सिंदबाद को ऐसे स्थान पर ले गया, जहाँ मरे हुए हाथियों के अस्थि पंजरों का ढेर लगा था। वहाँ प्रचुर मात्रा में हाथी दाँत उपलब्ध थे। इसी तरह जब इंसान की वृत्तियाँ और संस्कार खत्म हो जाते हैं तो तेजस्थान ही बचा रहता है। यहाँ हाथी दाँत तेजस्थान का प्रतीक है।

शहर के किसी एक इंसान में सत्य उतर जाए तो सारे शहरवासियों को उसका लाभ मिलता है, सभी का मंगल होता है। उसी तरह सिंदबाद के हाथ हाथी दाँत का खज़ाना लग गया तो उस इलाके के सारे व्यापारी दौलतमंद हो गए। सिंदबाद सभी को उस स्थान पर ले गया, जहाँ हाथियों के अस्थि पंजरों का ढेर लगा था। सभी ने वहाँ से भरपूर हाथी दाँत इकट्ठे कर, अपनी झोलियाँ भर लीं। स्वबोध प्राप्त महापुरुष भी इसी तरह सबकी झोलियाँ आनंद से भर देता है।

अध्याय 3

बंद पर्स और दुःखद भावनाओं से मुक्ति

प्रेम ड्राइव से युक्ति

सिंदबाद ने अपनी सातवीं यात्रा में एक महत्वपूर्ण मुक्ति प्राप्त की, वह है– बंद पर्सनैलिटी से मुक्ति। आइए, इसका विस्तारित अर्थ समझते हैं।

आपकी पर्सनैलिटी के अंदर एक बंद पर्स है, वह खुल जाए। बंद पर्स का अर्थ है– पर्सनल रियलिटी। इसका मतलब यह हुआ कि आपकी पर्सनैलिटी में आपकी पर्सनल रियलिटी कैद है। उसे ही खोलना है। इसका सिम्बॉल नीचे दिया गया है।

चित्र में जो पर्स दिखाई गई है, उसमें से पर्सनल रियलिटी को आज़ाद करना है। चित्र में दिखाई देनेवाली तितली आपको याद दिलाए कि आपकी पर्सनैलिटी से तितली बाहर निकल सके। आपकी पर्स जो बंद हो चुकी है, यह खुल जाए। इसके लिए

आपको पर्सनैलिटी को भली-भाँति समझना होगा।

एक इंसान में व्यक्त और अव्यक्त दो तत्त्व मौज़ूद होते हैं। व्यक्त तत्त्व ही व्यक्तित्त्व कहलाता है। इन व्यक्त और अव्यक्त तत्त्वों को जोड़नेवाला पुल है- गुरुतत्त्व। व्यक्त और अव्यक्त तत्त्वों के जुड़ने से ही संपूर्ण व्यक्तित्त्व का विकास, तेजविकास हो सकता है वरना व्यक्तित्त्व के विकास में लोग सिर्फ शरीर की ट्रेनिंग को ही सब कुछ मान लेते हैं।

व्यक्तित्त्व विकास में छूटी हुई कड़ी है- अव्यक्त तत्त्व। जिसे जानकर फिर जो व्यक्त होता है, वह अद्‌भुत होता है। जब अव्यक्त तत्त्व से अभिव्यक्ति होने लगती है अर्थात तेजस्थान से बातें खुलने लगती हैं तब विश्व में कीर्तिमान स्थापित होते हैं। पर्स जब खुलती है तब वहाँ से कर्ता भाव विलीन हो जाता है। जिससे असंभव से लगनेवाले काम भी संभव होने लगते हैं। बंद पर्स से मुक्ति पाकर इंसान को आर्थिक, मानसिक और आध्यात्मिक आज़ादी मिलती है।

जब आप खुली पर्स का अनुभव करेंगे तो आपको समझ में आएगा कि जब यह पर्स बंद होती है तो किस तरह के विचार आते हैं! चूँकि इंसान स्वयं को सीमित मान बैठा है इसलिए उसे अपने शरीर, नौकरी, रिश्ते, सामाजिक रुतबे से संबंधित ही विचार आते हैं। उसे बिलकुल नहीं लगता है कि उसके विचार व्यक्तिगत स्वार्थ से प्रेरित हैं बल्कि वह सोचता है- 'मैं ही सही हूँ।' ऐसे में वह फरेब की फसल तो उगाता ही है, साथ ही फरेब का फल भी पाता है। आइए, इसे कुछ उदाहरणों से समझते हैं।

उदाहरण १

एक खंभे के पास एक कुत्ता बैठा है। आस-पास खेल रहे बच्चों ने उसकी पूँछ को एक धागा बाँधकर, धागे के दूसरी तरफ केक का टुकड़ा बाँध दिया है। अब धागे को खंभे के चारों तरफ घुमाकर केक को कुत्ते के सामने रख दिया है। केक को देखकर जैसे ही कुत्ता उसे खाने के लिए उठता है, पूँछ उसे खींच लेती है। अब वह खंभे के चारों ओर गोल-गोल घूम रहा है। ऐसा दृश्य शायद आपने भी देखा होगा।

कुत्ता उस केक के पीछे भाग रहा है मगर दूसरी तरफ वह अपनी ही पूँछ से दूर खींचा जा रहा है। उसे कभी भी केक का टुकड़ा नहीं मिलता। आस-पास खड़े लोग यह दृश्य देखकर हँसते हैं।

अब वह कहता है, 'यह खंभा दोषी है। खंभे की वजह से मुझे केक नहीं मिल रहा।' उसकी बात उसे सोलह आने सच लगती है। तब यदि उससे कहा जाए, 'नहीं, यह झूठ है खंभे का कोई दोष नहीं है' तो वह नहीं मानेगा। लोगों को हँसते हुए देख अब वह कोशिश करना भी छोड़ देता है और कहता है, 'खंभा दोषी है और अब मुझे केक चाहिए ही नहीं।'

खंभा और लोगों का हँसना उसे रुकावट लगती है। ऐसा सोचकर वह अनजाने में फरेब की फसल बो रहा है, फरेब यानी धोखा। माया का धोखा। उसे मालूम ही नहीं कि ऐसा सोचना फरेब की फसल है।

मामला यहीं पर नहीं रुकता। अब वह चुप होकर बैठ जाता है। तभी वहाँ से एक दूसरा कुत्ता जाता है। पहलेवाले कुत्ते को विचार आता है कि 'मुझे तो केक खाने को नहीं मिल रहा है, कम से कम यह तो खा सकता है। चलो, मैं इसे बुलाता हूँ।' लेकिन बुलाने का सोचकर भी वह उसे नहीं बुलाता और दूसरा कुत्ता वहाँ से चला जाता है।

अब यह कुत्ता सोच रहा है, 'अच्छा हुआ उसे नहीं बुलाया... वह तो आलसी है... कामचोर है... लापरवाह है... मुझसे ठीक से बात तक नहीं करता... मुझे वह कहाँ कुछ देता है!! मैं क्यों उसे दूँ? रहने दो उसे भूखा।' ये सब सोचकर अब फरेब का फल आ गया।

पहले आई फरेब की फसल। अब आ गया फरेब का फल। देखें आपके जीवन में भी कहीं यही तो नहीं हो रहा!!

उदाहरण २

किसी रिश्तेदार से आपकी अनबन चल रही है। आपको विचार आता है कि मुझे उससे माफी माँगनी चाहिए। अब जब वह रिश्तेदार आपके सामने आता है, आप माफी माँगना टाल देते हैं। यह है फरेब की फसल। हालाँकि माफी माँगने का विचार कितना सुंदर था। तेजस्थान से आया मगर वह हो नहीं पाया। फरेब की फसल तो आ गई। लेकिन बाद में फरेब के फल को आने से आप रोक सकते हैं।

माफी न माँगकर इंसान क्या सोच रहा है? 'अच्छा ही हुआ माफी नहीं माँगी... वह इंसान तो बड़ा लापरवाह, गैर ज़िम्मेदार और कामचोर

है... उससे माफी माँगी तो वह सिर पर बैठ जाएगा...। मैं कितना शरीफ हूँ... मुझसे कोई भी गलती हो तो मैं तुरंत माफी माँग लेता हूँ... हमेशा मुझे ही माफी माँगनी चाहिए क्या... लोग तो बड़े काहिल हैं... गलती करके भी बच जाते हैं और माफी हमें माँगनी पड़ती है।'

इंसान के मन में ऐसी सोच इसीलिए आती है क्योंकि उसकी पर्स बंद हो चुकी है। ऐसे में आपको तुरंत याद आना चाहिए कि यह फरेब की फसल है। मैं उस इंसान पर इल्ज़ाम लगा रहा हूँ, जिसकी मदद करने की सोच रहा था। मैं उसकी मदद नहीं कर पाया तो दोषी मैं हूँ या सामनेवाला? पर अगर खुद को दोष दूँगा तो बुरा लगेगा, सो बेहतर है कि सामनेवाले को नाकारा करार दिया जाए।

उदाहरण ३

आपके किसी मित्र को आर्थिक मदद की ज़रूरत है। आपको विचार आया कि उसे दस हज़ार रुपए देते हैं मगर देते वक्त आपने केवल दो हज़ार रुपए उसके हाथ पर रख दिए। आपने सोचा- पहले दो हज़ार देकर देखता हूँ। मित्र ने रुपए लेते हुए कोई भाव ज़ाहिर नहीं किया। हालाँकि उसे अधिक पैसों की ज़रूरत थी। फिर आपने और दो हज़ार रुपए निकालकर दे दिए। अब मित्र के मुँह पर हलकी सी मुस्कान आई। आगे आपने और दो हज़ार निकालकर दे दिए। मित्र ने कहा, 'धन्यवाद जो आपने मदद की।' हालाँकि आप उसे दस हज़ार रुपए की मदद करनेवाले थे। मगर सामनेवाले का प्रतिसाद देखकर आपने छह हज़ार पर ही बात खत्म कर दी। चार हज़ार वापस लेकर आ गए। अगर उसने और माँग की होती तो आप उसे दस हज़ार रुपए देनेवाले थे। यहाँ फरेब की फसल आ गई। कैसे? एक तो आपने पूरे पैसे दिए नहीं उलटा उसके बारे में नकारात्मक सोच रहे हैं कि 'वह ना शुक्रा है... उसमें एहसानमंदी का भाव नहीं है... ऐसे लोगों को तो मदद करनी ही नहीं चाहिए... जितनी की, वही बहुत है... इन्हें तो मदद लेने की आदत हो गई है इसीलिए आलसी बन बैठे हैं।' यह है फरेब का फल।

अपने भीतर इसका दर्शन करें। कैसे आप एक बात सोचते हैं और फिर जब करने का समय आता है तो दूसरी बात कर डालते हैं। नहीं करना तो सिर्फ फसल है मगर सामनेवाले पर इल्ज़ाम लगाना फल है। मनन करें, कब-कब आपके साथ

ऐसा होता है।

उदाहरण ४

आपके पास कोई जानकारी है और सामनेवाला उसी जानकारी की खोज कर रहा है। अब आपको विचार आता है कि यह जानकारी उसे दे दूँ तो उसका काम आसान हो जाएगा। लेकिन जब वह इंसान आपके सामने आता है तो आप उसे जानकारी नहीं देते हैं, हालाँकि विचार आया था। ऊपर से आप कहते हैं, 'खुद भटकने दो। मुझे कभी देता है क्या कोई जानकारी? इसे तो पका-पकाया चाहिए, गैर ज़िम्मेदार है।'

यह है बंद पर्सनैलिटी का नतीजा। ऐसे में सबकॉन्शियस माइंड टू सबकॉन्शियस माइंड कुछ होने लगता है। आपकी पर्स बंद हो तो सामनेवाले की पर्स भी बंद हो जाती है। ऐसे लोग जो सोचते कुछ और हैं, बोलते कुछ और हैं, जब मिलकर काम करेंगे तो उसका क्या परिणाम आएगा? आप ये सब देख पाएँ।

इस बंद पर्स के अंदर क्या होता है? इसके अंदर होता है- 'मैं सही हूँ का भाव'। उसके अंदर अपने सही होने का तर्क मिलता है। इंसान खुद को तर्कसंगत बताता है। कहता है, 'मैंने इसलिए किसी को मदद नहीं की, इसलिए किसी को जानकारी नहीं दी, इसलिए सामनेवाले की तारीफ नहीं की क्योंकि वह सिर पर बैठ जाएगा।'

सिंदबाद ये सब देख पाया। अपने मालिक के कहे अनुसार उसने धनुष बाण लेकर वृक्ष पर बैठकर हाथियों का शिकार किया। साथ ही ऐसा स्थान खोज निकाला, जहाँ भरपूर हाथी दाँत मौज़ूद थे। उसने वह स्थान मालिक को दिखाया और सिर्फ मालिक को ही नहीं, शहर के अन्य लोगों को भी मालामाल कर दिया। उसने न फरेब की फसल उगाई और न ही फरेब का फल पाया।

डबल पर्सनैलिटी

अपने पर्स के अंदर इंसान ए.सी. बिठा लेता है। **'मैं सही हूँ' की ए.सी.।** जिसमें उसे अच्छा लगता है। 'मैं सही हूँ' की भावना उसे बहुत भाती है। अब यदि सामनेवाले ने आपके साथ बुरा व्यवहार किया तो आपको और पक्का हो जाता है कि 'देखो, मैं सही हूँ न... अच्छा हुआ मैंने मदद नहीं की... अच्छा हुआ, मैंने माफी नहीं माँगी... अच्छा हुआ, उसकी तारीफ नहीं की... अच्छा हुआ, उसे जानकारी नहीं दी... सही किया है मैंने।' अब अंदर ए.सी. की हवा आ रही है। इसे

कहते हैं- 'डबल पर्सनैलिटी'।

डबल पर्सनैलिटीवाले इंसान के भीतर की एक पर्सनैलिटी खुली होती है तो एक बंद होती है। जो बंद है वह पेन पर्सनैलिटी है, दुःख का कारण है। पेन पर्सनैलिटी चाहती है कि सामनेवाला मेरे साथ गलत व्यवहार करे ताकि मुझे पक्का हो कि 'मैं सही हूँ।' पेन पर्सनैलिटी का खाना है- दुःख, दर्द तभी वह ज़िंदा रहती है। लोग जितना दुःख देते हैं, उतना ही 'मैं सही हूँ' की भावना पक्की होते जाती है। खुद को सही समझकर इंसान खुश है। आश्चर्य की बात है कि लोग ज़िंदगीभर ऐसे रहते हैं। यह 'छिपी हुई पर्सनैलिटी' है। आपको इससे बाहर आना है। इस पाखंड को अपने सामने लाना है।

परिवारों में तो लोग एक-दूसरे के लिए यही काम करते रहते हैं। *तुम मेरे साथ बुरा व्यवहार करो ताकि मुझे लगे, मैं सही हूँ और मैं तुम्हारे साथ बुरा व्यवहार करते रहूँगा ताकि तुम्हें लगे कि तुम सही हो।'* दोनों ज़िंदगीभर साथ रहते हैं मगर 'मैं सही, मैं सही' की सोच रखकर, एक-दूसरे को तकलीफ देते रहते हैं। कैसा जुगाड़ कर लिया इंसान ने!!

'लोग मेरे साथ बुरा व्यवहार करें', यह आज इंसान की ज़रूरत हो गई है। किसी से यदि कहा जाए कि 'लोग तुम्हारे साथ बुरा व्यवहार कर रहे हैं, इसका कारण तुम ही हो तो वह मानता नहीं' क्योंकि उस यह दिखता नहीं है। इंसान जेल में जी रहा है। लेकिन समस्या यह नहीं है कि वह जेल में है, समस्या यह है कि 'वह जेल में है' यह उसे मालूम नहीं है। यदि उसे मालूम हो जाए तो जेल से निकलकर आज़ाद होने की कोशिश होगी। मगर मालूम ही नहीं है तो वह बंद पर्स में, ए.सी. में बैठकर 'मैं सही हूँ' की घोषणा करता रहेगा।

आपको इस फरेब से मुक्त होना है। फिर इससे जो परिणाम आएगा, वह आपको आश्चर्य में डाल देगा। जब सभी लोग खुल जाएँगे तब नई तरकीबें, नए रास्ते, प्रेम, आनंद, मौन... की उच्च संभावनाएँ खुलने लग जाएँगी।

प्रेम- ड्राइव

पेन पर्सनैलिटी को पेन ड्राइव करता है। इंसान को पेन-ड्राइव नहीं प्रेम-ड्राइव मिलना चाहिए। नई टेक्नोलॉजी के साथ लोग पेन-ड्राइव का इस्तेमाल करते हैं। अब आप प्रेम-ड्राइव का इस्तेमाल करना सीखें। प्रेम ड्राइव से युक्ति करें। संतुष्टि महसूस कर, सफलता पाने के लिए पर्सनैलिटी में यह गुण आना ज़रूरी है।

दूसरी मुक्ति- दुःखद भावनाओं से मुक्ति

सिंदबाद ने अपनी छठवीं यात्रा में जो दूसरी मुक्ति प्राप्त की वह है- दुःखद भावनाओं से मुक्ति। बंद पर्स में दुःखद भावनाएँ बंद रहती हैं। इनसे मुक्त होने के लिए आपको यह समझना है कि आपका मूड कब डिस्टर्ब होता है! आप कब मज़ाक सह नहीं पाते! कब मूड और मज़ाक आपको इमोशनल कर देते हैं। इन सब पर आपको नज़र रखकर खुद को समझना होगा। इसका प्रतीक नीचे दिया है-

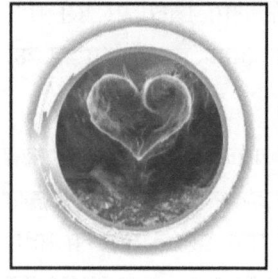

यह सिम्बॉल इमोशन्स पर जीत के लिए है। अकसर देखा जाता है कि इंसान की भावना का आवेग आँसू के रूप में निकलता है। जबकि आंतरिक समझ कहती है- भावनाओं में बहकर आप आँसू न बहाएँ बल्कि आँसुओं को अपनी ताकत बनाएँ। अपने आँसुओं को दुःख से बड़ा लक्ष्य दें। वरना लोग इतने भावुक हो जाते हैं कि सभी को अपना दुःख-दर्द बताते फिरते हैं। हर एक के सामने दिल निकालकर रखते हैं। जिसका कई बार लोग गलत फायदा उठाते हैं। अतः अपने आँसुओं को दिशा दें। आँसुओं को दुःख-दर्द से बड़ा लक्ष्य दें। इस बात पर ध्यान दें कि कहीं आपको रो-रोकर अपना दुःखड़ा सुनाने में मज़ा तो नहीं आ रहा!! यही पेन-पर्सनैलिटी है। जिसका आपको दर्शन करना है।

अपने आँसुओं को दूसरों पर न लुटाएँ बल्कि अपने ऊपर ही बहने दें, आँसुओं से स्वयं को भीग जाने दें। भक्ति के आँसू बहने दें। आपके आँसू आपको शुद्ध करें, आपके आँसू आपको बुद्ध बनाएँ।

भावनात्मक और बौद्धिक परिपक्वता के तालमेल के सहारे आप भावनाओं के जाल से निकल सकते हैं।

सिंदबाद ने अपनी यात्राओं के कष्टों को अपनी ताकत बनाया। यात्रा में मिले कष्टप्रद अनुभवों से न डरते हुए वह आगे बढ़ा। क्योंकि उसका लक्ष्य उसकी हर पीड़ा, हर यातना से ऊपर था।

नीचे दिए गए अभ्यास को नियमित करने से आप वर्तमान में रहकर दुःख से मुक्त हो सकते हैं। साथ ही आपकी सजगता भी बढ़ेगी।

१. जब भी आप सुबह या शाम को टहलने जाते हैं तब यह अभ्यास किया जा सकता है।

२. टहलते वक्त आपका ध्यान अपने हाथों पर हो।

३. आपके हाथ क्या कर रहे हैं, केवल यह जानते रहें।

४. आपका हाथ सीधा है... उठ रहा है... कुछ कर रहा है... उँगलियाँ हिल रही हैं... बस, इस बात पर जाग्रत रहें।

५. इस अभ्यास का प्रयोग बरतन धोते वक्त या अन्य कोई यांत्रिक काम करते वक्त भी किया जा सकता है।

६. यह अभ्यास आपको वर्तमान में लाने के लिए मददगार साबित होगा।

७. रात को सोते वक्त भी आप यह अभ्यास कर सकते हैं। होश में रहते हुए देखें कि कैसे अँधेरे में भी आपके हाथ तकिया उठाकर बाजू में रखते हैं, कंबल ओढ़ लेते हैं। हाथों को कैसे पता चलता है तकिया किधर है... किधर कंबल है...! कंबल उलटा है कि सुलटा है... !! हाथ कौन सी आँखों से सब देख पाते हैं?

८. आप जानते ही नहीं कि आपके हाथ देख पाते हैं। हाथों को देखते हुए देखें।

इस तरह रोज़मर्रा के काम सजग रहकर करने से कुछ अलग बातें खुलेंगी। अपनी इंद्रियों, भावनाओं, विचारों से एक दूरी स्थापित होगी। स्वयं की पहचान का बोध होगा। फिर लोगों की शिकायतें, खुद की लाचारी आदि से आप मुक्त होने लगेंगे। आपकी इच्छाएँ निम्न से श्रेष्ठ की ओर बढ़ेंगी और प्रेम-ड्राइव आपकी लाइफ को ड्राइव करेगा।

अध्याय 4

ध्यान के बँटवारे से मुक्ति

विचारों का कोलेस्ट्रॉल

सातवीं यात्रा में सिंदबाद ने तीसरी मुक्ति प्राप्त की। जो है–'ध्यान के बँटवारे से मुक्ति'। ध्यान का बँटवारा कैसे होता है, इसे समझें। मानो, आप कोई विचार कर रहे हैं, उस विचार के साथ आप किसी दूसरे विषय पर विचार करना शुरू कर देते हैं, फिर तीसरे विषय पर आपके विचार शुरू हो जाते हैं और कुछ देर के बाद आप यह तक भूल जाते हैं कि मैंने शुरुआत कहाँ से की थी। किस विषय से कहाँ पहुँच गए। यह तो वही बात हुई– 'एक बटा दो, दो बटे चार, छोटे-छोटे विचारों में बँट गया संसार।'

आइए, ध्यान के इस बँटवारे को एक उदाहरण से समझते हैं। मान लीजिए, आप कुदरत के समीप बैठकर आस-पास के नज़ारे का आनंद ले रहे हैं। आपको विचार आता है कि इतने सुंदर वातावरण में **त्राटक** ध्यान किया जाए। तभी आपकी नज़र पानी में तैरते हुए **बतख** पर पड़ती है। बतख के साथ पानी में आपको कुछ **पत्ते** तैरते हुए दिख रहे हैं।

डर नाम की कोई चीज़ नहीं * 144

पत्ते का आकार देखकर आप सोचते हैं कि यह तो **बेल पत्र** की तरह है। वही बेल पत्र जो हम **शिवरात्रि** के दिन शिवलिंग पर चढ़ाते हैं। पिछले साल शिवरात्रि के दिन एक इंसान को शिवलिंग पर दूध चढ़ाना था लेकिन उसका कद नाटा होने के कारण उसे **कुर्सी** पर खड़े होकर दूध चढ़ाना पड़ा... फाइव स्टार **होटल की कुर्सी** कितनी शानदार होती है न! कितनी आरामदायक होती है और उसमें कितने एडजस्टमेंट रहते हैं... हम फलाँ **फाइव स्टार होटल** में गए थे, कितना खूबसूरत था, पूरी साज-सजावट महल की तरह थी... हमारा एकदम शाही स्वागत किया गया था... सिर्फ **हाथी** की कमी थी... हाथी होता तो लगता कि हम किसी राजा-महाराजा से कम नहीं... **हाथी तो केरला** के देखते बनते हैं... कितने रोबदार और सुन्दर होते हैं... वहाँ के उत्सव में हाथी **झंडा** लेकर चलते हैं... और **झंडा वंदन** तो हमने अपने आश्रम पर किया था।

उपरोक्त उदाहरण से आप जान सकते हैं कि विचार कैसे चलते हैं। त्राटक ध्यान से आप झंडा वंदन पर पहुँच गए। अब आपको एक प्रयोग करना है। खुद से सवाल-जवाब करें। पूछें, 'झंडा वंदन कहाँ से आया? हाथी से। हाथी कहाँ से आया? फाइव स्टार होटल से। फाइव स्टार होटल कहाँ से आया? कुर्सी से। कुर्सी कहाँ से आई? बेल पत्र से। बेल पत्र कहाँ से आया? शिवरात्रि से। शिवरात्रि कहाँ से आई? बतख से। बतख कहाँ से आया, त्राटक ध्यान से। इस तरह आपको ठीक उलटी दिशा में जाना है।

यह प्रयोग आप बीच-बीच में करते रहें। इससे आप अपने विचारों की दिशा समझ पाएँगे। इससे आपको अपने विचारों की ब्लड रिपोर्ट मालूम पड़ेगी। विचारों के कोलेस्ट्रॉल का स्तर पता चलेगा। आप जान पाएँगे कि ब्लड फ्री फ्लो हो रहा है या उसमें कोलेस्ट्रॉल (बहकने) की मात्रा ज़्यादा है! आपको स्वयं अपनी रिपोर्ट निकालनी है। अपने विचारों की ब्लड रिपोर्ट। जब भी आपके विचार अलग-अलग दिशाओं में भागे तो खुद से पूछें, 'अब मैं जो सोच रहा हूँ, यह कौन से विचार से आया है?' इस तरह विचारों को रिवर्स (पीछे से) जाने दें।

कई बार लोग आपस में बातचीत करते हुए ऐसा ही कुछ करते हैं। पहला इंसान कुछ बोलता है तभी दूसरे को कुछ और याद आ जाता है। फिर वह उस विषय पर चला जाता है। इस तरह एक के बाद एक कई विषय उनकी बातचीत में आते हैं। अतः बातचीत करते हुए बीच-बीच में पूछें, 'हम इस विषय पर कैसे आए? हम तो दूसरे ही विषय पर बातचीत कर रहे थे।' इस तरह पूछते हुए पीछे-पीछे जाते जाएँ। तब आप आसानी से मूल विषय पर आ सकते हैं। वरना लोग घंटों बातें करते हैं।

अंत में पता चलता है, जिस विषय पर बात करनी थी, वही नहीं की या उसे बहुत थोड़ा समय दिया गया।

कभी आँखें बंद करके विचार से विचार कैसे बनता है, यह देखें। विचारों की इस श्रृंखला में यह देखें कि ध्यान का बँटवारा होना कहाँ से शुरू हुआ। ध्यान का बँटवारा यानी विचार कहाँ से ड्रिफ्ट हुए? बार-बार इसका अभ्यास करने की वजह से होश बढ़ेगा। जैसे ही मन विषय बदलेगा, आप तुरंत उसे पकड़ पाएँगे।

बेहोशी में जब यह चलता है तो लोग विचारों में ही जीते रहते हैं। वर्तमान में आ ही नहीं पाते। अतः जब भी कुछ घटनाएँ चल रही हों तब खुद से कहें, 'चलो, अब हम विचारों के बँटवारे को देखते हैं। कहाँ पर यह बँटवारा होता है।' इससे आपको विचारों की रिपोर्ट मालूम पड़ेगी। दो जगह बँटवारे होते हैं। एक विचारों में, दूसरा कर्म में। इसके लिए सिम्बॉल है-' कैमरा लेन्स'।

यह लेन्स आपको याद दिलाएगा कि ध्यान कहाँ बँट रहा है और आपको कहाँ फोकस रखना है। आइए, एक उदाहरण से और बेहतर तरीके से समझते हैं।

एक कमरे में फर्श पर एक बच्चा बैठा क्राफ्ट वर्क कर रहा है। उसके आस-पास क्राफ्ट के लिए लगनेवाली सारी चीज़ें रखी हुई हैं। जैसे ड्रॉइंग शीट, रंगीन कागज़, कैंची, स्केल, पेन्सिल, स्केचपेनस्, रबर, वॉटर कलर, फेविकॉल आदि। बच्चा मेजरमेंट ले रहा है, मार्किंग कर रहा है, कट कर रहा है, चिपका रहा है, बड़ा व्यस्त है। बाजू में ही उसकी माँ एक बड़ी सी थाली लिए बैठी है। जिसमें तरह-तरह की स्वादिष्ट सब्ज़ियाँ परोसी गई हैं। माँ एक-एक निवाला बनाकर बच्चे के मुँह में डाल रही है। वह निवाला मुँह में लेता है, चबाता है और अपना काम भी करते जा रहा है। कैसा दृश्य है? बच्चा कितनी मौज़ में है। क्राफ्ट वर्क, क्रिएटिव वर्क का आनंद तो ले ही रहा है और साथ ही माँ के हाथों का स्वादिष्ट खाना भी खा रहा है। वह बहुत मौज़ में है। आपकी भी स्थिति ऐसी ही है। सिर्फ आपको पता नहीं है।

अब क्या होता है, काम करते-करते अचानक बच्चे का ध्यान एक विशेष सब्ज़ी पर जाता है। 'अरे वाह! यह सब्ज़ी बहुत स्वादिष्ट है। माँ बारी-बारी से एक-एक सब्जी को रोटी से लगाकर खिला रही है। अब बच्चा तिरछी नज़रों से देखता है कि उसकी मनपसंद सब्ज़ी का नंबर आया कि नहीं। जब तक ध्यान का बँटवारा नहीं हुआ था, सब सही चल रहा था। मगर अब क्या हो गया? अब बच्चा बार-बार

देख रहा है कि माँ उस सब्ज़ी के नज़दीक जा रही है... जा रही है... अब मुझे उस सब्ज़ी का निवाला मिलेगा...। अचानक माँ ने दूसरी ही सब्ज़ी ले ली। अरे! माँ यह सब्ज़ी क्यों नहीं ले रही हैं?'

सोचकर देखें, इस घटना के पहले और घटना के बाद क्या हुआ? बच्चे के कर्म की गुणवत्ता कम हो गई क्योंकि उसका ध्यान बँट गया। इंसान का भी दिल-दिमाग जब ड्रिफ्ट हो जाता है, कर्म की जगह फल में शिफ्ट हो जाता है तब उसके कर्म की गुणवत्ता कम हो जाती है। अब बच्चा बीच में देख रहा है कि माँ ने उसकी पसंदीदा सब्ज़ी में रोटी को डुबोया तो सही मगर दूसरे बेटे के मुँह में डाल दिया। अर्थात जो फल मुझे आना चाहिए था, दूसरे को आया। सोचो! अब उस बच्चे की कैसी हालत है!

इस उदाहरण से आपको भली-भाँति समझ में आएगा कि जब कर्म में या विचारों में बँटवारा होता है तब काम का स्तर नीचे गिर जाता है। आपको इस ड्रिफ्ट से यानी ध्यान के बँटवारे से मुक्ति पानी है। बच्चे ने जो गलती की, उससे उसकी नज़र भटक गई। उसे अपनी ही नज़र लग गई। इंसान को भी अपनी ही नज़र लग जाती है, जब वह ड्रिफ्ट होता है, उसका फोकस कर्म से हटकर फल में जा अटकता है। विचारों और कर्म के बँटवारे से आपको मुक्ति पानी है।

इसके लिए बीच-बीच में खुद से सवाल पूछना चाहिए–
१. मुझे कहीं मेरी नज़र (गलत प्रार्थना) तो नहीं लग रही?
२. मेरे कर्म की गुणवत्ता कैसी है?
३. मेरा ध्यान ज़्यादा किधर जाता है?

इस बात को समझें कि माँ बच्चे का संपूर्ण खयाल रख ही रही है। माँ जानती है कि बच्चे ने पहले कौन सी सब्ज़ी खाई है। उसका एंटी डोज क्या है? उस सब्ज़ी से वात बढ़ता है तो उसको बैलेंस करने के लिए अब कौन सी सब्ज़ी खिलानी चाहिए। माँ को सब मालूम है लेकिन मन को लगता है, वही सब्ज़ी चाहिए। माँ जानती है कि वह सब्ज़ी तकलीफ देगी। यह है कुदरत का काम करने का तरीका। इंसान के जीवन में कुछ अनचाही घटनाएँ आती भी हैं तो वह उसके मंगल के लिए ही होती हैं। इंसान यह रहस्य नहीं जानता।

जब यह स्पष्ट होगा तब बच्चा फिर से अपने क्राफ्ट वर्क में फोकस कर, क्रिएटिव काम में लग जाएगा। इंसान का ध्यान जो चाहिए, उस पर लग जाएगा। बाकी तो सब स्वचलित चल ही रहा है। यह खूबसूरती हमारे जीवन में आए।

सिंदबाद ने अपने ध्यान को एक जगह पर टिकाकर रखा। इसीलिए इतनी भयंकर, जानलेवा स्थितियों से वह बचकर निकल सका। उसका ध्यान हमेशा अपने लक्ष्य पर हुआ करता था, उसके मन में कोई किंतु-परंतु न था, न कोई शंका थी इसलिए वह लगातार कुदरत से मदद पाता रहा। आप भी नीचे दिए गए प्रतिकों से अपने लक्ष्य को नया बल, नया रास्ता दें। सफलता और कुदरत से मदद आपको अवश्य मिलेगी।

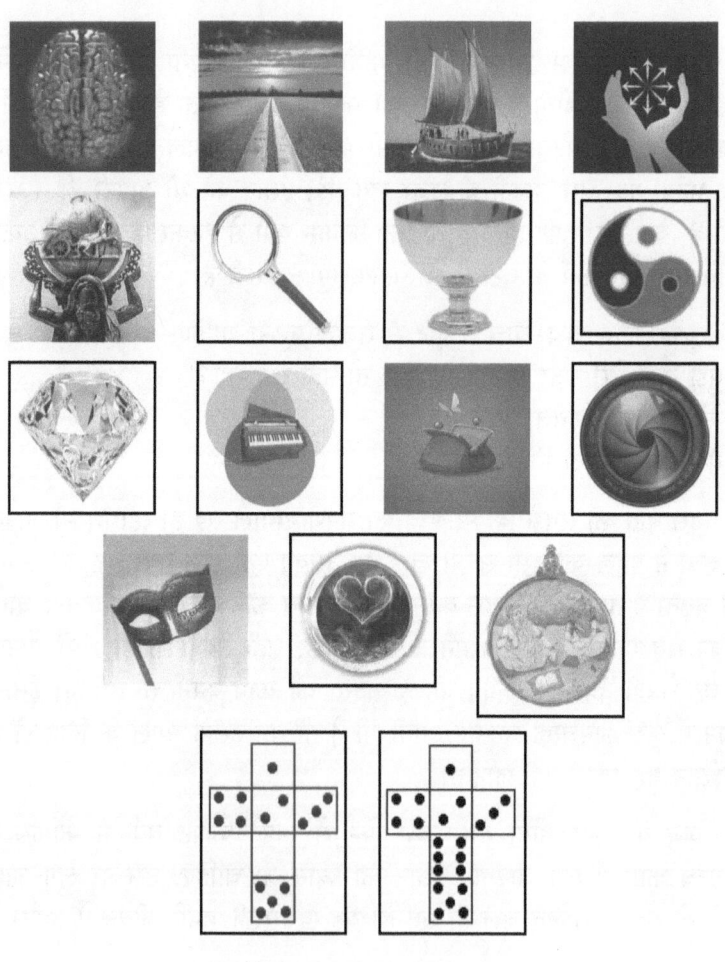

परिशिष्ट १

मुक्ति – १

परिवर्धन (जूम) पैटर्न से मुक्ति

दूरस्थ–रंगहीन दृष्टिकोण

आगे की यात्रा में आपको परिवर्धन पैटर्न से मुक्ति पानी है। **परिवर्धन यानी जूम करना, किसी भी स्थिति को बढ़ा–चढ़ाकर देखना।** इसके लिए पहले आपको समझना होगा कि जीवन में ऐसी कौन–कौन सी बातें या घटनाएँ आप जूम करके देखते हैं, जो आपको तकलीफ देती हैं? दिमाग में चलनेवाली जूम करने की इस आदत को दूर करने के लिए आपको क्या समझ रखनी है, इसे नीचे दिए गए उदाहरण से समझें।

हम बाहर कुछ देखते हैं तो क्या बाकी लोग भी वही देख रहे होते हैं, जो हम देखते हैं? मान लीजिए, लाल किले के सामने रामलाल, श्यामलाल और भूरालाल तीन आदमी खड़े हैं। तीनों लाल किले को देख रहे हैं। यदि उनसे पूछा जाए कि 'आपने क्या देखा' तो आश्चर्य की बात है कि तीनों के जवाब अलग–अलग होंगे। आइए, इसका स्पष्टीकरण जानते हैं।

जब आप कोई चीज़ देखते हैं तो आपकी आँखों में उसका उलटा प्रतिबिंब बनता है और फिर अंदर मस्तिष्क में वह सीधा किया जाता है। किसी दृश्य को देखते समय भीतर यह प्रक्रिया होती है। अब ज़रा सोचिए कि हम कोई दृश्य या चीज़ बाहर देखते हैं या अंदर? अगर हम सब अंदर ही देख रहे हैं तो दुनिया किधर है? बाहर है या अंदर? ज़ाहिर है अंदर। इसलिए जवाब भी अंदर से ही आता है। इसीलिए हरेक का जवाब अपनी–अपनी दुनिया के अनुसार होता है।

चूँकि रामलाल, श्यामलाल और भूरालाल लाल किले को अपनी–अपनी दृष्टि से देख रहे हैं, कोई किले के किसी हिस्से को बड़ा (जूम) करके देखता है, तो किसी हिस्से की उपेक्षा करता है। कुछ हिस्सों की उसके भीतर इमेज ही नहीं बनती क्योंकि उसके ध्यान क्षेत्र में वह हिस्सा आया ही नहीं। अर्थात सभी के भीतर लाल किले

का जो चित्र बना, वह अलग था।

यहाँ लाल किला, दुःख का प्रतीक है। हम बाहर जो देखते हैं, उसे अंदर की आँखों से देखते हैं। अब हम बाहर कोई दुःखद घटना देखते हैं तो अंदर उसका कैसा चित्र बनता है? क्या हम उसे बड़ा करके देखते हैं? क्या उसे और कलरफुल करके देखते हैं? क्या उसे हम होता हुआ देखते हैं? दुःखद घटना में लोगों ने जो ताने कसे, क्या आप उस आवाज़ को बढ़ा-चढ़ाकर सुनते हैं? स्टीरियो में सुनते हैं? निन्यानवे (९९) प्रतिशत लोगों का जवाब होगा- 'हाँ'। यही है परिवर्धन पैटर्न। अगर आपको इस पैटर्न से मुक्ति पानी है तो आपको इसे नए तरीके से देखना होगा। इन्हें ब्लैक ऍण्ड वाईट करके देखना होगा। इनके कलर्स निकालने होंगे। इन्हें थोड़ा दूर ले जाकर देखना होगा।

परिवर्धन पैटर्न से मुक्ति पाने के लिए यहाँ आई मास्क का सिम्बॉल दिया गया है। इसे देखकर आपको याद आए कि आप घटनाओं को नज़दीक से देख रहे हैं।

परिवर्धन पैटर्न से मुक्ति पाने के उपाय

जैसे कभी किसी ने आपका अपमान किया, उपेक्षा की, बिजनैस में भारी नुकसान हुआ या शादी-ब्याह में कोई ऊँच-नीच हो गई, जिसके बारे में सोचकर आपको आज भी गुस्सा आता है, दुःख होता है अर्थात आप परिवर्धन पैटर्न से ग्रस्त हैं। ये दृश्य आपके अंदर रिकॉर्डेड पड़े हैं और जब भी चलते हैं, उसी तरीके से चलते हैं। ऐसे में समझ लीजिए, समस्या का लाल किला आपके अंदर बन चुका है। इस किले को परिवर्धन पैटर्न से मुक्त होकर देखना है।

बार-बार याद आनेवाली भूतकाल की घटनाओं को आँखों के सामने लाएँ और अब उन्हें दूर करके देखें। घटना को रंगहीन बनाकर देखें और उसमें जो डायलॉग्ज चल रहे हैं, उन्हें कार्टून कॅरेक्टर (डोनाल्ड डक) की आवाज़ में सुनें।

जीवन में जो भी दुःखद घटना हुई है, हरदम आप उसका एक ही तरीके से वर्णन करते हैं, जबकि कोई नया ऐंगल भी हो सकता है। लेकिन आपके ब्रेन को ऐसी आदत नहीं है। अब इसको नए तरीके से चलाएँ। आपको आश्चर्य होगा कि नए तरीके से चलाने के बाद उसी घटना को रिकॉल करते समय दुःख आया ही नहीं!! समझ यह हो कि हमने जो भी रिकॉर्ड किया है, उस वक्त की समझ के हिसाब से रिकॉर्ड किया है। उसके बाद कभी हमने उस पर काम ही नहीं किया है।

अब आपको नए ढंग से उस रिकॉर्ड को रिकॉर्ड करना है ताकि परिवर्धन पैटर्न से आप मुक्त हो जाएँ। इससे आप भूतकाल से ही मुक्त हो जाएँगे। यह तकनीक मिल गई तो पूरे जीवन के दुःखों का आप कुछ ही क्षणों में सफाया कर सकते हैं।

सामनेवाला कुछ कहता है, उसका अर्थ हमारे दिमाग में कुछ अलग ही बैठता है। जैसे ट्रेन में दो मुसाफिर सफर कर रहे हैं। जब उनसे पूछा गया, 'आपका आपस में क्या रिश्ता है?' तो एक ने कहा, 'यह मेरा बेटा है' दूसरे ने कहा, 'यह मेरा बाप नहीं है।' पड़ गए न धोखे में! मगर दोनों सही हैं। आप सोचेंगे कि दोनों सही कैसे हैं? क्योंकि वे माँ-बेटा हैं। माँ कहती है, 'यह मेरा बेटा है।' बेटा कहता है, 'यह मेरा बाप नहीं है।' दोनों सही हैं।

अब देखिए, उदाहरण सुनते-सुनते आपने अपने मस्तिष्क में एक चित्र बना लिया कि उपरोक्त संवाद बाप-बेटे के बीच चल रहा है। इसलिए बेटे का जवाब सुनकर आप धोखे में पड़ गए और आपने उसे गलत समझ लिया। इस उदाहरण से समझें कि लोग अपनी तरफ से जो कह रहे हैं, देख रहे हैं, सही है मगर हमारी रिकॉर्डिंग कुछ अलग चलती है।

घटना ध्यान

परिवर्धन पैटर्न से मुक्त होने के लिए आपको एक ध्यान विधि अपनानी होगी। जिन्हें यह विषय समझ में आया है, वे किसी बड़ी घटना को देखेंगे, जो अभी इसे समझ रहे हैं, वे किसी छोटी घटना को देखेंगे।

१. आसन बिछाकर, अपनी आँखें बंद करें और सुखासन की मुद्रा में बैठें।

२. अपने दोनों हाथों के अँगूठे और उँगली को मिलाकर आँख का आकार बनाएँ। जैसे सिम्बॉल में दिखाया गया है। यह अनिवार्य नहीं मगर आपको क्या करना है- याद दिलाने के लिए उपयोगी है।

३. अब ऐसी एक घटना को चुनें, जिसमें किसी ने आपको ताने मारे हों, जिसमें कुछ घाटा हुआ हो, जिसे याद करके आज भी आपको बुरी फीलिंग आती हो।

४. आई मास्क की मुद्रा बनाकर दोनों बाहें बाँधकर चुनी हुई दुःखद घटना को देखें। बाहें बाँधना दूर से देखने (डिटैच होने) का प्रतीक है। स्वयं से कहें, 'मैं घटनाओं को दूर करके देखनेवाला हूँ।'

५. अब कहें, 'मैं उसमें से सारे रंग निकाल रहा हूँ। मेरे जीवन की दुःखद घटना

को मैं ब्लैक ऍण्ड वाईट में देख रहा हूँ।' फिर वैसे ही रंगहीन चित्रों को देखें।

६. अब मैं उस घटना में चलनेवाले संवाद की आवाज़ बदल रहा हूँ। सारे संवाद कार्टून की आवाज़ में चल रहे हैं... नई आवाज़ को मज़ेदार बनाकर सुनते रहें।

७. घटना को दूर से देखने, उसके रंगहीन होने और आवाज़ बदलने से वह स्थिर हो गई है... किसी ड्रॉईंग की तरह...। ऐसा एक चित्र देखें।

८. अंत में कहें, 'इस चित्र का विघटन हो रहा है... वह स्नो (बर्फ) बनकर बिखर रहा है... अब वह ब्रह्मांड में विलीन हो रहा है... दूर जाकर ब्रह्मांड में विस्फोट के साथ गायब हो रहा है। चित्र को अब हमेशा के लिए विलीन होते हुए देखें।

अब धीरे-धीरे अपनी आँखें खोलें और उसी घटना को रिकॉल करें। क्या महसूस हो रहा है? दुःख आ रहा है? नहीं न या बहुत कम! यानी **अब आपको एक दिन बैठकर तीस, चालीस, पचास साल पुराना कचरा, नए तरीके से फेंक डालना है। उसके बाद आज़ादी का अनुभव आपका अपना होगा।** कभी किसी दिन ऐसी घटना हो जाए, जिसमें दुःख महसूस हो तो उस सीन को नए ढंग से रिकॉर्ड करें। कैसी अनोखी तकनीक है यह!! जानें कि मस्तिष्क कितना ताकतवर है। कैसे इसमें पिक्चर्स रिकॉर्ड होते हैं... कैसे प्रोग्रामिंग होती है...!

यह है परिवर्धन पैटर्न से मुक्ति की राह। जिन्हें इस तकनीक से परिणाम मिले हैं, वे अब बड़ी घटना को लेकर यह ध्यान विधि दोहराएँ और इस पैटर्न से मुक्त हो जाएँ।

मुक्ति – २

बददया से मुक्ति

रोशनी के तीर

सत्राह की इस यात्रा में अगली मुक्ति है– बददया से मुक्ति। आइए, समझते हैं कि ये बददया क्या है।

जब इंसान किसी पर क्रोधित होता है तो वह उसे बद्दुआ देता है और जब इंसान किसी के लिए फिक्र करता है तो वह उस पर बददया करता है। बद्दुआ तो आप भली प्रकार समझते होंगे लेकिन किसी की चिंता करना भी एक तरह से बद्दुआ ही है। बद्दुआ और बददया दोनों का परिणाम एक सा ही है। अतः आपको दोनों से ही मुक्त होना है।

किसी भी कारण से किसी के भी प्रति बद्दुआ देने की भावना आए या किसी के प्रति चिंता उठे तो तुरंत मन में असली दया लानी है। असली दया है– डी.ए.वाय.ए.। **डी.ए.वाय.ए.** (DAYA) **का अर्थ है 'दिव्य अनुभव योजना अनुसार।'** जब आप सामनेवाले के लिए मंगल भावना, मंगल कामना करते हैं तो यह असली दया है।

कभी आपका बच्चा, पति या अन्य प्रियजन बाहर गया है और वक्त पर न लौटे तो आप चिंतित हो उठते हैं, 'कहीं कुछ अनहोनी तो नहीं हो गई... कोई दुर्घटना तो नहीं घटी.... भारी ट्रॅफिक में तो नहीं फँस गए... कोई मेरे बच्चे को फुसलाकर तो नहीं ले गया.... हे भगवान, क्या हुआ होगा...!!' यह है बददया अर्थात बुरी दया। ऐसी दया से सामनेवाले का नुकसान ही होगा। आपकी चिंता चुंबक बनकर नकारात्मक घटनाओं को आमंत्रित करेगी। हालाँकि ऊपर से तो दिखता है कि आप उसकी फिक्र कर रहे हैं लेकिन वास्तव में उसकी हानि ही कर रहे हैं। यह एक तरह से बद्दुआ ही है।

रोशनी के तीर

जब भी आप किसी को बददुआ देते हैं या किसी पर बददया करते हैं यानी आप नर्क में रहते हैं। अज्ञान के अँधेरे में ही इंसान किसी पर बददया करता है। वह नहीं जानता कि यह नर्क में जाने के यानी अँधेरे के तीर हैं। नर्क का उलटा किया जाए तो एक शब्द बनता है- किरन।' किरन है रोशनी के तीर। आपको रोशनी के तीर चलाने हैं यानी सामनेवाले के लिए मंगल भावना रखनी है।

माता-पिता इस बात पर हमेशा चिंतित रहते हैं कि कहीं बच्चे गलत संगत का शिकार न हो जाएँ। अधिकतर देखा गया है कि माँ-बाप बच्चों की पहली गलती पर इतना चिल्लाते हैं कि बच्चे उन्हें आगे से कुछ बताना ही छोड़ देते हैं। ऐसे में माँ-बाप को यह गलतफहमी हो जाती है कि 'अब हमारे बच्चे सुधर गए हैं।' जबकि हकीकत यह है कि बच्चे माँ-बाप की डाँट से बचने के लिए घर में कुछ भी बताना बंद कर देते हैं। अतः आगे से जैसे ही मन में चिंता उठे, आपको रोशनी के तीर चलाने हैं। बच्चों की बुरी आदतों के लिए आप कह पाएँ, 'तुम गलत नहीं हो, सिगरेट गलत है।' ये है रोशनी का तीर।

बददया से मुक्ति के लिए यहाँ संकेत मुद्रा दी गई है। मुद्रा में हथेलियाँ दिखाई गई हैं, जो दुआ में खुल रही हैं और उसमें से रोशनी के तीर निकलकर सब तक पहुँच रहे हैं।

कई लोग इस प्रथा को मानते हैं कि जब कोई छींके तो तुरंत उसे 'गॉड ब्लेस यू' कहा जाता है। देखो, छींक सबसे छोटी परेशानी है। स्वस्थ इंसान को भी छींक आती है न! जब इतनी छोटी सी परेशानी में भी 'गॉड ब्लेस यू' कहा जाता है तो गाली भी तो छींक के समान ही है। सामनेवाला गाली दे रहा है तो उसने क्या किया? छींका। छींकने से नाक में सुर-सुर होती है न? इरिटेशन होती है न! इसी तरह कोई गाली बके तो जो इरिटेशन होती है, उसे भगाने के लिए कहें, 'गॉड ब्लेस यू।'

भीड़ से जाते हुए जब लोग दूसरों को ओवरटेक करते हुए आगे बढ़ जाते हैं तो ट्रॅफिक में अटके हुए लोग कहते नहीं चूकते, 'देखो नमूना क्या कर रहा है... ज़रा भी ट्रॅफिक सेंस नहीं है बेवकूफ... प्राइम मिनिस्टर से भी जल्दी इसे पड़ी है...!' ये अँधेरे के तीर हैं। आपके साथ यदि ऐसा हो तो चिड़चिड़ाने की जगह आप कहें, 'गॉड ब्लेस यू... जिस काम के लिए तुम जा रहे हो वह अवश्य हो जाएगा।'

कुछ लोग अँधेरे के तीर अपने आपके ऊपर भी फेंकते हैं। जैसे कि किसी इंसान का अपमान किया गया, गाली बकी गई। अब वह कहता है, 'सामनेवाले ने गाली दी तो मुझे गुस्सा आना वाजिब है न! ऐसी घटना हो जाए तो कोई भी परेशान हो जाएगा... स्वाभाविक ही है।' यानी ये सब बोलकर इंसान अपने गुस्से की ज़िम्मेदारी नहीं ले रहा है। उसे स्वयं सुधरने का विचार ही नहीं आ रहा। वह सामनेवाले पर दोष लगाने में ही भिड़ा हुआ है। वह कहेगा- 'कोई काम बताकर भी न करे तो दुःख तो होगा ही न?' सुननेवाले कहते हैं, 'हाँ होगा-होगा।' अब वह और तेवर चढ़ाते हुए कहता है- 'कोई ऐसा करे तो भला कैसे चुप बैठा जा सकता है? मेरे चुप बैठने से वह कैसे सुधरेगा?'

ये सारे वाक्य आपको इसलिए बताए जा रहे हैं ताकि जब ये वाक्य आप कहें तब समझ जाना कि ये अँधेरे के तीर हैं।

रोशनी के तीर चलाने के लिए 'दिव्य अनुभव योजना अनुसार' सभी के लिए मंगल कामना करनी है। जैसे ही पानी में कचरा दिखे, रोशनी के तीर चलाएँ, किरण भेजें तो इन बातों से आप मुक्त होते जाएँगे।

जब आप सामनेवाले के लिए मंगल कामना करते हैं तब वह उसके सबकॉन्शियस माइंड तक पहुँचती है। आपने अनुभव किया होगा कि कभी आपको अपने किसी रिश्तेदार या मित्र की बहुत याद आई और अचानक उसका फोन आ गया। आप उससे कहते हैं, 'मैं अभी-अभी तुम्हारे ही बारे में सोच रहा था।' इसका मतलब आपका विचार उसके मन तक पहुँचा या उसका विचार आप तक पहुँचा, दोनों में से कुछ एक हुआ इसीलिए दोनों फोन के ज़रिए कनेक्ट हो गए।

हर इंसान में एक ऊर्जा बह रही है। जब आप किसी को याद करते हैं तो वह आपके अंदर बहनेवाली ऊर्जा से कनेक्ट हो जाता है। लोग अनजाने में बददुआ भेजकर, अपने लिए वही चीज़ प्राप्त करते हैं। नकारात्मक ऊर्जा भेजकर नकारात्मक ऊर्जा ही प्राप्त करते हैं। उन्हें यह मालूम नहीं होता है। ये अँधेरे के तीर हैं। आपको पर्स खुली रखकर रोशनी के तीर चलाने हैं।

जैसा कि नज़दीकी रिश्तेदार या मित्र के बीच टेलीपैथी होती है, वैसे ही यह टेलीपैथी बददुआ देने के साथ भी होती है। आप बददुआ के साथ किसी को कोई विचार भेज रहे हैं तो सामनेवाले पर उसका असर होता है। यही वजह है कि बहू, देवरानी, ननद, सास या बॉस का आपस में कोल्ड वॉर चलता रहता है। अगर वे लोग रोशनी के तीर चलाना शुरू कर दें तो दूसरे दिन वातावरण बदल सकता है।

अचानक सामनेवाला अच्छे से बात करने लगता है।

जिस भी इंसान के साथ आपका थोड़ा भी नकारात्मक रिश्ता है, समझो कोल्ड वॉर चल रहा है। ऐसे में उसे अपने ध्यान क्षेत्र में लाकर कुछ पंक्तियाँ दोहराएँ। ये पंक्तियाँ हैं रोशनी के तीर। आइए, आगे हम किरण ध्यान करते हैं।

किरण ध्यान

१. सभी चुने हुए आसन पर आँख बंद करके बैठें।

२. नर्क की याद आते ही उसका उलटा दोहराएँ, किरन... किरन...।

३. जिस इंसान के लिए आप किरण भेजना चाहते हैं यानी दिव्य अनुभव योजना अनुसार मंगल भावना कामना करना चाहते हैं, उन्हें अपने मन के सामने रखकर कहें, '**अब तुम दिव्य प्रकाश की किरणों में शरण लो।**'

४. मेरी मंगल भावना, कामना है कि '**आपको ईश्वर का आशीर्वाद मिले, गॉड ब्लेस यू।**'

५. आपको '**दिव्य अनुभव योजना अनुसार**' स्वास्थ्य मिले।

६. आप जो चाहते हैं, आपके जो सपने हैं, वे पूरे हों।

७. 'दिव्य अनुभव योजना अनुसार' आपको **प्रेम, सफलता और समृद्धि मिले।**

८. आप ईश्वर का अंश हैं, **आप फरिश्ता हैं।**

९. आपका जीवन **प्रेम, आनंद, संतुष्टि** से भर जाए।

१०. ईश्वर, आपको, मुझे और सभी को क्षमा करे।

११. कृपया आप भी मुझे क्षमा करें।

१२. ईश्वर आपको, मुझे और सभी को सद्बुद्धि दे।

१३. आप गलत नहीं हैं, आपका व्यसन गलत है।

१४. आप सही हैं, आपका गुस्सा गलत है।

१५. आप सही हैं, अहंकार गलत है, आदत गलत है।

१६. आप अपनी बुरी आदतों को मिटाने में समर्थ हैं।

१७. जो हो गया सो हो गया, कोई बड़ी बात नहीं।

१८. आपकी समस्या शांति से सुलझ जाएगी... आपका काम हो जाएगा... सब ठीक हो जाएगा... सब आसान है... सब सेट हो रहा है।
१९. हम आपको बेशर्त स्वीकार करते हैं। आपके प्रति हमारा प्रेम कभी कम नहीं होगा।
२०. आप पर माया का असर न हो, केवल सत्य का असर हो।
२१. ईश्वर आपको सारे सार्थक सबक सिखाए।
२२. आप तेजप्रेम की राह पर चलें, यह मेरी मंगल कामना है।

मुक्ति – ३
त्रिगुणी सत्य से मुक्ति
कायम सत्य से युक्ति

सिंदबाद के साथ चलनेवाली साहसिक यात्रा के अंतिम चरण में जो मुक्ति आपकी राह देख रही है, वह है- **त्रिगुणी सत्य से मुक्ति।**

त्रिगुणी सत्य से मुक्ति पाकर आपको कायम सत्य में स्थापित होना है। कायम सत्य तक पहुँचने के लिए आइए, पहले त्रिगुणी सत्य को समझते हैं।

आपके पास 'मन' नामक एक पर्स है। इसमें कुछ चीज़ें कैद हैं, जिन्हें आपको रिहा करना है। जब यह पर्स बंद होती है तो आप पर त्रिगुणी सत्य हावी हो जाता है और मुसीबतें शुरू हो जाती हैं। आपकी सोच संकुचित हो जाती है। अतः पर्स (मन) को खोलकर इसमें से त्रिगुणी सत्य को आज़ाद करना है। तीन त्रिगुणी सत्य इंसानी जीवन में देखे जाते हैं। वे हैं-

पहला त्रिगुणी सत्य : टाइम रियलिटी, समय की सच्चाई।

दूसरा त्रिगुणी सत्य : स्पेस रियलिटी, क्षेत्र की सच्चाई।

तीसरा त्रिगुणी सत्य : पर्सनल रियलिटी, व्यक्तिगत सच्चाई।

इन तीनों को मन की कैद से मुक्त करना है। ये तीनों सत्य माया का धोखा हैं। उन्हें माया से ही काटना है। आइए, इन्हें उदाहरणों से समझते हैं।

पर्सनल रियलिटी : एक इंसान को बैंगन की सब्ज़ी खाने से पेट में दर्द होता है। अब वह सभी से कहता फिरता है- 'बैंगन खाने से पेट दर्द होता है, इसे मत खाया करो' लेकिन क्या यह सत्य है? आप सभी जानते हैं कि यह सत्य नहीं है। हो सकता है कि डॉक्टर किसी को जान बूझकर बैंगन खाने के लिए कहे क्योंकि बैंगन उसके रोग का इलाज होगा। इसलिए बैंगन का सेवन वर्जित करना सभी के लिए लागू नहीं किया जा सकता। जिस इंसान को बैंगन खाने से पेट दर्द होता है, वह उस इंसान का

पर्सनल (व्यक्तिगत) सत्य है, पर्सनल रियलिटी है।

टाइम रियलिटी : किसी समय पर लोगों की यह मान्यता थी कि धरती गोल है मगर चपटी है। धार्मिक पुस्तकों में भी यही लिखा गया था। तब लोगों को मालूम नहीं था कि धरती गेंद की तरह गोल है। अतः जिन्होंने यह सत्य बताया कि 'धरती गेंद की तरह गोल है', उन्हें जेल में डाल दिया गया। उस समय का सत्य यही था कि धरती चपटी है। लेकिन आज हर कोई जानता है कि धरती गेंद की तरह गोल है। समय के साथ सत्य बदल गया। यह है टाइम रियलिटी।

प्राचीन काल में सती प्रथा का बहुत महत्त्व था। पति की मृत्यु के बाद पत्नी, पति की चिता पर लेटकर अपना शरीर त्याग देती थी, सती हो जाया करती थी और यह समाज मान्य था। यह उस समय का सत्य था लेकिन आज यह गुनाह है। आज यदि स्त्री को सती होने के लिए कहा जाए तो वह अपराध होगा। जो समय के साथ बदल जाए, वह असली सत्य नहीं बल्कि टाइम रियलिटी है।

स्पेस रियलिटी : जीज़स ने अपने समय में कई चमत्कार किए। एक बार किसी उत्सव में उन्होंने पानी से शराब बनाई। उस काल में, उस स्पेस में, उस क्षेत्र में लोगों के लिए वह चमत्कार था। आज परिभाषा बदल जाएगी। स्थान बदलने से जो सच्चाई बदल जाती है, वह सच्चाई नहीं है। वह है स्पेस रियलिटी।

व्यक्ति, समय और क्षेत्र के साथ जो सत्य बदलता है, वह त्रिगुणी सत्य है। इन तीनों के पार है- **कायम सत्य।** जब आप इस पर पूर्ण रूप से विश्वास करेंगे तब आपको मिलेगी कट्टरता से मुक्ति।

अधिकतर लोग अपनी सोच, विचारधारा से इतने बँधे होते हैं कि वे किसी अन्य की बात को मानना तो क्या सुनना भी नहीं चाहते। यही मानसिक कट्टरता है। वे सोचते हैं कि 'मैं जो जानता हूँ, वही सही है।' इसलिए आज धर्म और मज़हब के नाम पर इतने झगड़े होते हैं। लोग कट्टर बनकर एक-दूसरे के दुश्मन बन बैठे हैं। लोगों में ज़रा भी लचीलापन नहीं है। अब आपको त्रिगुणी सत्य से मुक्त होना है यानी लचीला (फ्लैग्जिबल) बनना है। आप यह समझ पाएँ कि यह समय का सत्य है, यह व्यक्तिगत सत्य है, यह क्षेत्र का सत्य है। इस समझ के साथ आप धर्म, जाति, विचार-भिन्नता होने पर भी लड़ने-झगड़ने पर उतारू नहीं होंगे।

इन तीनों के पार जो सत्य है- वह है कायम सत्य। उसकी मुद्रा यहाँ दी गई है। जो आपके लिए रिमाईन्डर का कार्य करेगी। आपको याद दिलाएगी कि कायम सत्य, त्रिगुणी

सत्य के पार है। हमें इसमें स्थिर होना है। कायम सत्य समय, क्षेत्र, इंसान के साथ बदलता नहीं है। यह किसी भी जगह रहनेवाले, किसी भी जाति के, किसी भी राशि के लोगों के लिए एक सा है।

आज तक आप इंसान के छह शत्रु- काम, क्रोध, मद, लोभ, मोह, मत्सर सुनते आए हैं। इसमें अब कट्टरता को भी जोड़ दें। समझें कि अब आपके सात शत्रु हैं- काम, क्रोध, कट्टरता, मद, लोभ, मोह, मत्सर। कट्टरता की वजह से लोग कितनी गलतियाँ कर रहे हैं, कितनी मुड़तियाँ कर रहे हैं।

अब आप जब भी छह विकारों से मुक्ति की बात करेंगे तो कट्टरता को भी याद करें। उसे दूर करने का प्रयास करें। इस विकार से मुक्त होने के लिए यह समझ रखनी है कि इंसान दिखावटी सत्य में फँसा हुआ है, इसलिए वह अपनी सोच छोड़ नहीं पाता। अज्ञान के कारण वह कट्टर बन गया है। यदि उसे कायम सत्य की समझ मिल जाए तो वह अपनी बीन बजाना छोड़ देगा। वह स्वीकार भाव में शांत, संतुलित जीवन जीकर जो जैसा है, उसे वैसा ही देखेगा। अपनी ओर से कोई लेबल नहीं लगाएगा।

हर इंसान में रज, तम और सत ये तीन गुण कम अधिक मात्रा में विद्यमान होते हैं। इनकी वजह से लोगों का व्यवहार अलग-अलग होता है और सभी अपने आपको सही सिद्ध करने में लगे रहते हैं। यह माया का लोगों को भ्रमित करने का तरीका है लेकिन आपको उससे भ्रमित नहीं होना है। आप तुरंत खुद को बता पाएँ कि यह त्रिगुणी सत्य है। कायम सत्य का सिम्बॉल देखकर ब्रेन में नया रास्ता बनाएँ।

त्रिगुणी सत्य से मुक्ति के उपाय

समय की सच्चाई से आज़ाद होने के लिए समय के साथ ही प्रयोग शुरू करते हैं। अब से एक बजकर एक मिनट, दो बजकर दो मिनट, तीन बजकर तीन मिनट, हर घंटे में खुद से यह सवाल करें कि 'यह घंटा मैंने माया के साथ जीया, भ्रमित होकर जीया या जाग्रति में जीया? मैं कौन हूँ? यदि पिछला घंटा मैं स्वयं को भूलकर जीया तो अगले आनेवाले घंटे में मैं सच्चाई के साथ रहूँ।'

आप चाहे हर घंटे यह नहीं कर पा रहे हों मगर अब ठानकर, यह आदत डालनी ही है। रात के आठ घंटे नींद में इसकी आवश्यकता नहीं है क्योंकि वहाँ आप समय के पार होते हैं- समाधि में, समय आधी, समय से भी पहले...। समाधि और नींद में आपको इसकी आवश्यकता नहीं है। अब बच गए सोलह घंटे।

ठान लें कि दिन के सोलह घंटे में से कम से कम आठ बार तो सच्चाई को याद करेंगे। हाँ, शब्द अलग-अलग हो सकते हैं। कोई इसे नमाज़ पढ़ना कहेगा, कोई प्रार्थना कहेगा, कोई दुआ कहेगा तो कोई प्रेयर और मेडिटेशन कहेगा। आप जो भी कहें, दिन में यह आठ बार तो करना ही है।

मन को बहाना बनाने की आदत होती है। इंसान सोचता है, 'अभी समय नहीं है... अगले घंटे में देखता हूँ, आज तो बहुत काम था, कल अच्छे से करता हूँ... आज तो संभव ही नहीं था, कल से ज़रूर शुरू करूँगा।' लेकिन आपको मन के बहकावे में नहीं आना है। स्वयं से कहें, 'मुझे ब्रेन में नया रास्ता बनाना ही है... मैं दिन में आठ बार हर घंटे में बैठकर यह सच्चाई जानूँगा- "हू एम आय नाऊ?... अब मैं कौन हूँ" और यदि दिन के अंत तक आठ बार नहीं हो पाया तो रात का खाना नहीं खाऊँगा।'

यदि आपको रात आठ बजे खाने की आदत है और तब तक आपका आठ बार नहीं हो पाया तो खाने के समय को एक या दो घंटा आगे खिसका दें। इस बीच में आठ बार स्वयं से सवाल पूछने का अपना प्रण पूरा कर लें।

इस तरह नई राह, नई आदतों का चुनाव करके आप मस्तिष्क में नए रास्ते बना पाएँगे। फिर सत्राह पर चलते हुए क्षितिज दूर नहीं...!

◆ ◆ ◆

यह पुस्तक पढ़ने के बाद आप अपना अभिप्राय (विचार सेवा) इस पते पर भेज सकते हैं...
Tejgyan Global Foundation, Pimpri Colony Post office, P.O. Box 25, Pune - 411 017. Maharashtra (India).

सरश्री – अल्प परिचय

(स्वीकार मुद्रा)

सरश्री की आध्यात्मिक खोज का सफर उनके बचपन से प्रारंभ हो गया था। इस खोज के दौरान उन्होंने अनेक प्रकार की पुस्तकों का अध्ययन किया। इसके साथ ही अपने आध्यात्मिक अनुसंधान के दौरान अनेक ध्यान पद्धतियों का अभ्यास किया। उनकी इसी खोज ने उन्हें कई वैचारिक और शैक्षणिक संस्थानों की ओर बढ़ाया। इसके बावजूद भी वे अंतिम सत्य से दूर रहे।

उन्होंने अपने तत्कालीन अध्यापन कार्य को भी विराम लगाया ताकि वे अपना अधिक से अधिक समय सत्य की खोज में लगा सकें। जीवन का रहस्य समझने के लिए उन्होंने एक लंबी अवधि तक मनन करते हुए अपनी खोज जारी रखी। जिसके अंत में उन्हें आत्मबोध प्राप्त हुआ। **आत्मसाक्षात्कार के बाद उन्होंने जाना कि अध्यात्म का हर मार्ग जिस कड़ी से जुड़ा है वह है– समझ (अंडरस्टैण्डिंग)।**

सरश्री कहते हैं कि 'सत्य के सभी मार्गों की शुरुआत अलग-अलग प्रकार से होती है लेकिन सभी के अंत में एक ही समझ प्राप्त होती है। **'समझ' ही सब कुछ है और यह 'समझ' अपने आपमें पूर्ण है।** आध्यात्मिक ज्ञान प्राप्ति के लिए इस 'समझ' का श्रवण ही पर्याप्त है।'

सरश्री ने ढाई हज़ार से अधिक प्रवचन दिए हैं और सौ से अधिक पुस्तकों की रचना की हैं। ये पुस्तकें दस से अधिक भाषाओं में अनुवादित की जा चुकी हैं और प्रमुख प्रकाशकों द्वारा प्रकाशित की गई हैं, जैसे पेंगुइन बुक्स, जैको बुक्स, मंजुल पब्लिशिंग हाऊस, प्रभात प्रकाशन, राजपाल ॲण्ड सन्स, पेंटागॉन प्रेस, सकाळ पेपर्स इत्यादि।

तेजज्ञान फाउण्डेशन – परिचय

तेजज्ञान फाउण्डेशन आत्मविकास से आत्मसाक्षात्कार प्राप्त करने का एक रास्ता है। इसके लिए सरश्री द्वारा एक अनूठी बोध पद्धति (System for Wisdom) का सृजन हुआ है। इस पद्धति को अन्तर्राष्ट्रीय मानक ISO 9001:2015 के आवश्यकताओं एवं निर्देशों के अनुरूप ढालकर सरल, व्यावहारिक एवं प्रभावी बनाया गया है।

इस संस्था की बोध पद्धति के विभिन्न पहलुओं (शिक्षण, निरीक्षण व गुणवत्ता) को स्वतंत्र गुणवत्ता परीक्षकों (Quality Auditors) द्वारा क्रमबद्ध तरीके से जाँचा गया। जिसके बाद इन पहलुओं को ISO 9001:2015 के अनुरूप पाकर, इस बोध पद्धति को प्रमाणित किया गया है।

फाउण्डेशन का लक्ष्य आपको नकारात्मक विचार से सकारात्मक विचार की ओर बढ़ाना है। सकारात्मक विचार से शुभ विचार यानी हॅपी थॉट्स (विधायक आनंदपूर्ण विचार) और शुभ विचार से निर्विचार की ओर बढ़ा जा सकता है। निर्विचार से ही आत्मसाक्षात्कार संभव है। शुभ विचार (Happy Thoughts) यानी यह विचार कि 'मैं हर विचार से मुक्त हो जाऊँ।' शुभ इच्छा यानी यह इच्छा कि 'मैं हर इच्छा से मुक्त हो जाऊँ।'

ज्ञान का अर्थ है सामान्य ज्ञान लेकिन तेजज्ञान यानी वह ज्ञान जो ज्ञान व अज्ञान के परे है। कई लोग सामान्य ज्ञान की जानकारी को ही ज्ञान समझ लेते हैं लेकिन असली ज्ञान और जानकारी में बहुत अंतर है। आज लोग सामान्य ज्ञान के जवाबों को ज़्यादा महत्त्व देते हैं। उदाहरण के तौर पर कर्म और भाग्य, योग और प्राणायाम, स्वर्ग और नर्क इत्यादि। आज के युग में सामान्य ज्ञान प्रदान करनेवाले लोग और शिक्षक कई मिल जाएँगे मगर इस ज्ञान को पाकर जीवन में कोई बड़ा परिवर्तन नहीं होता। यह ज्ञान या तो केवल बुद्धि विलास है या फिर अध्यात्म के नाम पर बुद्धि का व्यायाम है।

सभी समस्याओं का समाधान है– तेजज्ञान। भय से मुक्ति, चिंतारहित व क्रोध से आज़ाद जीवन है– तेजज्ञान। शारीरिक, मानसिक, सामाजिक, आर्थिक और आध्यात्मिक उन्नति के लिए है– तेजज्ञान। तेजज्ञान आपके अंदर है, आएँ और इसे पाएँ।

यदि आप ऐसा ज्ञान चाहते हैं, जो सामान्य ज्ञान के परे हो, जो हर समस्या का समाधान हो, जो सभी मान्यताओं से आपको मुक्त करे, जो आपको ईश्वर का साक्षात्कार कराए, जो आपको सत्य पर स्थापित करे तो समय आ गया है तेजज्ञान को जानने का। समय आ गया है शब्दोंवाले सामान्य ज्ञान से उठकर तेजज्ञान का अनुभव करने का।

अब तक अध्यात्म के अनेक मार्ग बताए गए हैं। जैसे जप, तप, मंत्र, तंत्र, कर्म, भाग्य, ध्यान, ज्ञान, योग और भक्ति आदि। इन मार्गों के अंत में जो समझ, जो बोध प्राप्त होता है, वह एक ही है। सत्य के हर खोजी को अंत में एक ही समझ मिलती है और इस समझ को सुनकर भी प्राप्त किया जा सकता है। उसी समझ को सुनना यानी तेजज्ञान प्राप्त करना है। तेजज्ञान के श्रवण से सत्य का साक्षात्कार होता है, ईश्वर का अनुभव होता है। यही तेजज्ञान सरश्री महाआसमानी परम ज्ञान शिविर में प्रदान करते हैं।

महाआसमानी परम ज्ञान शिविर परिचय और लाभ (निवासी)

क्या आपको उच्चतम आनंद पाने की इच्छा है? ऐसा आनंद, जो किसी कारण पर निर्भर नहीं है, जिसमें समय के साथ केवल बढ़ोतरी ही होती है। क्या आप इसी जीवन में प्रेम, विश्वास, शांति, समृद्धि और परमसंतुष्टि पाना चाहते हैं? क्या आप शारीरिक, मानसिक, सामाजिक, आर्थिक और आध्यात्मिक इन सभी स्तरों पर सफलता हासिल करना चाहते हैं? क्या आप 'मैं कौन हूँ' इस सवाल का जवाब अनुभव से जानना चाहते हैं।

यदि आपके अंदर इन सवालों के जवाब जानने की और 'अंतिम सत्य' प्राप्त करने की प्यास जगी है तो तेजज्ञान फाउण्डेशन द्वारा आयोजित 'महाआसमानी परम ज्ञान शिविर' में आपका स्वागत है। यह शिविर पूर्णतः सरश्री की शिक्षाओं पर आधारित है। सरश्री आज के युग के आध्यात्मिक गुरु और 'तेजज्ञान फाउण्डेशन' के संस्थापक हैं, जो अत्यंत सरलता से आज की लोकभाषा में आध्यात्मिक समझ प्रदान करते हैं।

महाआसमानी शिविर का उद्देश्य :

इस शिविर का उद्देश्य है, 'विश्व का हर इंसान 'मैं कौन हूँ' इस सवाल का

जवाब जानकर सर्वोच्च आनंद में स्थापित हो जाए।' उसे ऐसा ज्ञान मिले, जिससे वह हर पल वर्तमान में जीने की कला प्राप्त करे। भूतकाल का बोझ और भविष्य की चिंता इन दोनों से वह मुक्त हो जाए। हर इंसान के जीवन में स्थायी खुशी, सही समझ और समस्याओं को विलीन करने की कला आ जाए। मनुष्य जीवन का उद्देश्य पूर्ण हो।

'मैं कौन हूँ? मैं यहाँ क्यों हूँ? मोक्ष का अर्थ क्या है? क्या इसी जन्म में मोक्ष प्राप्ति संभव है?' यदि ये सवाल आपके अंदर हैं तो महाआसमानी परम ज्ञान शिविर इसका जवाब है।

महाआसमानी परम ज्ञान शिविर के मुख्य लाभ :

इस शिविर के लाभ तो अनगिनत हैं मगर कुछ मुख्य लाभ इस प्रकार हैं-

* जीवन में दमदार लक्ष्य प्राप्त होता है।
* 'मैं कौन हूँ' यह अनुभव से जानना (सेल्फ रियलाइजेशन) होता है।
* मन के सभी विकार विलीन होते हैं।
* भय, चिंता, क्रोध, बोरडम, मोह, तनाव जैसी कई नकारात्मक बातों से मुक्ति मिलती है।
* प्रेम, आनंद, मौन, समृद्धि, संतुष्टि, विश्वास जैसे कई दिव्य गुणों से युक्ति होती है।
* सीधा, सरल और शक्तिशाली जीवन प्राप्त होता है।
* हर समस्या का समाधान प्राप्त करने की कला मिलती है।
* 'हर पल वर्तमान में जीना' यह आपका स्वभाव बन जाता है।
* आपके अंदर छिपी सभी संभावनाएँ खुल जाती हैं।
* इसी जीवन में मोक्ष (मुक्ति) प्राप्त होता है।

महाआसमानी परम ज्ञान शिविर में भाग कैसे लें?

इस शिविर में भाग लेने के लिए आपको कुछ खास माँगें पूरी करनी होती हैं। जैसे –

१) आपकी उम्र कम से कम अठारह साल या उससे ऊपर होनी चाहिए।

२) आपको सत्य स्थापना शिविर (फाउण्डेशन ट्रुथ रिट्रीट) में भाग लेना होगा, जहाँ आप सीखेंगे- वर्तमान के हर पल को कैसे जीया जाए और निर्विचार दशा में कैसे प्रवेश पाएँ।

३) आपको कुछ प्राथमिक प्रवचनों में उपस्थित होना है, जहाँ आप बुनियादी समझ आत्मसात कर, महाआसमानी परम ज्ञान शिविर के लिए तैयार होते हैं।

यह शिविर साल में पाँच या छह बार आयोजित होता है, जिसका लाभ हज़ारों खोजी उठाते हैं। इस शिविर की तैयारी आगे दिए गए स्थानों पर कराई जाती है। पुणे, मुंबई, दिल्ली, सांगली, सातारा, जलगाँव, अहमदाबाद, कोल्हापुर, नासिक, अहमदनगर, औरंगाबाद, सूरत, बरोडा, नागपुर, भोपाल, रायपुर, चेन्नई, वर्धा, अम रावती, चंद्रपुर, यवतमाल, रत्नागिरी, लातूर, बीड, नांदेड, परभणी, पनवेल, ठाणे, सोलापुर, पंढरपुर, अकोला, बुलढाणा, धुले, भुसावल, बैंगलोर, बेलगाम, धारवाड, भुवनेश्वर, कोलकत्ता, राँची, लखनऊ, कानपुर, चंदीगढ़, जयपुर, पणजी, म्हापसा, इंदौर, इटारसी, हरदा, विदिशा, बुरहानपुर।

आप महाआसमानी की तैयारी फाउण्डेशन में उपलब्ध सरश्री द्वारा रचित पुस्तकों, सी.डी. और कैसेटस् सुनकर कर सकते हैं। इसके अलावा आप टी.वी., रेडियो और यू ट्यूब पर सरश्री के प्रवचनों का लाभ भी ले सकते हैं मगर याद रहे, ये पुस्तकें, कैसेट, टी.वी., रेडियो और यू ट्यूब के प्रवचन शिविर का परिचय मात्र है, तेजज्ञान नहीं। आप महाआसमानी परम ज्ञान शिविर में भाग लेकर ही तेजज्ञान का आनंद ले सकते हैं। आगामी महाआसमानी परम ज्ञान शिविर में अपना स्थान आरक्षित करने के लिए संपर्क करें : 09921008060/75, 9011013208

महाआसमानी परम ज्ञान शिविर स्थान :

यह शिविर पुणे में स्थित मनन आश्रम पर आयोजित किया जाता है। इस शिविर के लिए भोजन और रहने की व्यवस्था की जाती है। यदि आपको कोई शारीरिक बीमारी है और आप नियमित रूप से दवाई ले रहे हैं तो कृपया अपनी दवाइयाँ साथ में लेकर आएँ । वातावरण अनुसार गरम कपड़े, स्वेटर, ब्लैंकेट आदि भी लाएँ।

'मनन आश्रम' पुणे शहर के बाहरी क्षेत्र में पहाड़ों और निसर्ग के असीम सौंदर्य के बीच बसा हुआ है। इस आश्रम में पुरुषों और महिलाओं के लिए अलग-अलग, कुल मिलाकर 700 से 800 लोगों के रहने की व्यवस्था है। यह आश्रम पुणे शहर

से 17 किलो मीटर की दूरी पर है। हवाई अड्डा, हाइवे और रेलवे से पुणे आसानी से आ-जा सकते हैं।

मनन आश्रम : मनन आश्रम, पुणे, सर्वे नं. ४३, सनस नगर, नांदोशी गाँव, किरकट वाडी फाटा, तहसील - हवेली, जिला : पुणे - ४११०२४.

फोन : 09921008060

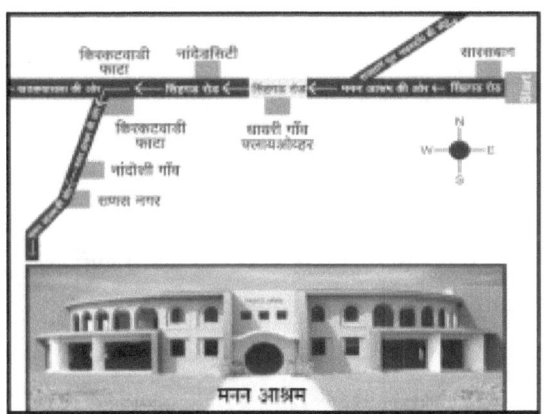

 अब एक क्लिक पर ही शिविर का रजिस्ट्रेशन !

तेजज्ञान फाउण्डेशन की इन शिविरों के लिए
अब आप ऑनलाईन रजिस्ट्रेशन भी कर सकते हैं-

* महाआसमानी परम ज्ञान शिविर परिचय और लाभ (पाँच दिवसीय निवासी शिविर)
* मैजिक ऑफ अवेकनिंग (केवल अंग्रेजी भाषा जाननेवालों के लिए तीन दिवसीय निवासी शिविर)
* मिनी महाआसमानी (निवासी) शिविर, युवाओं के लिए

रजिस्ट्रेशन के लिए आज ही लॉग इन करें

www.tejgyan.org

सरश्री द्वारा रचित श्रेष्ठ पुस्तकें

Total Pages- 192
Price- 100/-

Also available in Marathi & English

क्षमा का जादू

क्षमा माँगने की क्षमता को जानकर, हर दुःख से मुक्ति पाएँ

क्या आप स्वयं से प्रेम करते हैं? क्या आप हमेशा खुश रहना चाहते हैं? क्या आप अपने पारिवारिक, सामाजिक, व्यावसायिक रिश्तों को मधुर और मजबूत बनाना चाहते हैं? क्या आप जीवन में सफलता की सीढ़ियाँ चढ़ना चाहते हैं? यदि आपके लिए इन सभी प्रश्नों का उत्तर 'हाँ' में है तो आपको बस एक ही शब्द कहना सीखना है, 'सॉरी' यानी 'मुझे माफ करें'। सॉरी, क्षमा, माफी... भाषा चाहे कोई भी हो, पूरे दिल से माँगी गई माफी आपके जीवन में चमत्कार कर सकती है।

तो चलिए, इस पुस्तक के साथ कुदरती नियमों को समझकर क्षमा के जादू को अपनाएँ और अपना तथा दूसरों का जीवन आनंदित कर, मुक्ति की ओर ऊँची उड़ान भरें।

स्वीकार का जादू

तुरंत खुशी कैसे पाएँ

Total Pages- 136
Price- 95/-

Also available in Marathi & English

'स्वीकार' मंत्र आज के इस तनावभरे जीवन में रोशनी की वह किरण है, जो तनाव को हटाने और तुरंत खुशी देने में सक्षम है। जीवन के प्रत्येक पहलू पर स्वीकार का जादू सकारात्मक असर करता है। हर घटना में स्वीकार भाव रखने पर जीवन सहज, सरल और आनंदित हो जाता है। इस पुस्तक में एक छूटी हुई कड़ी यह बताई गई है कि स्वीकार का स्वीकार तो हो ही मगर अस्वीकार भी कैसे स्वीकार हो। पुस्तक में आम दिनचर्या की घटनाओं पर स्वीकार मंत्र के प्रभाव को उदाहरणों के माध्यम से दिखाया गया है।

निर्णय और ज़िम्मेदारी
वचनबद्ध निर्णय और ज़िम्मेदारी कैसे लें

Total Pages- 168
Price- 150/-

Also available in Marathi

सबसे बड़ी जिम्मेदारी कैसे लें? उच्च निर्णय क्षमता कैसे बढ़ाएँ? उठी हुई चेतना से निर्णय कैसे लें? निर्णय न लेने का निर्णय कैसे लें? समय रहते निर्णय लेने की कला कैसे सीखें? जिम्मेदारी आज़ादी की घोषणा है, जिम्मेदारी लेकर आज़ादी कैसे प्राप्त करें? गैर जिम्मेदारी के परिणामों से कैसे बचें? वादे निभाने की शक्ति द्वारा वचन पर कायम कैसे रहें? लिए गए कार्य को दिए गए समय पर कैसे पूर्ण करें? निरंतर अभ्यास से अपने अंदर दृढ़ संकल्प का निर्माण कैसे करें? इन सभी सवालों के जवाब इस पुस्तक में पढ़ें।

आत्मविश्वास सफलता का द्वार
How to gain Self Confidence

Total Pages- 192
Price- 150/-

Also available in English, Marathi, Malayalam, & Bengali

'आत्मविश्वास सफलता का द्वार' एक ऐसी पुस्तक है, जिसके माध्यम से पाठकों को उनके खोए आत्मविश्वास से मिलवाकर सफलता का जो मार्ग बंद हो गया था, उसे खोलने का प्रयास किया गया है। आत्मविश्वास इंसान के जीवन की सबसे प्रमुख आवश्यकताओं में से एक आवश्यकता है। आत्मविश्वास वह गुण है, जो घटनाओं में जरूरी होता है और मुसीबत के समय में ज्यादातर उसकी परीक्षा होती है। आज के स्पर्धात्मक युग में सभी आत्मविश्वास का महत्त्व जानते हैं मगर उसकी परिभाषा और आत्मविश्वास कैसे बढ़ाया जाए इसका प्रशिक्षण बहुत कम लोगों को मिलता है। प्रस्तुत पुस्तक में आत्मविश्वास से संबंधित जीवन के अदृश्य पहलू को बहुत ही सहज, सरल और उपयुक्त भाषा में उजागर किया गया है।

ध्यान नियम
ध्यान योग नाइन्टी

Total Pages- 176
Price- 160/-

Also available in Marathi

ध्यान नियम– यह नियम केवल ध्यान का नियम नहीं बल्कि हमारे जीवन का एक नियम है। यह नियम ध्यान का एक ऐसे रहस्य को उजागर करता है जिसे जानकर आप जीवन की कई उलझनों को सुलझा पाएँगे। ध्यान का रहस्य एक सुंदर ऐनालॉजी के जरिए आपके सामने रखा गया है ताकि आप आसानी से इसे समझ पाएँ। इस कहानी के प्रतीक से हमें अपने शरीर और मन की वृत्तियों के बारे में पता चलेगा तथा ध्यान की आवश्यकता क्यों है, यह भी समझ में आएगा। ध्यान से संबंधित कई सवालों के जवाब आपको इस पुस्तक में मिलेंगे और साथ ही ध्यान से होनेवाले लाभ भी आपको समझ में आएँगे।

भय, चिंता और क्रोध से मुक्ति

Total Pages- 232
Price- 160/-

इंसान अपने अज्ञान में बहुत सारी प्रार्थनाएँ करता है, ईश्वर से बहुत से वरदान माँगता है। लेकिन सबसे बड़ा वरदान क्या हो सकता है– दौलत का? अमर होने का? सिद्धि का? शक्ति प्राप्ति का? नहीं, ये वरदान तो संकीर्ण बुद्धि के प्रतीक हैं। सबसे मुख्य, सर्वश्रेष्ठ वरदान है– अभय, आनंद और शांति वरदान।

प्रस्तुत पुस्तक में भय, चिंता, क्रोध जैसे स्थूल विकारों से मुक्ति की युक्ति बताई गई है। भय यानी उन चीजों से डरना, जिनसे डरने की आवश्यकता नहीं है। उदा. अंधेरा, छिपकली, आग, पानी, लोग, ऊँचाई, स्टेज, मौत, भविष्य इत्यादि। 'चिंता' इन दो अक्षरों की गहराई में खोकर ही इंसान हर क्षण मिलनेवाले आनंद से वंचित होता है। क्रोध की धारा में क्षणभर में मनुष्य अपने वर्षों के श्रम, अनुभव और सफलताओं को नष्ट करता है।

डर नाम की कोई चीज़ नहीं ✴ 170

Total Pages- 200
Price - 150/-

Also available in Marathi & English

स्वसंवाद का जादू

अपना रिमोट कंट्रोल कैसे प्राप्त करें

स्वसंवाद द्वारा पाठक सुख-दुःख के रहस्य, विचारों की दिशा, स्वसंवाद संदेश, रोग निवारण, सेल्फ रिमोट कंट्रोल, कार्य की पूर्णता, नफरत से मुक्ति, उत्तम स्वसंवाद और नए विचारों को प्राप्त करने के उपाय जान सकते हैं। सरश्री कहते हैं - सकारात्मक स्वसंवाद पर विश्वास रखने से ही उत्तम जीवन जीने का पथ प्रशस्त हो सकता है। भावनाओं में भक्ति और शक्ति की युक्ति द्वारा कुदरत से सीधा संवाद स्थापित किया जा सकता है। कुल मिलाकर यह पुस्तक स्वसंवाद की महत्ता को रेखांकित करते हुए पाठकों को नई दिशा देती है।

विचार नियम का मूल प्रार्थना बीज

विश्वास बीज एक अद्‌भुत शक्ति

यह पुस्तक प्रार्थना और विश्वास बीज, इन दो विषयों को मिलाकर बनाई गई है। इस पुस्तक में प्रार्थना कैसे करें? प्रार्थना में ईश्वर से क्या माँगें? सबसे ऊँची प्रार्थना कौन सी है? प्रार्थना की ७ आवश्यकताएँ क्या हैं? पूरे दिन प्रार्थनामय कैसे बनें? और प्रार्थना के अन्य महत्त्वपूर्ण पहलू स्पष्ट किए गए हैं।

इसी के साथ प्रार्थना को विश्वास बीज के रूप में कैसे बोएँ तथा उसका फल कैसे पाएँ? यह भी इस पुस्तक में बताया गया है।

इस पुस्तक द्वारा प्रार्थना बीज की अद्‌भुत शक्ति के रहस्य को समझें।

Total Pages- 184
Price - 140/-

Also available in Marathi

Total Pages- 272
Price - 195/-

Also available in Marathi & English

दुःख में खुश क्यों और कैसे रहें

अपना लक्ष्य कैसे प्राप्त करें?

यह पुस्तक कहानी स्वरूप में है। इसमें एक ऐसे इंसान की कहानी बताई गई है जो दुःख से पीड़ित है और किस तरह वह अपने दुःखों से मुक्ति पाता है। यह घर-घर की कहानी है। सामान्य इंसान के जीवन में जो दुःख होते हैं, यह कहानी उन दुःखों से मुक्ति का रहस्य हमारे सामने खोलती है। खुशी ही इंसान का मूल स्वभाव है, इंसान इस रहस्य से अछूता है इसलिए वह खुशी की तलाश में भटक रहा है। यह पुस्तक खुशी से खुशी की खोज करने की कला सिखाती है।

इमोशन्स पर जीत

दुःखद भावनाओं से मुलाकात कैसे करें

आज लोग आय.क्यू. का महत्त्व तो समझते हैं परंतु इ.क्यू. (इमोशनल कोशंट) का महत्त्व उससे अधिक है, यह कम लोग जानते हैं। भावनाओं से मुक्ति पाने के दो ही तरीके इंसान ने सीखे हैं- एक है उन्हें निगलना और दूसरा है उगलना। जबकि भावनाओं को मुक्त करने के अनेक अचूक तरीके हैं, जो इस पुस्तक में आपको बताए गए हैं।

अपनी भावनाओं को दुश्मन नहीं, दोस्त बनाने के लिए पढ़ें... *दुःखद भावनाओं से मुक्ति का मार्ग *क्या रोना अच्छा है या कमज़ोरी है *असुरक्षा की भावना से मुक्ति कैसे मिले *भावनाओं को मुक्त करने के चार योग्य तरीके *भावनाओं से मुलाकात करने के चार उच्चतम तरीके *भावनाओं को अभिव्यक्त करने के सच्चे तरीके...

Total Pages- 176
Price - 135/-

Also available in Marathi

धीरज का जादू

Total Pages- 168
Price - 150/-

Also available in Marathi

धीरज का जादू

संतुलित जीवन संगीत

धीरज में ताकत है, धीरज में जादू है। धीरज निरंतर प्रयास है, प्रहार है, जो हर मुसीबत से आपको निकाल सकता है। धीरज की शक्ति का सही और पूर्ण लाभ कैसे प्राप्त किया जाए, सरश्री ने इस पुस्तक के माध्यम से विस्तारपूर्वक समझाया है। धीरज का जादू संतुलित जीवन का संगीत बनकर दुःखद जीवन में सुख, शांति और समृद्धि भर देता है।

इस पुस्तक की प्रेरक कहानियों के द्वारा हम सब्र के मीठे फल की वास्तविकता आसानी से समझ पाएँगे। यह पुस्तक धीरज के जादुई चमत्कार से वाकिफ कराने की सफल मार्गदर्शिका है।

अवचेतन मन की शक्ति के पीछे आत्मबल

मन का प्रशिक्षण और पाँच शक्तियाँ

अवचेतन मन किसी अजूबे से कम नहीं। उसे सही प्रशिक्षण दिया जाए तो वह आपके जीवन में अनोखे चमत्कार कर सकता है। पर क्या आप जानते हैं कि मानव जन्म का लक्ष्य क्या है? यदि नहीं तो आपको इस पुस्तक की जरूरत है। यह पुस्तक अवचेतन मन की शक्तियों के साथ-साथ आपकी आगे की संभावनाओं पर भी रोशनी डालती है।

Total Pages- 160
Price - 175/-

Also available in Marathi & English

– तेजज्ञान इंटरनेट रेडियो –

२४ घंटे और ३६५ दिन सरश्री के प्रवचन और भजनों का लाभ लें,
तेजज्ञान इंटरनेट रेडियो द्वारा। देखें लिंक
http://www.tejgyan.org/internetradio.aspx

हर रविवार सुबह १०.०५ से १०.१५ तक रेडियो विविध भारती, एफ. एम. पुणे पर 'तेजविकास मंत्र'

नोट: उपरोक्त कार्यक्रमों के समय बदल सकते हैं इसलिए समय की पुष्टि करें।

www.youtube.com/tejgyan
पर भी सरश्री के प्रवचनों का लाभ ले सकते हैं।
For online shoping visit us - www.tejgyan.org,
www.gethappythoughts.org

पुस्तकें प्राप्त करने के लिए नीचे दिए गए पते पर मनीऑर्डर द्वारा पुस्तक का मूल्य भेज सकते हैं। पुस्तकें रजिस्टर्ड, कुरियर अथवा वी.पी.पी. द्वारा भेजी जाती हैं। पुस्तकों के लिए नीचे दिए गए पते पर संपर्क करें।

✳ WOW Publishings Pvt. Ltd. रजिस्टर्ड ऑफिस-E-4, वैभव नगर, तपोवन मंदिर के नज़दीक, पिंपरी, पुणे- 411017
✳ पोस्ट बॉक्स नं. 36, पिंपरी कॉलोनी पोस्ट ऑफिस, पिंपरी, पुणे - 411017
फोन नं.: 09011013210 / 9623457873
आप ऑन-लाइन शॉपिंग द्वारा भी पुस्तकों का ऑर्डर दे सकते हैं।
लॉग इन करें - www.gethappythoughts.org
300 रुपयों से अधिक पुस्तकें मँगवाने पर 10%की छूट और फ्री शिपिंग।

e-mail
mail@tejgyan.com

website
www.tejgyan.org, www.gethappythoughts.org

- विश्व शांति प्रार्थना -

पृथ्वी पर सफेद रोशनी (दिव्य शक्ति) आ रही है।
पृथ्वी से सुनहरी रोशनी (चेतना) उभर रही है।
विश्व से सारी नकारात्मकता दूर हो रही है।
सभी प्रेम, आनंद और शांति के लिए
खुल रहे हैं, खिल रहे हैं।'

यह 'सामूहिक अव्यक्तिगत प्रार्थना' तेजज्ञान फाउण्डेशन के सदस्य पिछले कई सालों से निरंतरता से कर रहे हैं। खुश लोग यह प्रार्थना कर सकते हैं और बीमार, दुःखी लोग उस वक्त एक जगह बैठकर इस प्रार्थना को ग्रहण कर स्वास्थ्य लाभ पा सकते हैं।

यदि इस वक्त आप परेशान या बीमार हैं तो रोज ९:०९ सुबह या रात को केवल ग्रहणशील होकर इस भाव से बैठें कि 'स्वास्थ्य और शांति की सफेद रोशनी जो इस वक्त कई प्रार्थना में बैठे लोगों द्वारा नीचे पृथ्वी पर उतर रही है, वह मुझमें भी अपना कार्य कर रही है। मैं स्वस्थ और शांत हो रहा हूँ।' कुछ देर इस भाव में रहकर आप सबको धन्यवाद देकर उठें।

तेजज्ञान फाउण्डेशन – मुख्य शाखाएँ

पुणे (रजिस्टर्ड ऑफिस)
विक्रांत कॉम्प्लेक्स, तपोवन मंदिर के नज़दीक,
पिंपरी, पुणे-४११ ०१७.
फोन : 020-27411240, 27412576

मनन आश्रम
सर्वे नं. ४३, सनस नगर, नांदोशी गाँव, किरकटवाडी फाटा,
तहसील- हवेली, जिला- पुणे - ४११ ०२४.
फोन : 09921008060

e-books
•The Source •Complete Meditation
•Ultimate Purpose of Success •Enlightenment
•Inner Magic •Celebrating Relationships
•Essence of Devotion •Master of Siddhartha
•Self Encounter, and many more.
Also available in Hindi at www. gethappythoughts.org

e-magazines
'Yogya Aarogya' & 'Drushtilakshya'
emagazines available on www.magzter.com

www.ingramcontent.com/pod-product-compliance
Lightning Source LLC
LaVergne TN
LVHW041221080526
838199LV00082B/1346
* 9 7 8 9 3 8 7 6 9 6 1 9 8 *